NÉMI

Sandrine Le Goff

À Guy, mon père,

À Mémé.

Le bonheur est un état d'esprit. On décide un jour qu'on est une personne heureuse. Et ça ne dépend aucunement des choses, des personnes ou des événements extérieurs. C'est un état d'âme. C'est une décision que l'on prend, une attitude que l'on adopte. Sauf que parfois, on l'oublie, ou on s'en éloigne sans s'en rendre compte ; alors il faut se le rappeler de temps à autre.

Alain Sauvé.

I

Avec un cri qui exprimait toute sa douleur et son épuisement et dans une ultime poussée, la jeune femme sentit le bébé sortir de son corps.

Accroupie, elle avait tendu les mains pour le saisir d'un geste sûr, plusieurs fois déjà accompli.

Elle le ramena doucement contre elle, heureuse.

Il était chaud et visqueux et semblait peser un poids correct.

À bout de forces, elle s'allongea avec précaution sur la couverture étalée par terre et ferma les yeux, soulagée que ce soit terminé.

Elle était sur le point de se laisser envelopper par la douce torpeur qu'elle sentait monter en elle, de succomber entièrement à la fatigue de ce nouvel accouchement, lorsque quelque chose dans son inconscient l'alerta et la ramena à la réalité.

Brutalement.

Quelque chose qui n'était pas comme les autres fois.

Le silence.

Affolée, oubliant sa fatigue, Meyda se redressa et regarda son enfant.

Il était toujours bien chaud et gigotait légèrement.

Constater qu'il respirait la rassura et elle continua à le détailler. Ses yeux étaient clos, mais sa bouche grande ouverte. Il semblait hurler à pleins poumons. Et pourtant elle n'entendait rien. C'était comme si le bébé criait sans faire aucun bruit.

Ne comprenant pas ce silence, Meyda hésita quelques secondes puis le plaça sur son sein, comme elle avait fait les fois précédentes. Instantanément, il se calma et se mit à téter.

Deux femmes de la tribu, Zypha et Nowilé, plus âgées que Meyda et coutumières des naissances, étaient venues pour l'assister. Légèrement en retrait au départ, elles s'étaient rapprochées, elles aussi inquiètes de cette absence de cris. Après avoir vérifié à leur tour que l'enfant vivait bien, elles affichaient maintenant un air surpris.

Pendant qu'il tétait avec avidité, Meyda l'inspecta de la tête aux pieds. Tout ce qu'elle voyait lui semblait normal : le fin duvet presque noir sur la tête, les lèvres qui remuaient en cadence, le nez légèrement frémissant, les petits poings serrés autour de son sein, les petites jambes repliées. Elle remarqua alors seulement que c'était une fille. Sa première !

Une grande joie l'envahit et prit le pas sur l'inquiétude. Meyda avait déjà accouché trois fois, à chaque fois de garçons. Même s'ils n'avaient pas tous survécu, les bébés s'étaient toujours annoncés par de virulentes vocalises. Elle essaya de réfléchir, de se rappeler les naissances des autres filles de la tribu. Il lui semblait bien que tous les bébés criaient, fille ou garçon.

Perplexe, elle s'autorisa un peu de repos, se disant qu'elle demanderait conseil à Savi, la femme chamane de la tribu. Avec son expérience et vu son grand âge, Savi avait peut-être déjà vu un tel phénomène. Meyda, elle, avait dix-neuf ans, et même si elle était considérée comme une femme déjà mature, elle avait parfois besoin d'être rassurée.

Le bébé avait lâché le sein de sa mère et semblait s'être assoupi.

Nowilé en profita pour attraper un silex parfaitement taillé. D'un geste rapide et précis, elle trancha le cordon qui reliait toujours la mère à sa fille.

Il était temps de s'occuper de Meyda.

II

Pas très grande, tout en rondeurs, avec une longue chevelure blonde et des traits délicats, Meyda était la discrète artiste-peintre de la tribu. Elle reproduisait, sur les parois des grottes sacrées, les animaux qui évoluaient dans leur entourage. Depuis son plus jeune âge, elle avait montré des prédispositions pour le dessin. C'est Réchan, un adorable vieillard, malheureusement décédé, qui lui avait enseigné, pendant des années, cet art et l'avait formée à prendre sa relève. Patient et bienveillant, il lui avait tout appris. À chacun de leurs déplacements, suivant les troupeaux de rennes qui migraient, les membres de la tribu de Galek retrouvaient les lieux où ils avaient déjà séjourné ou découvraient de nouveaux endroits accueillants, propices à un campement. Il fallait bien sûr que ce soit abrité, proche d'une rivière, un peu en hauteur, pour être parfait.

Et en ces lieux marqués par le passage de clans ou de générations différentes, on trouvait également, la plupart du temps dans les environs, une grotte sacrée pour la tribu. À l'intérieur, plus ou moins loin de l'entrée, dans des salles immenses ou des galeries peu accessibles, Meyda exerçait son art en suivant toujours les directives de la chamane. Car, si elle savait parfaitement dessiner et recouvrir de couleurs, par différentes techniques, les animaux qu'elle représentait, ce n'était jamais elle qui choisissait le sujet de ses figures rupestres.

Savi était inspirée par les esprits. Elle seule savait ce qu'il convenait de peindre et ne donnait jamais d'explications.

Meyda devait l'accepter. Pourtant, elle s'interrogeait : pourquoi, par exemple, n'avait-elle presque jamais le droit de représenter des rennes, alors que c'était l'animal le plus chassé par sa tribu et celui qu'elle voyait le plus souvent, au gré de leurs déplacements de peuple nomade ? Savi voulait toujours voir surgir des pinceaux de Meyda des chevaux, des aurochs, plus rarement ces grands mammouths qui lui faisaient si peur, mais pas les rennes. Pourquoi ne voulait-elle pas non plus que Meyda représente des végétaux, ni des êtres humains ?

Les questions restaient sans réponse, parce que jamais Meyda n'aurait osé les poser à la doyenne, qui l'intimidait un peu. Elle la respectait trop et se contentait de faire ce qu'elle lui demandait. Sauf une fois...

Une seule fois, Meyda avait transgressé les règles et pris l'initiative de peindre dans une grotte, sans en parler à Savi. C'était à la mort de son premier compagnon, Elac. Le jeune homme était un solide chasseur, fort et aguerri. Son groupe revenait toujours avec des prises suffisantes pour les membres de la tribu. Et il ne prenait jamais de risques inutiles. Il se refusait par exemple à aller attaquer les grands mammouths que l'on voyait parfois marcher, au loin. Il disait :

« Que ferions-nous de toute cette viande ? Nous n'avons pas besoin de si gros animaux. J'ai repéré une horde de chevaux à une journée de marche de la rivière. Si nous en ramenons autant que les doigts d'une main, cela suffira à nourrir notre tribu pendant plusieurs jours. Et les chevaux ne nous attaqueront pas, nous ne risquons rien. »

Mais ses proies préférées étaient les lagopèdes, ces oiseaux dont le plumage duveteux et brun virait au blanc en hiver et se confondait avec la neige. Elac était impressionné par les oiseaux. Il semblait parfois envieux en les regardant voler dans le ciel. C'est avec un ton toujours enjoué et empreint de respect qu'il en parlait.

Meyda venait aussi aux chasses de temps en temps, lorsqu'elle voulait observer précisément un animal pour le peindre.

Elle aimait alors regarder Elac et les proies qu'il traquait. Elle notait, mentalement, tous les détails anatomiques des animaux chassés, pour pouvoir les reproduire sur les parois des grottes. Confiante en son compagnon, elle suivait toutes ses directives.

Un jour, pour répondre à une commande de la chamane, elle vint observer un troupeau de bisons qui paissaient dans une prairie, à environ une heure de marche du campement. Elle était accompagnée par un groupe d'une dizaine de chasseurs, dont l'objectif était de ramener des provisions de viande. Elle allait profiter de leur chasse pour voir les mouvements des animaux, d'abord calmes puis soumis au stress.

La tactique de chasse était simple. Il s'agissait d'avancer ensemble en demi-cercle sans faire le moindre bruit, à moitié cachés par les hautes herbes, et de se rapprocher suffisamment des bisons pour pouvoir les atteindre avec les sagaies, ces longues lances en bois, à pointe en pierre et à l'empennage muni de plumes. Les chasseurs sélectionnaient au préalable un ou deux bisons isolés ou un petit, le visaient à plusieurs avec la première sagaie, gardant la deuxième pour empêcher le reste du troupeau de charger vers eux le cas échéant.

Elac et Karwen, le chef de la tribu, étaient les meilleurs tireurs. Ils se placèrent chacun à une extrémité du demi-cercle, Elac à gauche et Karwen à droite. Meyda, elle, se trouvait plus au centre, un peu en retrait derrière les autres chasseurs, pour ne courir aucun risque et avoir une vision optimale de la scène qui allait se jouer. Elle avait commencé à mémoriser les cornes latérales, la bosse sur le haut du dos, l'épaisse toison à l'avant du corps alors que l'arrière en était dépourvu.

Karwen fit signe à ses hommes, pointant du doigt deux bisons un peu éloignés des autres, à côté d'un bosquet d'arbres, à leur gauche. Ils étaient massifs, deux mâles certainement. Les chasseurs montrèrent qu'ils avaient compris et tous commencèrent à avancer lentement. Mais ce jour-là, la chance n'était pas avec eux. Alors qu'ils avaient pris soin de se placer contre le vent de ce début d'automne, pour ne pas se faire repérer par l'odorat aiguisé des bisons, ceux-ci semblèrent percevoir malgré tout un danger. Avant que les chasseurs ne puissent faire le moindre geste, un des bisons chargea brusquement dans leur direction. Karwen hurla à ses chasseurs de tirer. Une pluie de sagaies s'envola alors vers l'animal. Dans la panique, seule celle d'Elac, plus près que les autres, l'atteignit et le blessa, ne faisant que dévier sa trajectoire vers la droite. Le reste du troupeau, alerté à son tour, s'éparpilla en tous sens comme une nuée d'oiseaux effarouchés. La plupart des hommes durent lancer leur deuxième et dernière arme, formant une sorte de palissade protectrice, obligeant les animaux terrifiés à un demi-tour. Saisi d'une intuition furtive, Elac ne lança pas sa deuxième sagaie en voyant que ses camarades étaient maintenant tous désarmés, pour parer à toute éventualité. La tactique fonctionna. Les bisons s'échappèrent tous dans la direction opposée aux chasseurs, tous sauf l'animal blessé. Rendu fou par la lance plantée dans son dos, celui-ci continua à charger droit devant lui, évitant toutes les sagaies plantées dans le sol.

« Sauvez-vous ! » cria alors Karwen.

Les chasseurs battirent en retraite.

Seule Meyda resta tétanisée, ne sachant pas dans quelle direction fuir, regardant avec horreur se rapprocher d'elle cette énorme bête furieuse. Elac et Karwen réagirent en même temps et tirèrent ensemble, touchant tous les deux l'animal cette fois, qui fut terrassé instantanément.

Tremblante, encore sous le coup de la frayeur, Meyda se laissa tomber au sol en poussant un long soupir. Elle avait eu peur comme jamais et sentait son cœur cogner dans sa poitrine. Mais quand elle releva la tête vers Elac, pour partager son soulagement avec lui, ses yeux s'agrandirent de terreur. Alors qu'il avait semblé s'enfuir dans la direction opposée et que plus personne ne faisait attention à lui, le deuxième bison isolé s'était élancé à son tour et n'était plus qu'à quelques mètres d'Elac. Karwen, qui arrivait vers son ami en courant mais se trouvait encore loin de lui, lança sa dernière sagaie sur l'animal et lui causa une large blessure au flanc. D'où elle était, comme si la scène se déroulait au ralenti, Meyda put voir son ventre s'ouvrir et ses boyaux commencer à tomber sur le sol, sans que cela ne le fasse seulement ralentir sa course. Il était maintenant tout près d'Elac. Meyda crut que son cœur allait s'arrêter de battre quand elle réalisa que le jeune homme était désarmé. Comme s'il avait compris que toute fuite était inutile, Elac ne bougeait plus et semblait même attendre l'impact, se tenant la tête d'une main. Il fut percuté avec une violence inouïe par le bison. Son corps fut projeté sur plusieurs mètres et retomba lourdement sur le sol. Le bison continua encore un peu sa course, certainement étourdi par le choc lui aussi, ralentit, tituba, et s'écroula sur le sol, vaincu.

Pendant quelques secondes, personne ne bougea. Il n'y eut plus aucun bruit, comme si la nature elle-même était figée d'horreur.

Meyda se releva sans un mot, comme asphyxiée, et courut aussi vite qu'elle le put jusqu'à son compagnon inerte. Elle se jeta à genoux près de lui, l'appela, lui toucha un bras, puis le visage doucement. Elac était en sang, son corps était brisé, il ne respirait plus.

Alors, dans le silence devenu suffoquant, un cri terrible, celui de Meyda, se fit entendre, une longue plainte, si douloureuse que personne n'osa bouger. Tous avaient compris que le grand chasseur venait de quitter ce monde pour aller rejoindre les esprits.

Meyda pleura longtemps.

Elle fut incapable de marcher et Karwen dut la prendre dans ses bras pour la ramener au campement, tandis que ses compagnons s'étaient rassemblés pour porter le corps d'Elac.

Savi s'occupa de la cérémonie rituelle du passage vers le monde des esprits et le jeune chasseur fut enterré, le lendemain, à quelques mètres seulement de l'entrée de la grotte sacrée, avec une profusion d'offrandes qui montrait bien à quel point il avait été apprécié par sa tribu : plusieurs sagaies, des colliers de dents de divers animaux chassés, le crâne d'un ours et une longue peau de renne qui le recouvrait des pieds à la tête.

La nuit suivante, se faufilant hors du campement avec une lourde besace pesant sur son épaule, se guidant dans le noir grâce à la pleine lune, Meyda se rendit en secret à la grotte sacrée. Arrivée devant l'entrée, elle sortit de son sac tout le nécessaire pour faire du feu : un silex, une pyrite, cette pierre brillante composée de particules de métal, de l'amadou et un peu d'herbes sèches. En quelques frictions des deux pierres l'une contre l'autre, elle obtint des étincelles qui tombèrent sur l'amadou, se transformant en une toute petite braise. Soufflant dessus tout doucement, Meyda la déposa au cœur d'un petit nid d'herbes bien sèches et attendit que le feu prenne. Quand ce fut chose faite, elle alluma la mèche d'une lampe à graisse et, à la lueur de sa flamme vacillante, pénétra d'un pas décidé dans la grotte. Au début, elle marcha, puis elle dut se baisser, presque ramper à un endroit.

Elle passait devant les peintures qu'elle-même et Réchan avaient réalisées, lors de leurs précédents passages en ces lieux. Aux différents endroits de la grotte, Meyda reconnut les aurochs gigantesques, se faisant face, les chevaux caracolant, les cerfs traversant une rivière de laquelle seules leurs têtes émergeaient. Mais, en cet instant, elle ne s'attendrissait pas de cette vache qui semblait sauter au-dessus d'un obstacle invisible, de cette file de petits chevaux qui se suivaient au pas, ou de ce grand cheval qui semblait se rouler sur le dos dans une herbe qu'il fallait imaginer... Déterminée, elle se rendait dans l'endroit le plus inaccessible de la grotte, ce lieu que Savi nommait le trou et souhaitait laisser vierge de tout dessin.

Pour y accéder, il fallait descendre le long d'une paroi abrupte sur plusieurs mètres, en s'agrippant aux pierres saillantes et on aboutissait finalement à une petite salle que la chamane semblait trouver sans intérêt. Après avoir longuement réfléchi et hésité, c'est cet endroit, dont elle seule oserait braver le dangereux accès, que Meyda avait choisi pour rendre un dernier hommage à son défunt compagnon.

La jeune femme, sa besace en bandoulière sur l'épaule, laissa sa lampe à graisse allumée sur le sol, ayant besoin de ses deux mains pour se tenir à la paroi. Elle commença sa périlleuse descente, lentement, consciente qu'à la moindre inattention elle risquait de se rompre le cou.

Elle arriva finalement sans encombre jusqu'en bas, dans l'obscurité presque totale et prit quelques instants pour retrouver son souffle et détendre ses muscles contractés par l'effort.

Elle sortit de son sac une seconde lampe à graisse et, tâtonnant, réussit à l'allumer en répétant les gestes qu'elle avait effectués quelques minutes plus tôt.

Elle se mit alors à observer la paroi. D'abord avec les yeux, scrutant, réfléchissant, puis avec les mains, touchant, palpant les aspérités et les creux de son support de travail.

L'artiste-peintre prit ses différents pigments, de l'ocre, du marron, du noir, obtenus par le broyage méthodique de galets divers, des pinceaux avec des poils en crin de chevaux, de petits morceaux de peau de renne qui serviraient de tampons, et se mit au travail.

Elle dessina tout d'abord, d'un trait ferme et maîtrisé, le bison qui était la cause de son malheur, en pleine course, éventré, le corps transpercé de la sagaie de Karwen. Ensuite, avec une émotion grandissante, le corps renversé de son compagnon, basculant en arrière.

Elle qui mettait toujours un point d'honneur à représenter les moindres détails anatomiques, à dessiner avec une ressemblance saisissante ses sujets d'étude, choisit cette fois d'être volontairement schématique.

Les bras et les doigts d'Elac ressemblaient à des bâtons, le bison semblait seulement esquissé, comme si la douleur, l'incompréhension, la rage, le sentiment d'injustice, toutes les émotions qui la traversaient encore lui faisaient, cette fois, choisir un style différent pour s'exprimer. Les larmes inondaient ses joues, mais Meyda ne s'arrêtait pas.

Au moment de dessiner le visage d'Elac, elle marqua un temps d'arrêt. Ne voulant pas irriter les différents esprits de la nature et parce qu'elle avait conscience de braver un interdit, elle décida de ne pas figer sur la pierre son véritable visage d'homme, mais de lui rendre hommage en le représentant avec une tête d'oiseau, son animal préféré.

Et comme un message intime et personnel qu'elle lui adressait, elle décida également, au dernier moment, de mettre en valeur sur la paroi la virilité de son amant.

« Adieu mon bel Elac, je ne t'oublierai jamais, dit-elle doucement, une larme roulant sur sa joue, en caressant son ventre légèrement rebondi. Tu seras pour toujours dans mon cœur. »

Il lui fallut plusieurs mois avant de pouvoir représenter, sur la paroi, la commande de Savi : deux bisons dos à dos. Mais elle y parvint malgré tout.

L'image des deux énormes animaux était, depuis ce jour funeste, gravée à jamais dans sa mémoire.

III

Lorsque Nowilé et Zypha sortirent de la tente, quelques autres membres de la tribu, qui s'affairaient non loin à diverses tâches, s'assurèrent d'un regard que tout allait bien. Surtout Naé, une belle jeune femme aux longs cheveux châtains et tressés, amie de Meyda, qui l'avait vue, plusieurs heures auparavant, partir se mettre à l'écart dans la tente réservée à la chamane. Ici étaient reçus les blessés, les parturientes ou les malades. Naé, qui elle n'avait jamais eu d'enfant, surveillait les deux aînés de Meyda, Kaël et Towen, deux petits diablotins de quatre et deux ans. Elle s'occupait d'eux à chaque fois que Savi demandait à son artiste de venir peindre dans une grotte, ou lorsque Meyda en avait besoin.

Devant le sourire des deux femmes, Naé se détendit, mais comprit au voile dans leur regard que quelque chose les tracassait. Elle espéra que ce n'était rien de grave. Il fallait aller rassurer Oran maintenant.

Prenant les deux garçons par la main, Naé se dirigea alors vers l'autre extrémité du campement et s'approcha d'un groupe qui, assis sur de simples peaux de renne, était absorbé par sa tâche quotidienne, la taille des silex. Le groupe était composé d'hommes, de femmes, d'adolescents et d'enfants des deux sexes.

Les plus âgés, les plus aguerris aussi, réalisaient des instruments particulièrement tranchants et fins, destinés à la chasse et à la découpe de la viande, tout en surveillant d'un œil bienveillant mais intransigeant le travail des plus jeunes, à qui l'on demandait de réaliser des racloirs ou des perçoirs.

Les racloirs étaient essentiels pour débarrasser les peaux des animaux chassés de tout reste de chair. Les perçoirs servaient, eux, à faire des trous dans ces mêmes peaux, pour pouvoir les coudre entre elles. Les aiguilles à chas réalisées en os par un autre groupe, les sculpteurs, pouvaient ainsi faire passer par les trous les tendons de renne qui faisaient office de fil, et réaliser manteaux, tuniques ou chaussures.

Lorsqu'il vit Naé et les enfants de sa compagne arriver devant lui, Oran, le tailleur de silex le plus adroit de la tribu, interrogea fiévreusement du regard la jeune femme. Celle-ci sourit et opina de la tête. Cela signifiait que Meyda avait survécu, l'enfant aussi, que tout semblait bien aller. Oran sentit toute la tension qui l'avait envahi ces dernières heures retomber, et s'arrêta machinalement de tailler la pointe de lance qu'il avait presque terminée. Quel soulagement ! Quel soulagement de ne pas avoir perdu Meyda d'une part, car ces dernières années plusieurs femmes de la tribu étaient mortes en couches. Et d'autre part, Oran se rappelait le désespoir de la jeune femme lorsqu'elle avait perdu son plus jeune fils l'été précédent. L'arrivée de ce nouveau-né atténuerait peut-être ce chagrin qui ne la quittait jamais tout à fait depuis. Pourvu que celui-ci survive et apporte à sa mère le réconfort dont elle avait besoin !

Oran ne se considérait pas comme le père de ce bébé. Comme tous les membres de son clan, il savait qu'un enfant avait une mère, celle qui l'avait mis au monde ou une de substitution, et que potentiellement tout le reste de la tribu pouvait s'occuper de lui en cas de besoin. Les hommes, bien qu'ils témoignent affection et intérêt aux enfants de leur compagne, n'avaient aucune connaissance du concept de géniteur. La perte d'un membre de la tribu, quel qu'il soit, affectait tout le monde, mais Oran savait que des liens plus forts existaient entre certaines personnes. Meyda et ses enfants étaient comme une partie de lui et il tremblait parfois d'inquiétude pour eux. Grand, élancé et châtain, assez musclé de par son activité quotidienne, Oran ne donnait pas l'impression d'être un sentimental. Pourtant, il possédait un cœur énorme et sa gentillesse avait conquis toute la tribu. C'est tout naturellement que Meyda avait été conquise aussi.

Il se dit qu'il allait, dès ce soir, remercier les esprits en sculptant à nouveau le corps de Meyda dans de l'ivoire de mammouth. Il avait récupéré une longue défense sur un cadavre lors de leur dernier déplacement et il la gardait en prévision d'une occasion particulière comme celle-ci. Il réaliserait une statuette représentant son corps de femme enceinte, en accentuant exagérément ses formes déjà généreuses, poitrine, hanches, ventre, fesses, mais sans visage, pour montrer sa reconnaissance envers tous les esprits de la nature qui avaient protégé celle pour qui battait son cœur.

Lorsqu'elle pénétra dans la tente, de son pas tranquille mais ferme, Savi, la chamane, l'aïeule de la tribu, celle qui les avait tous vus naître, celle que l'on consultait toujours pour ses connaissances et ses conseils, Savi s'approcha sans faire de bruit de la couche sur laquelle reposaient Meyda et sa petite fille. Elles dormaient toutes les deux, le bébé sur la poitrine de sa mère, et leurs visages exprimaient un relâchement total. Savi sourit. Ce spectacle la ravissait toujours. La tribu de Galek, du nom de son fondateur, le compagnon de la mère de Savi, comptait un nouveau membre. Après les différents décès de l'année passée, c'était une très bonne chose.

Sentant certainement la présence de la chamane près d'elle, Meyda remua et ouvrit doucement les yeux.

« Savi... murmura-t-elle dans un souffle.

— Comment te sens-tu Meyda ? demanda la vieille femme, bienveillante.

— Je me sens bien, Savi, je suis fatiguée, mais les naissances ne me font plus peur. J'ai l'habitude et cela a été assez vite. Mais... Il y a quelque chose... Ce n'est pas moi, c'est le bébé... Elle... - Savi ne voulait pas presser Meyda, elle la laissa chercher ses mots - ... Elle ne fait aucun bruit. Elle ne crie pas, alors qu'elle ouvre grand la bouche, elle... Je n'ai jamais vu ça ! Est-ce que... ?

Comme si elle sentait que l'on parlait d'elle, la petite se réveilla. Elle bailla, commença à remuer ses bras, ses jambes, puis ouvrit grand la bouche et devint toute rouge. Savi put constater ce que Meyda venait de lui décrire : la petite semblait hurler, tout son corps l'exprimait, mais sans aucun son. Sa mère la mit sur son sein et elle se calma aussitôt, apaisée par le liquide nourricier.

— Meyda, ton enfant va bien visiblement. Elle respire, elle bouge, elle dort, elle boit ton lait. Elle a ses deux jambes, ses deux bras. Peut-être que les esprits ont tout simplement oublié de lui donner une voix, dit doucement la chamane. Ou alors, ils ont estimé qu'elle n'en avait pas besoin, qu'elle était particulière. C'est peut-être le signe qu'elle sera une personne importante dans notre tribu.

— Oh...

— J'ai déjà vu cela il y a bien longtemps, alors que je n'étais qu'une enfant. Un membre de la tribu est né sans la parole, et ses oreilles ne nous entendaient pas non plus. Sa vie durant, il n'a jamais pu proférer le moindre mot, seulement des cris ou des grognements. Cela ne l'a pas empêché d'être un grand chasseur ni de vivre au sein de notre tribu. Il ne faut pas t'inquiéter ! »

Meyda se mit à réfléchir à ce que venait de lui dire la doyenne de la tribu. En effet, tout semblait normal chez ce petit être, hormis ce silence qui seul sortait de sa bouche. Savi semblait penser que ce n'était pas le plus important. Elle devait être satisfaite, puisque l'enfant vivait et se sentir reconnaissante pour cela. Et elle dut admettre qu'une grande part de la communication entre les membres de cette tribu passait par les regards, les mimiques et les gestes.

« Quel est son nom ? demanda Savi.

— Je vais l'appeler Némi », sourit Meyda.

Le lendemain, selon la coutume, et comme tout allait bien pour la mère et l'enfant, Meyda put quitter la tente de Savi et retourner auprès des siens.

Avec Oran et ses enfants, elle occupait une hutte, parmi la quinzaine que comptaient leur campement.

Assez grande, haute, recouverte de grandes peaux de mammouths soigneusement cousues entre elles, que les chasseurs de la tribu avaient prélevées sur des animaux trouvés morts, elle contenait toutes les richesses du couple : diverses peaux qui faisaient office de couvertures et de vêtements, la besace contenant tout le matériel pour peindre de Meyda et de nombreux outils en pierre taillée, œuvres d'Oran. Tout ce qu'ils étaient capables de porter quand venait le temps de changer de campement.

Apercevant leur mère, Kaël et Towen accoururent vers elle sur leurs petites jambes potelées pour se faire câliner et regarder de près cette petite chose qu'elle ramenait et qui se tortillait sans faire de bruit.

« Regardez les enfants, voici Némi, votre petite sœur. C'est un nouveau membre de notre tribu, mais surtout de notre famille.

— Elle est toute petite... déclara Towen.

— Elle ne fait pas de bruit, remarqua Kaël.

— En effet, sa bouche ne fait aucun bruit et elle ne peut pas crier. Cela arrive parfois. Elle est différente des autres bébés mais cela n'a aucune importance pour nous. Et comme tu l'as dit Towen, elle est toute petite, il va donc falloir prendre soin d'elle. »

Comme aimantée par ce lien magique qui fait que les enfants se reconnaissent toujours entre eux comme des semblables, la petite Némi fixait tour à tour avec intensité ses deux frères. Un message non verbal sembla transiter entre ces trois paires d'yeux, comme une alliance tacite, un serment entériné. L'échange avait dû être intense, car elle referma les yeux et s'endormit aussitôt.

Leur curiosité et leur besoin de câlins satisfaits, Kaël et Towen retournèrent vite à leurs occupations avec les autres enfants de la tribu, courant tout autour des autres mères, occupées à leurs tâches.

Oran s'approcha à son tour, entoura de ses deux bras la jeune femme et se pencha vers elle pour l'embrasser tendrement. Il mit tout son amour dans ce baiser, qu'il avait tant redouté ne plus pouvoir lui donner. Comme à chaque fois, Meyda ressentit un grand apaisement. Depuis la mort d'Elac, grâce à Oran elle se sentait moins seule. Il lui avait apporté beaucoup de réconfort. Il était tendre, semblait éperdument amoureux d'elle et adorait les enfants. Elle se rendit compte qu'il lui avait manqué, ne serait-ce qu'une nuit. Elle se recula pour lui présenter le bébé.

« Voici Némi, Oran. C'est ma... c'est notre fille.

— Notre... notre fille ?

Oran regarda sa compagne comme s'il ne comprenait pas. Elle-même semblait surprise par ce qu'elle venait de dire. Cela avait été spontané, elle n'y avait pas réfléchi avant, mais cela lui semblait maintenant une évidence.

— Oran, cette petite ne possède pas la parole. Cela ne l'empêchera pas de grandir, Savi me l'a assuré. Je ne sais pas si c'est un bien ou un mal, mais elle est différente. Elle a besoin de moi, mais elle a aussi besoin de ta protection. Si jamais je devais cesser de vivre, je voudrais que ce soit toi qui prennes soin d'elle. Avec Kaël et Towen, c'est toi sa famille maintenant.

— Je t'interdis de cesser de vivre, Meyda ! Mais je te promets que je m'occuperai bien de Némi », dit gravement Oran.

Meyda lui sourit. Il avait compris ce qu'elle voulait dire et en était touché. Elle avait bien vu qu'il était très affecté lui aussi par la perte de son fils l'année dernière. Elle savait, même si on ne le reconnaissait pas comme cela dans la tribu, que l'attachement des hommes aux enfants de leur compagne était certainement comparable à l'amour maternel.

L'arrivée de cette petite fille particulière était peut-être l'occasion de changer les habitudes. Du moins, Meyda souhaitait faire ainsi pour sa propre famille. Et elle voyait qu'Oran n'attendait que cela. Elle se lova dans ses bras, prenant bien soin de ne pas serrer Némi, et se laissa aller avec un sentiment de bien-être dont la chaleur l'enveloppa tout entière.

Oran n'était pas et ne serait jamais Elac. Même si une partie de son cœur lui était restée fidèle malgré la mort, elle se sentait bien avec Oran et imaginait que là où il se trouvait, Elac approuvait ce choix.

IV

Alors qu'elle n'avait que quinze ans, Meyda avait déjà réalisé des peintures d'un grand réalisme, dans plusieurs grottes découvertes lors des différents déplacements de sa tribu. À ses débuts, Rachen lui faisait seulement préparer les pigments. Meyda avait alors testé divers mélanges, sélectionnant ses pierres avec soin, avant de les réduire en poudre minutieusement, ajoutant en quantité plus ou moins importante sa salive, de l'eau ou de la graisse animale, en guise de liant. Voyant qu'elle obtenait des couleurs intéressantes, Rachen l'avait alors incitée à colorer les œuvres qu'il produisait, en soufflant les pigments à travers un os creux, en frottant les surfaces avec de petits morceaux de peaux imprégnés d'ocre ou de noir, en traçant les contours des bêtes avec des morceaux de charbon, ou en appuyant ses paumes enduites de couleur sur les parois fraîchement ornées. Devant son application et le rendu des dessins, sublimés par les couleurs de la jeune femme, Rachen lui avait finalement laissé le soin de tracer elle-même les silhouettes des animaux que réclamait Savi, en fonction de ses visions.

Meyda avait alors pu vraiment s'exprimer. Elle était capable de restituer sur les murs des cavernes des animaux que l'on avait l'impression de voir bouger à la flamme tremblante des lampes à graisse posées sur le sol. Les chevaux, ses animaux préférés, les bisons, ou encore les aurochs semblaient vivants, en plein mouvement, et prêts à s'échapper de la grotte.

Lorsque Rachen s'en était allé, rappelé par les esprits puissants qui semblaient régir le monde, Meyda avait continué son travail, en solitaire. La compagnie du vieil homme lui avait un peu manqué, mais elle avait l'habitude de passer plusieurs heures seule, dans les profondes salles faiblement éclairées et elle aimait par-dessus tout ce qu'elle faisait. Elle en perdait toute notion du temps, absorbée tout entière par sa tâche, ne pouvant se résoudre à arrêter si elle n'avait pas complètement terminé. Savi respectait sa concentration. Elle expliquait généralement à Meyda quels animaux elle souhaitait la voir peindre et la laissait ensuite complètement libre dans sa réalisation. Il arrivait donc fréquemment à la jeune artiste de ressortir de la grotte alors que la nuit était tombée et que tous les membres de la tribu dormaient à poings fermés. C'est pour cela que la tente qu'elle occupait seule, orpheline depuis trois ans déjà, se trouvait très proche de la grotte, afin qu'elle n'ait pas à effectuer une trop longue marche dans l'obscurité, à la faible lueur de sa petite lampe, lorsque cela arrivait. Mais il était fort probable que Meyda ne reste pas seule encore très longtemps. En effet, parmi les membres de la tribu, trois jeunes hommes de son âge s'intéressaient à elle : Ourel, Oran et Elac.

Le premier, jeune frère du chef, présomptueux et imbu de lui-même, ne plaisait pas du tout à la jeune femme, malgré son physique avantageux. Grand, brun, musclé, avec des yeux noisette, de hautes pommettes et un menton volontaire, il faisait partie du groupe des chasseurs. Mais Meyda ne se sentait aucune affinité avec lui et n'aimait pas la façon dont son regard semblait la convoiter lorsqu'il la regardait.

Oran, qui était son ami depuis toujours, était celui qu'elle trouvait le plus attendrissant, car il était plein d'attentions envers elle, lui apportant souvent de petits cadeaux, des noix, des pierres colorées pour réaliser ses pigments ou des outils taillés qu'il réalisait lui-même, étant un très bon tailleur de pierre. Meyda aimait discuter, rire et passer du temps avec lui, mais elle se rendait bien compte que son ami ne ressentait pas que cela pour elle. Ses cadeaux en étaient la preuve. Meyda était gênée de les accepter et le lui avait dit, mais il continuait, disant que cela lui faisait plaisir et qu'elle était avant tout son amie.

Quant à Elac, Meyda brûlait littéralement d'amour pour ce beau chasseur depuis sa plus tendre enfance.

Mais malheureusement pour elle, il semblait lui préférer son amie Naé, sœur de Karwen et Ourel, une jeune femme rieuse et sûre d'elle, quand Meyda était plutôt timide et effacée.

Et pourtant, Elac venait souvent voir la jeune artiste pour se renseigner sur les goûts, les envies, ou les déplacements de son amie. Il lui apportait les cadeaux qu'il destinait à Naé, lui demandant de lui remettre de sa part, venant ensuite se renseigner sur sa réaction en les recevant. Il ne voulait pas les lui remettre en personne.

Naé, par son statut de sœur du chef et grâce à son charme ravageur, avait plusieurs prétendants et Elac attendait que la jeune femme fasse son choix. Cela lui déplaisait un peu d'être en compétition, en quelque sorte, avec d'autres jeunes hommes, qu'il connaissait en plus très bien. Quand elle aurait décidé quel compagnon elle préférait, il faudrait encore demander à la chamane si les esprits leur étaient favorables. Et ce n'est qu'après la bénédiction de Savi que le couple pourrait consommer son union. Ne sachant pas comment il se positionnait par rapport à ses rivaux, il demandait souvent conseil à l'amie la plus proche de Naé, Meyda, en qui il avait toute confiance, au grand désespoir de celle-ci !

Un soir, alors qu'elle ressortait de la grotte sa lampe à la main, la nuit étant tombée, Meyda vit soudain Elac se matérialiser à côté d'elle. Elle poussa un cri de surprise et lâcha son éclairage.

« Oh, désolé, Meyda, je ne voulais pas te faire peur ! s'écria le jeune homme, se précipitant pour ramasser sa lampe.

Une main sur le cœur, pour en calmer les battements intempestifs, dus aussi bien à la frayeur qu'à la présence du beau chasseur, Meyda le regarda.

— Qu'est-ce qu'il y a, Elac ? demanda-t-elle pour se donner une contenance.

— Viens, je te raccompagne. Nous pourrons parler en marchant. »

Ils se dirigèrent, côte à côte, vers la tente de la jeune femme. La nuit était froide et le ciel constellé d'étoiles. Tout était calme sur le campement, on n'entendait plus rien. Meyda tremblait de sentir la manche d'Elac frôler la sienne à chaque pas. La présence du jeune homme la comblait, mais elle savait qu'il n'était pas là pour elle.

« J'ai encore un service à te demander. C'est pour Naé, dit-il, en tendant la main vers elle et en laissant apparaître dans sa paume une grosse canine de loup. J'espère que cela va lui plaire.

— Je suis sûre que oui, fit doucement Meyda, prenant le présent et le glissant dans sa besace.

— Merci, Meyda. Tu sais, Karwen insiste pour que je choisisse une compagne et je sais qu'il aimerait beaucoup que ce soit Naé, mais moi...

Le cœur de la jeune peintre manqua un battement et elle le regarda droit dans les yeux, sentant l'espoir renaître.

— Mais... et toi Elac ? Tu... tu aimerais que ce soit Naé ? demanda-t-elle timidement, sentant ses joues rougir, remerciant la nuit d'être déjà tombée pour le lui dissimuler.

— J'aimerais que ce soit quelqu'un qui me surprenne, quelqu'un dont je me sente fier, quelqu'un que j'admire. Je ne sais pas si Naé est cette personne. Je ne sais pas s'il existe une telle personne. Et toi ? Crois-tu qu'elle existe ?

— Je... Je ne sais pas.

— As-tu déjà trouvé, toi, Meyda, celui qui pourrait devenir ton compagnon ?

— Oui... répondit-elle dans un souffle, son cœur battant la chamade, son regard accroché aux magnifiques yeux bleus du chasseur.

— Tu as de la chance alors, ajouta le jeune homme en lui souriant. Bonne nuit, Meyda, et merci de ton aide ! »

Et il partit comme il était venu, disparaissant dans le noir, laissant Meyda perplexe. Elac semblait hésitant, influencé peut-être par le chef. Mais comment faire pour qu'il s'intéresse à elle ? Comment pourrait-elle le surprendre ? Comment pourrait-il être fier d'elle ? Les paroles du chasseur, au lieu de l'aider, la troublaient davantage.

Il n'était pas rare que Naé et Meyda se retrouvent, une fois leurs activités respectives terminées, en fin de journée. Naé était experte dans la préparation des peaux de renne et la confection de vêtements, et elle passait une partie de ses journées à réaliser diverses pièces, de toutes tailles, pour les membres de son clan. Ceux-ci appréciaient particulièrement ses vêtements d'hiver, aux coutures parfaitement serrées, garantissant une bonne protection contre le froid.

Les deux jeunes femmes allaient souvent se promener ensemble, au bord de la rivière, Meyda en profitant pour s'acquitter, la mort dans l'âme, des missions dont Elac l'investissait et pour ramasser les galets colorés qu'elle trouvait en grand nombre à cet endroit. En hiver, la rivière gelait, ses berges étaient recouvertes de neige, mais chaudement vêtues, les deux amies restaient fidèles à leurs habitudes.

Un soir, alors qu'elles discutaient des différents prétendants de Naé, Meyda perçut un changement chez son amie à l'égard d'Elac. D'abord indifférente, Naé donnait l'impression de commencer à apprécier les attentions du jeune homme. Meyda en était désespérée, mais n'osait rien lui dire. Qui était-elle pour espérer contrecarrer des sentiments qui n'allaient pas tarder à être partagés ? Elle remit à son amie la magnifique dent de loup offerte par Elac.

« Oh, Meyda ! s'écria Naé, ravie, elle est vraiment jolie ! J'ai l'impression que je fais de l'effet aux chasseurs de notre clan ! Daïr m'a fait un présent aussi, mais il me plaît moins. Et puis... Elac est plus jeune ! ajouta-t-elle en souriant espièglement - Meyda était au supplice - Et toi, tu devrais parler un peu plus à Ourel, continua Naé. Il semble vraiment s'intéresser à toi. Je connais mon frère tu sais ! J'ai vu comment il te regardait...

— Ah ? fit Meyda, feignant l'ignorance, tu crois ?

Elle aussi avait bien remarqué les regards appuyés du frère de son amie. Mais contrairement à Naé qui n'y voyait que le charme d'un sentiment amoureux naissant, elle percevait quelque chose qui la mettait mal à l'aise dans l'attitude du jeune homme. Il semblait rôder en permanence autour d'elle, sans oser vraiment s'approcher, et la couvait de ses yeux brillant d'une lueur qui le rendait inquiétant.

Elle frissonna.

Le soleil déclinait, la température commençait à baisser nettement.

— Allez, rentrons, dit Naé, je suis gelée et il va bientôt faire nuit.

— Vas-y si tu veux, il me faut encore quelques galets de cette belle couleur rouge que j'aime tant, répondit Meyda. Je n'en ai pas pour longtemps, pars devant.

— Comme tu veux, à demain, mon amie, tu remercieras Elac pour cette belle dent de loup, elle est parfaite. Je vais certainement la coudre sur la nouvelle peau de renne que j'ai préparée aujourd'hui. Comme cela, Elac verra que je la porte.

— Bonne idée… » soupira Meyda, tandis que Naé s'éloignait.

Elle se tourna vers la rivière, sentant les larmes lui monter aux yeux. Elle ne pouvait rien faire pour empêcher l'inévitable rapprochement entre son amie et celui qui occupait constamment ses pensées.

« Pourquoi est-ce que je ne lui ai rien dit ? s'exclama-t-elle, dépitée. Pourquoi est-ce que je n'ose pas lui faire de cadeaux moi aussi ? Peut-être que, comme ça, il m'aurait vue, peut-être qu'il aurait compris ce que je ressens pour lui ? Pourquoi les esprits ne m'aident-ils pas ? »

Et dans un accès de colère et de frustration, elle jeta le galet qu'elle tenait dans la main sur la glace qui recouvrait la rivière. Celle-ci fut brisée sans difficulté par le petit projectile.

« Tiens… la couche de glace est beaucoup plus fine que d'habitude ! Il faudra que je le dise à tout le monde dès demain, les pêcheurs pourraient se faire surprendre ! »

En prononçant ces derniers mots, elle aperçut un peu plus loin une silhouette qui approchait de la rivière, les mains chargées.

Avec la semi obscurité qui régnait maintenant, elle ne voyait pas qui c'était, mais elle se doutait que c'était un homme du clan qui venait justement profiter de la fin de journée pour attraper quelque poisson pour son repas.

« Eh oh ! cria-t-elle pour le prévenir, attention à la gl… »

Sa voix s'étrangla quand il se retourna dans sa direction et lui adressa un signe de la main : c'était Elac !

Muni d'un harpon et d'un long silex qui allait visiblement lui servir à découper la surface gelée, il s'approcha du bord et posa un pied sur la glace. Voyant que l'épaisseur semblait suffisante, il ne prit pas la peine de vérifier que c'était toujours le cas un peu plus loin et continua d'avancer.

Meyda allait répéter son avertissement quand, soudain, un horrible craquement se fit entendre, et en moins d'une seconde, Elac disparut sous la surface.

Poussant un cri horrifié, Meyda lâcha tous les galets qu'elle tenait dans les mains et courut à perdre haleine sur les quelques mètres qui la séparait de l'endroit où elle l'avait vu disparaître. Elle n'eut pas le temps de se poser de questions : il fallait à tout prix qu'elle le fasse ressortir de cette eau qui, si elle ne le noyait pas, allait le faire mourir de froid.

Hurlant son prénom, elle réussit à atteindre le trou, se mit précautionneusement à genoux au bord en évitant de casser davantage la fine couche, et tendit les deux bras dans l'eau glacée, espérant sentir sous ses mains le jeune homme. Ce fut comme si des dizaines d'aiguilles lui piquaient toutes en même temps les bras, tant le froid était intense. Elle pensa immédiatement qu'Elac ne tiendrait pas plus d'une minute à cette température. Elle essaya de se pencher davantage, mais ne sentait toujours rien, à part la panique qui la gagnait peu à peu. Elle ne cessait de l'appeler, les larmes commençaient à jaillir de ses yeux, elle crut qu'elle allait perdre la raison et faillit plonger à son tour pour essayer de le retrouver.

Tout à coup, elle sentit quelque chose sous les doigts d'une de ses mains : les cheveux d'Elac ! Elle referma aussitôt ses doigts dessus, tira et put le faire remonter à la surface. Sa tête émergea de l'eau glacée, mais il était tétanisé par le froid et ne pouvait pas bouger. Meyda réagit immédiatement. Elle l'attrapa par le haut de ses vêtements et, le tirant de toutes ses forces vers elle, réussit à le sortir jusqu'aux épaules. Elle recommença et, cette fois, tout son torse émergea. Elle tira, encore et encore, jusqu'à ce qu'il soit entièrement sorti de l'eau et en sécurité sur la berge. Soulagée de lui avoir évité la noyade, elle se rendit compte qu'il semblait avoir perdu connaissance. Elle mit sa main sur sa joue pour essayer de le réveiller, mais constata aussitôt à quel point sa peau était froide.

« Il va mourir de froid s'il garde ses vêtements mouillés, se dit-elle. Il faut que je le ramène au campement. »

Mais le jeune homme était plus lourd qu'elle et le poids de ces vêtements trempés n'arrangeait pas les choses. Elle ne voyait pas comment elle allait pouvoir le ramener.

Elle appela à l'aide, cria de toutes ses forces, mais elle devait être trop loin pour que quelqu'un l'entende et vienne l'aider. Elle vit que ses lèvres étaient devenues bleues, ce qui l'inquiéta davantage. Regardant désespérément autour d'elle, cherchant une solution, elle finit par distinguer, alors que la nuit tombait un peu plus, une espèce de petite hutte à quelques dizaines de mètres. Certainement un abri fait par un pêcheur pour se protéger du froid. Il fallait qu'elle l'emmène jusque-là. Saisissant les bras du jeune homme, elle se mit à le tirer sur la neige dans cette direction. Les muscles tremblants, serrant les dents sous l'effort, elle parvint péniblement à faire quelques pas. Soufflant, gardant en tête l'image de ses lèvres bleues, elle trouva la force de le traîner jusqu'à la hutte, peinant sous son poids, mais tenant bon.

Au bout de longs efforts laborieux, elle réussit à lui faire atteindre la destination visée.

Elle le jeta pratiquement à l'intérieur et se laissa tomber à genoux, exténuée.

Reprenant sa respiration, elle faillit pousser un cri de joie : elle ignorait l'identité de celui qui avait installé ce refuge, mais il allait l'aider dans sa tâche, car il avait eu la bonne idée de munir sa tente de couvertures et d'un petit foyer, à côté duquel se trouvaient quelques branches.

Meyda commença par allumer un feu, puis s'attela à déshabiller le jeune homme, qui n'avait toujours pas repris connaissance. Les habits mouillés étaient particulièrement difficiles à ôter, mais à force de tirer elle finit par y arriver.

Elle ne cessait de murmurer son nom, l'encourageant à ouvrir les yeux, sans résultat.

Elle se mit alors à le frictionner, d'abord le torse, puis les bras et les mains. Elle lui recouvrit ensuite le haut du corps des quelques couvertures et frotta ses jambes et ses pieds. Il ne réagissait toujours pas et son corps restait très froid.

Morte d'inquiétude, Meyda essaya de réfléchir. Comment le réchauffer ? Prise d'une impulsion, elle se débarrassa elle-même de tous ses habits et se glissa sous les couvertures, tentant de recouvrir son corps du sien. Il était glacé et elle frissonna. Elle se colla à lui, espérant que la chaleur de son corps allait réussir à lui faire retrouver une température corporelle normale. Au bout de longues et angoissantes minutes, elle cessa de grelotter et constata que son idée avait fonctionné : elle commençait à le sentir bouger et eut l'impression qu'il était moins froid. Il se mit à claquer des dents et à trembler de tous ses membres. Elle resserra ses bras autour des siens, continua de rester bien plaquée à lui, suppliant les esprits de l'aider et de ne pas abandonner le jeune homme.

Puis, peu à peu, grâce au contact peau à peau, aux couvertures et au feu qui réchauffait le petit espace, les tremblements cessèrent et elle sentit qu'il se détendait.

Alors seulement elle put recommencer à respirer normalement. Soulagée, mais, épuisée par tous ses efforts et ses émotions, elle sombra dans un profond sommeil.

Lorsqu'il revint à lui, Elac ne comprit pas où il était, ni pourquoi il se trouvait là. Il lui fallut plusieurs secondes pour réaliser que le poids qu'il sentait sur lui était celui de Meyda. La jeune femme, le recouvrant de son corps telle une couverture, dormait. L'enveloppant de ses bras, Elac roula tout doucement sur le côté et la déposa délicatement à côté de lui. Il remarqua alors qu'ils étaient nus tous les deux.

« Mais qu'est-ce que... » commença-t-il, perplexe.

Puis la mémoire lui revint d'un coup. Il revit la glace céder, ressentit à nouveau la terrible morsure de l'eau froide, mais se rappela aussi le visage de Meyda juste avant de tomber. Il la regarda, abasourdi : est-ce que c'était elle qui l'avait sorti de l'eau ? Qui l'avait emmené jusqu'ici ? Et visiblement qui avait tout fait pour le réchauffer ? Incrédule, mais aussitôt éperdument reconnaissant, il se pencha vers elle et l'embrassa sur le front. Elle remua dans son sommeil. Elle avait l'air si fragile... Pourtant, ce qu'elle venait de faire démontrait bien le contraire. Elac la regarda alors avec attention, et dut bien s'avouer qu'il n'avait jamais remarqué avant aujourd'hui qu'elle était si jolie. Ses longs cheveux blonds encadraient son visage qui à cet instant reflétait l'abandon le plus total. Une certaine émotion s'empara alors de lui. Il rabattit la couverture sur elle et décida qu'il allait la laisser dormir, qu'elle devait être épuisée. Il l'était lui aussi. Il remit quelques branches dans le feu et se rendormit, sentant la délicieuse chaleur du corps de Meyda à côté de lui.

Lorsque le jour perça dans la petite tente, les deux jeunes gens se réveillèrent en même temps.

Meyda battit doucement des paupières et se noya pendant quelques secondes dans le regard d'Elac accroché au sien. Reprenant ses esprits, elle poussa un cri de joie et enroula ses bras autour du cou d'Elac :

« Tu es vivant ! Tu es vivant ! répétait-elle, laissant son soulagement la submerger et ses larmes déborder.

— Meyda, c'est grâce à toi. Tu m'as sauvé !

— J'ai eu si peur ! lui dit-elle entre deux sanglots, si peur... »

Et Elac découvrit, un peu surpris, la force des émotions qui trahissaient les sentiments de Meyda. Il comprit que la jeune femme devait tenir beaucoup à lui, pour avoir eu la force d'accomplir ce sauvetage incroyable.

Une fois rhabillés, elle répondit à ses questions en lui racontant ce qui s'était passé, rougissant au moment d'évoquer la seule façon de le réchauffer de manière efficace qu'elle avait trouvée, ce qui le fit sourire.

Ils retournèrent au campement au petit matin. Les autres n'étaient pas encore levés. Elac raccompagna Meyda jusqu'à sa tente et la remercia encore une fois, ému. Comme la jeune femme lui souriait, il s'approcha d'elle, prit son visage entre ses mains, et l'embrassa avec délicatesse.

Le cœur de Meyda explosa.

V

Savi avait, comme à son habitude, vu juste. La petite Némi, toujours mutique, grandissait le plus normalement du monde. C'était une petite fille aussi brune que sa mère était blonde, avec de grands yeux noisette qui portaient un regard curieux sur le monde. Il s'était avéré qu'elle entendait tout à fait normalement, mais elle était incapable de reproduire le moindre son. Sans s'en rendre vraiment compte, sa famille et la plupart des gens de la tribu s'étaient adaptés à sa particularité. Lorsqu'elle voulait exprimer quelque chose, tout le monde était plus attentif à ses regards, ses postures. La communication verbale était remplacée par des gestes, des mimiques, des hochements de tête. La tribu entière avait été affectée récemment par plusieurs décès d'enfants, ce qui voulait dire que leur population diminuait et cela, tous l'avaient bien en tête. Une petite fille en bonne santé mais sans la parole valait tous les bavardages du monde à leurs yeux. Les autres enfants la traitaient comme une égale. Certains d'entre eux, pourtant doués de parole, ne parlaient pas beaucoup, soit par paresse, soit parce qu'ils arrivaient très bien à se faire comprendre autrement. Némi ne dénotait pas parmi eux.

C'est à l'âge de huit ans, et alors qu'elle n'y avait jusqu'ici pas prêté attention, qu'elle se rendit vraiment compte un beau jour de sa différence. Kaël, son frère aîné, travaillait maintenant avec Oran. Le tailleur de silex lui enseignait pendant plusieurs heures par jour les techniques de taille qu'il connaissait et l'adolescent se révélait plutôt doué.

Némi passait donc la plupart de son temps avec Towen, ou d'autres enfants de la tribu, et s'acquittait de petites tâches à sa portée, comme ramasser des mûres ou des fraises des bois. Les plus grands repéraient les nids des oiseaux dans les arbres et grimpaient pour y voler les œufs, qu'il fallait ensuite ramener sans les casser.

Un bel après-midi d'été, le frère et la sœur se rendirent au bord de la rivière qui se trouvait à quelques dizaines de mètres du campement estival. Towen avait fabriqué de petites nasses pour attraper des poissons et en avait donné une à Némi. Elle était très fière que son frère lui confie la responsabilité d'une nasse, et elle voulait lui montrer qu'elle était digne de sa confiance en attrapant, elle aussi, quelques poissons. Les deux enfants s'amusaient en pataugeant les pieds dans l'eau, faisaient des piles de cailloux pour passer le temps ou regardaient des feuilles d'arbre descendre le courant entre les rochers.

Un autre garçon, Toar, à peine plus âgé que Némi, s'approcha à son tour de la rivière à quelques mètres d'eux. Il tenait fièrement à la main un petit harpon de sa confection. Sceptiques, Towen et Némi le regardèrent sans rien dire. Seuls les adultes les plus prompts réussissaient à piéger les poissons de cette façon, et Toar n'était qu'un enfant. Le petit pêcheur sembla ne pas remarquer l'expression des deux autres et essaya de planter vivement son arme dans tout ce qui se présentait. Mais, comme ils s'y attendaient, le pauvre n'était pas assez rapide. Les proies affolées se sauvaient alors à qui mieux mieux dans toutes les directions.

Soudain, un petit poisson argenté particulièrement vif esquiva le harpon de Toar et fonça tout droit dans la nasse de Némi. Prisonnier, il ne pouvait plus ressortir. D'abord surpris, Towen et Némi se regardèrent et sourirent, ravis. Toar, un peu vexé, ne se découragea pas. D'autres poissons arrivèrent ensuite et cette fois deux d'entre eux se précipitèrent dans la nasse de Némi, voulant à leur tour esquiver le danger. Complètement stupéfaits et au comble de l'excitation, Towen poussa un cri de joie et Némi battit des mains en affichant un sourire jusqu'aux oreilles. Apercevant leur mère au loin, hilares, ils coururent vers elle pour lui faire part de leur aventure. Tout échevelée, les joues rouges et essoufflée de sa course, Némi arriva la première devant Meyda et voulut lui raconter. Mais là, impossible de trouver le geste pour expliquer, impossible de faire deviner la scène. Sa bouche s'ouvrait frénétiquement sur un silence qu'elle découvrait insupportable, ses bras battaient l'air et Némi voyait bien qu'elle n'arrivait pas à se faire comprendre de sa mère. Towen, arrivé juste après elle, prit alors le relais, parlant à toute vitesse :

« Maman ! Némi a attrapé des poissons dans sa nasse ! Sans rien faire en plus ! C'est Toar ! C'était incroyable ! Et... »

Et plus Towen parlait, expliquait, décrivait, plus Némi, regardant sa mère, voyait celle-ci sourire, ses yeux s'illuminer, devant le discours de son fils.

L'euphorie de la capture des poissons était retombée d'un coup, Némi se sentit au contraire soudain très triste. Elle avait voulu partager quelque chose avec Meyda mais n'avait pas réussi à communiquer avec elle. A l'inverse de Towen, qui lui ne s'arrêtait plus de parler et de rire à gorge déployée, transmettant tout le comique de la situation à sa mère.

Sentant les larmes arriver, Némi repartit en courant vers la rivière. Meyda crut qu'elle allait simplement chercher les poissons pour lui montrer et n'y accorda pas d'importance.

Revenue à la rivière, près de sa nasse, Némi ne réussit même pas à sourire devant ses poissons captifs. Les larmes coulaient en cascade sur ses joues, elle hoquetait.

Elle était à la fois furieuse de n'avoir pas pu parler comme son frère et malheureuse d'avoir pris soudain conscience des désavantages de sa différence. Elle se laissa tomber assise sur le sol, remonta ses jambes vers le menton et cacha la tête dans ses genoux.

Toar, qui n'avait pas bougé, avait assisté à la scène de loin et comprit ce qui s'était passé. Sans rien dire, il s'approcha doucement de Némi, s'assit à côté d'elle, passa son bras autour de ses épaules et pencha sa tête vers la sienne. Ils restèrent un moment comme ça tous les deux, jusqu'à ce qu'elle se calme.

« Ne pleure plus Némi, lui dit-il d'une voix étonnamment grave pour un enfant de son âge. Tu n'es pas seule, je suis là. Je sais que tu ne peux pas parler, mais ce n'est pas important. Ne sois plus triste s'il te plaît. Tout ce que tu ne peux pas dire avec la bouche, on peut essayer de le faire avec les mains et les doigts. Et on l'expliquera à tout le monde, pour que chacun puisse te comprendre. »

Némi, dont les pleurs torrentiels s'étaient transformés en sanglots plus discrets, releva la tête et regarda à travers ses larmes ce curieux petit garçon qui avait certainement voulu les impressionner avec son harpon, les avait beaucoup amusés involontairement et qui maintenant la consolait de la manière la plus gentille qui soit.

Toar lui sécha ses larmes, l'embrassa sur la joue :

« Viens, dit-il doucement avec un sourire, nous allons relever les nasses et tu vas pouvoir montrer tes prises à ta maman. Je vais t'aider. Tu pourras toujours compter sur moi, tu sais. Je te le promets. »

C'est à ce moment que Némi regarda vraiment Toar et que du haut de ses huit ans, elle fut transpercée par le regard et les paroles qu'elle recevait. À part sa maman et Oran, personne ne l'avait jamais regardée avec autant de douceur dans les yeux. Ces yeux verts qu'à présent elle trouvait les plus beaux du monde. Cette voix qui la réconfortait, ce bras enroulé autour de ces épaules comme une chaude couverture et ce baiser sur sa joue dont elle avait l'impression qu'il l'avait presque brûlée. Elle se dit alors à cet instant, avec toute l'innocence de son âge, que Toar serait son ami pour la vie.

Ils sortirent les nasses de l'eau et constatèrent, ravis, que les prises s'élevaient maintenant à six petits poissons. Ils se regardèrent en silence, avec un grand sourire. Némi n'était plus du tout triste, son chagrin semblait s'être envolé pour le moment, même si elle resterait marquée à jamais par cette prise de conscience. La gentillesse et l'attention avec lesquelles Toar l'avait entourée prenaient le pas sur cette déconvenue. Quant à Toar, il se fit la promesse de faire tout son possible pour ne plus jamais voir les larmes couler sur les joues de Némi.

Ils retournèrent ensuite au campement, main dans la main. Némi put montrer ses prises à sa mère, qui la félicita et se mit à les préparer en prévision du repas. Oran l'aiderait dès qu'il serait revenu, il adorait cuisiner les poissons.

Tout le monde se régala. Les poissons cuits sur les braises firent le bonheur de toute la famille, Towen put raconter une nouvelle fois leur mésaventure, avec force détails et gloussements. Cette fois, Némi supporta beaucoup mieux sa frustration de ne pouvoir le faire elle-même. Elle avait été profondément blessée en prenant conscience de son incapacité momentanée à communiquer, mais elle avait également réalisé qu'on ne l'en aimait pas moins pour autant. Comme le lui avait expliqué Toar, il fallait qu'elle trouve une autre façon d'exprimer ce qu'elle voulait dire aux autres. Ses parents et ses frères lui dirent merci après le repas, un peu pour plaisanter, pour sa pêche. Némi, épuisée par toutes les émotions de la journée, se tourna simplement vers eux, posa sa main sur son cœur, sourit, ferma les yeux et inclina brièvement la tête. Puis elle rentra dans leur tente, alla s'allonger sous sa couverture, et s'endormit en quelques secondes, sans voir la tête que faisait toute sa famille. Oran et Meyda se regardèrent, interloqués. Ils avaient bien conscience d'avoir compris instantanément ce geste de leur fille, que l'on pouvait traduire par *Je vous en prie*, mais ils savaient aussi que c'était la première fois qu'ils le voyaient.

Némi venait ainsi d'inventer un nouveau signe pour communiquer.

Karwen, le chef de la tribu de Galek, était un homme massif de trente-et-un ans, dans la force de l'âge. Brun, trapu et musclé, c'était, comme tous les chefs désignés avant lui, un chasseur hors pair régi par la réflexion plutôt que par l'impulsivité. Depuis une dizaine d'années, il avait toujours su tenir son rôle et veiller sur les membres de sa tribu, et savait qu'il pouvait compter sur les conseils de sa mère, la chamane du clan. Mère et fils étaient ainsi les deux personnes les plus respectées, les plus craintes aussi, et leur autorité n'avait jamais été remise en cause. Ils élevaient ensemble, depuis sa naissance, le fils de la première compagne de Karwen, Malia, qui était malheureusement morte en mettant Toar au monde. Le chef en avait été inconsolable, mais Savi lui avait fait comprendre qu'il lui fallait reprendre une compagne pour le bien de tous, en particulier pour le nouveau-né. Son choix, raisonnable, s'était alors porté sur Nowilé, une femme de son âge qui avait, elle aussi, perdu son compagnon depuis une saison. Elle avait déjà une progéniture importante dont le dernier, un bébé d'un an, prenait encore le sein. Le couple était plutôt bien assorti et Nowilé avait facilement adopté Toar.

Le jeune garçon, maintenant âgé de neuf ans, était encore trop jeune pour être désigné comme son successeur et Karwen était inquiet. Il savait que son propre frère, Ourel, le deuxième fils de Savi, avait des ambitions et un certain goût pour le pouvoir. Il ne se gênait pas pour rappeler aux autres membres de la tribu qu'il était le fils de la chamane et le frère du chef, parfois pour échapper à des corvées, parfois pour recevoir les plus belles prises des chasseurs lors du partage. Tout le monde le savait, mais comme Savi ne disait rien, on laissait faire. La chamane était une femme sage et de bons conseils, mais ce fils avait toujours su l'attendrir et elle n'avait jamais rien pu lui refuser. Elle assurait à Karwen que c'était normal qu'Ourel veuille sa place, mais que jamais il n'irait contre leurs décisions et qu'il ne s'opposerait pas à ce que ce soit Toar qui devienne chef. C'était le seul sujet sur lequel Karwen n'était pas d'accord avec sa mère. Sans le lui dire, il savait au plus profond de lui qu'elle se trompait, aveuglée par ses sentiments maternels. Un jour ou l'autre, Ourel poserait des problèmes.

Il espérait que ce jour-là, Toar serait grand et fort et saurait se défendre. C'est pour cela qu'il essayait de préparer l'enfant, discrètement, à son futur rôle. Il lui apprenait à tirer à la fronde, à suivre la piste d'un animal blessé, à lancer la sagaie en visant des arbres. Il commençait à l'emmener à la chasse avec lui et lui avait montré comment fabriquer un harpon pour la pêche, ce que l'enfant avait préféré à tout le reste. Il avait passé des heures à tailler cette pièce dans un long os d'auroch, détachant patiemment un morceau en forme de bâtonnet en creusant une rainure avec un burin. Les petites encoches latérales avaient été les plus dures à réaliser, mais Toar ne s'était pas découragé. Il avait fini par montrer fièrement son œuvre à Karwen, qui avait été très impressionné et fier, tant par le résultat final que par la ténacité du garçon. Il s'avéra par la suite que l'utilisation du harpon était, pour Toar, beaucoup plus compliquée que sa fabrication, mais la création de cet outil lui fit réaliser ce que seraient ses deux futures passions : la sculpture des os et la jeune Némi.

Le lendemain de l'incident de la rivière, au petit matin, Toar s'approcha de la tente où dormait Némi, dans l'espoir de la voir. À défaut de briller en tant que pêcheur au harpon, il espérait impressionner la petite fille en lui montrant ses qualités de chasseur. Il avait découvert le repaire d'une famille de lièvres dans la forêt et, muni d'une sagaie empruntée à Karwen, il avait bien l'intention d'en débusquer un. Némi était en train de regarder sa mère finir de préparer un bouillon. Le liquide, agrémenté de légumes et de quelques herbes aromatiques cueillis autour du campement, était à l'intérieur d'une outre en peau. Meyda avait accroché celle-ci à un trépied fait de trois branches appuyées les unes contre les autres. Après avoir allumé un feu à côté, elle y avait jeté quelques galets. Une fois les pierres brûlantes, elle les avait récupérées à l'aide d'un bâton plié en forme de pince, et les avait jetées dans l'eau du bouillon, pour le chauffer. Toar arriva au moment où Meyda servait sa fille dans un petit bol en pierre, taillé par Oran naturellement. Voyant Némi afficher un grand sourire à la vue de son ami, Meyda proposa un bol de bouillon au garçon, qui se hâta d'accepter. Dans son empressement, il était parti le ventre vide. Les deux enfants s'assirent l'un à côté de l'autre et prirent leur temps pour boire le liquide chaud. Lorsqu'il eut fini, Toar tendit le bol à Meyda en la remerciant. Sans répondre, celle-ci mit sa main sur son cœur et inclina la tête en regardant Toar avec un sourire.

Némi écarquilla les yeux. Sa mère venait de reproduire très exactement son geste de la veille, au lieu de prononcer les mots qui signifiaient la même chose. Elle lui offrit un merveilleux sourire plein de reconnaissance.

Meyda l'embrassa sur le front :

« Tu ne peux pas parler comme nous, mais nous, nous pouvons parler comme toi, Némi », dit-elle, lui rendant son sourire.

Némi joint alors ses deux mains devant elle, brièvement. Meyda et Toar n'eurent pas besoin d'explication pour comprendre son *Merci*. Voulant lui montrer que lui aussi savait s'adapter à elle, Toar fit alors signe à son amie de le suivre avec sa main, lui montrant sa sagaie puis pointant son doigt vers la forêt. Elle opina de la tête. Il lui prit la main et ils partirent tous les deux sous le regard amusé de Meyda.

Après avoir dépassé la rivière, ils s'enfoncèrent un peu plus dans les bois, jusqu'à déboucher dans une petite clairière. Toar montra alors à Némi le gîte des lièvres, une sorte de nid à même le sol, un peu caché par les feuilles d'une branche basse. Il était pour le moment inoccupé, mais Toar savait qu'avec un peu de patience, ils verraient bientôt revenir ses habitants. Ils s'assirent par terre, un peu en retrait. Toar mit son doigt sur ses lèvres pour signifier à son amie de ne pas faire de bruit, puis se rendit compte de sa maladresse et rougit fortement. Némi ne se vexa pas et fit oui de la tête.

L'attente commença. Les lièvres ne se montraient pas. Les enfants regardaient autour d'eux, observaient le ballet d'un papillon et les efforts désespérés d'une mouche pour se sortir d'une toile d'araignée, s'amusaient des allers-retours d'un écureuil le long d'un arbre, ou s'étonnaient d'une apparente querelle entre deux oiseaux. Mais toujours pas de lièvres ! Au bout d'un moment, n'y tenant plus, Toar se mit à faire la conversation, à voix basse :

« Tu sais, cette sagaie, c'est Karwen qui me l'a prêtée. Grâce à elle, il a déjà tué beaucoup de chevaux et de bisons. Elle va m'aider moi aussi, je le sens. Je serai bientôt un grand chasseur, comme Karwen. Et peut-être même qu'un jour je serai le chef de la tribu. »

Némi buvait ses paroles et le regardait avec adoration. Il aurait pu lui dire qu'il deviendrait ramasseur de vers de terre ou casseur de noix, elle l'aurait regardé avec les mêmes yeux. Toar continuait à parler, lui racontant ses entraînements avec le chef, lui expliquant son goût pour la sculpture, en particulier à partir d'os. Dernièrement, Karwen lui avait rapporté plusieurs os de renne, desquels il s'entraînait à extraire différents outils : des aiguilles à chas pour toutes les familles de la tribu, un nouveau harpon pour Karwen, un perçoir pour Nowilé. Il semblait intarissable sur le sujet. Némi se rendit compte en l'écoutant qu'elle ne ressentait pas pour le moment d'intérêt particulier pour une activité ou une autre. Jusqu'à présent, elle effectuait les tâches qu'on lui assignait, la plupart du temps sans se poser de questions, pour faire plaisir, parce que c'était ce qu'on attendait d'elle. Mais Toar lui faisait comprendre qu'il avait, lui, l'envie de faire de la sculpture, sans qu'on le lui demande. Elle n'eut pas le temps de s'interroger davantage. Passant devant eux à toute vitesse, un grand lièvre au pelage jaunâtre, ses longues oreilles rabattues, détala le plus vite qu'il pouvait. Ils eurent beau bondir sur leurs pieds, le lièvre avait déjà disparu. Toar, la sagaie levée, s'était fait totalement surprendre. Il soupira, déçu :

« Je ne m'attendais pas à le voir surgir comme ça ! On aurait dit qu'il avait peur de quelque chose... »

Un grondement sourd lui répondit. Aussitôt, les deux enfants se tournèrent dans la direction d'où venait l'effrayant bruit. Ils sentirent le sang se glacer dans leurs veines lorsqu'ils découvrirent un gros lynx, à seulement quelques mètres d'eux, posté sur un rocher. L'animal avait visiblement stoppé sa poursuite du lièvre, pour observer ces éventuelles nouvelles proies et évaluer le danger d'une attaque. Horrifié, Toar se dit qu'il était le seul à pouvoir tenter de les sauver, avec sa sagaie. Mais qu'il avait peur ! Le lynx lui semblait gigantesque, il avait l'air prêt à leur bondir dessus, la gueule ouverte, découvrant des canines pointues. Il n'avait pas le droit à l'erreur. Il fallait sauver Némi coûte que coûte ! Alors qu'il se demandait à quel endroit il devait viser pour être sûr de terrasser le félin, ce dernier passa soudainement à l'attaque. Il bondit vers eux et Toar déplia son bras au même moment. La sagaie partit droit devant, avec toute la force dont le garçon était capable, mais passa

malheureusement quelques centimètres à côté. Toar hurla de désespoir lorsque le lynx s'abattit sur lui et le plaqua au sol violemment. Mettant ses mains en avant dans un ultime réflexe de survie et poussant ainsi sur le cou de l'animal, il réussit à l'empêcher de le mordre, mais sentit bien que le rapport de forces était inégal. Il ne tiendrait pas longtemps. Le lynx se démenait, sa gueule voulant échapper à ces mains qui le retenaient. Toar sentait les griffes du félin qui s'enfonçaient dans sa chair au niveau de sa poitrine.
Il continuait à hurler, de terreur, de douleur, de rage et d'impuissance à se sortir de cette situation. Il avait peur de mourir, il ne voyait plus Némi et espérait de tout son cœur qu'au moins, la fillette avait pu s'enfuir pendant que le lynx était accaparé par lui.

Soudain, alors que ses forces étaient sur le point de l'abandonner, il vit l'animal se figer. Il sentit un liquide chaud couler sur son ventre et les griffes qui lui lacéraient le torse se rétracter. Le lynx parut comme pétrifié l'espace de quelques secondes, puis s'écroula sur lui, étouffant le nouveau cri qu'il poussait alors. Ensuite, ce fut le trou noir. Toar s'évanouit.

Lorsqu'ils arrivèrent, à bout de souffle, alertés par les hurlements stridents de Toar, Karwen et quelques hommes de la tribu s'arrêtèrent net, n'arrivant pas à comprendre ce qu'ils voyaient. Semblant écrasé par la masse fauve teintée de rouge d'un lynx des cavernes, un petit corps dont seuls les pieds dépassaient de dessous l'animal était étendu sur le sol. Une sagaie transperçait le félin. Le sang coulait abondamment de sa blessure.

À côté, à quelques mètres seulement, sans bouger un seul orteil, se tenait Némi, encore dans la pose du chasseur venant de lancer son arme, le bras gauche tendu en avant. Elle fixait avec une frayeur non dissimulée l'animal et le corps enchevêtrés. Rassemblant ses esprits et comprenant que c'était Toar sous l'animal, Karwen se précipita, aussitôt suivi par les autres hommes. En une fraction de seconde ils firent basculer le lynx pour libérer le jeune garçon. Avec effroi, le chef constata qu'il ne bougeait plus, ses yeux étaient fermés et tout son torse était couvert de sang. Avec précaution, il le souleva dans ses bras et repartit en courant vers le campement. Il fallait faire vite et l'amener à Savi, en espérant qu'il ne soit pas trop tard. Daïr, l'un des hommes venus à la rescousse, s'approcha de Némi :

« C'est bien toi qui a lancé la sagaie, Némi ? » demanda-t-il doucement à la fillette, ébahi.

Némi le regarda, un peu hagarde. Elle opina de la tête en regardant gravement Daïr. Celui-ci la prit par la main et suivit à son tour le chemin du campement, tandis que les autres s'occupaient de ramener le lynx. Une très belle prise ! Daïr raccompagna la petite jusqu'à la hutte de sa mère, devant laquelle celle-ci était occupée à broyer des galets colorés pour préparer ses nouveaux pigments. Lorsqu'elle vit sa fille arriver avec le chasseur, elle s'avança à leur rencontre, surprise.

« Je ne pense pas qu'elle soit blessée, dit celui-ci en lui tendant l'enfant. Il semblerait qu'elle se soit défendue toute seule contre un lynx, Meyda. Tu peux être fière de ta fille, il faut un grand courage pour cela !

— Un lynx ? manqua de défaillir Meyda. Némi ! Némi, c'est vrai ? »

Voyant la soudaine panique dans les yeux de sa mère, la fillette commença alors à réaliser le danger qu'elle avait couru. Elle acquiesça et se mit à trembler de tous ses membres. Meyda dut la prendre dans ses bras et lui parler doucement, comme lorsqu'elle était un bébé, pour l'apaiser. Peu à peu, la petite se calma.

Et d'un seul coup, comme piquée par un insecte, elle sauta des bras de sa mère et se mit à courir le plus vite possible. Meyda se dépêcha de la suivre. Elle vit que Némi se précipitait vers la tente de Savi.

À l'intérieur, la chamane était en train d'appliquer des cataplasmes à base d'argile sur les plaies du jeune Toar. Celui-ci, les yeux toujours fermés, gémissait régulièrement. Il était vivant ! Karwen, agenouillé à côté de lui, lui tenait la main et lui prodiguait des encouragements. À l'entrée de Némi, sans même se retourner, Savi la rassura :

« Tout va bien, petite. Ton ami ne s'est pas encore réveillé mais il n'a pas de blessures graves. Grâce à toi semble-t-il...

— Némi, dit Karwen en relevant la tête vers elle, je te remercie pour ton grand courage. Tu as sauvé Toar, tu n'as pas eu peur malgré ton très jeune âge. C'est incroyable, nous allons tous pouvoir remercier les esprits qui ont inspiré ton geste. Merci mon enfant !

— Va te reposer Némi, tu as eu beaucoup d'émotions aujourd'hui. Nous allons nous réunir pour décider de ce qu'il convient de faire, conclut la chamane. Tu pourras revenir voir Toar demain, il devrait être réveillé. »

Némi aurait voulu leur répondre, leur dire que, bien sûr que si, elle avait eu peur, très peur même. Mais entre la peur du lynx et la peur de perdre Toar, elle avait choisi. Si Toar mourrait, elle mourrait aussi, elle en était sûre, son cœur ne s'en remettrait pas. Elle n'avait pas réfléchi. Dès qu'elle avait vu que Toar manquait sa cible et que le lynx se jetait sur lui, elle avait couru pour récupérer sa seule chance de le sauver, priant pour être assez rapide, pour réussir à lancer l'arme et à viser juste. Cela n'avait pris que quelques secondes et tout s'était déroulé à la perfection. Ses pieds n'avaient pas trébuché, son bras n'avait pas tremblé ni dévié. L'animal s'était écroulé. C'était la première fois qu'elle tenait une sagaie et son geste avait été d'une grande précision. En y repensant, elle n'en revenait pas elle-même.

Lorsqu'elle ressortit de la tente, Meyda était là qui l'attendait.

À l'expression de son visage, sa mère comprit qu'elle était rassurée, mais épuisée par toutes ces émotions et décida de ne pas chercher à en savoir plus pour le moment. Elle la ramena une nouvelle fois à leur tente, lui donna un peu de viande séchée qu'elle gardait en réserve, quelques noix et encore un peu du bouillon qu'elle avait pris le matin. Puis Némi alla s'allonger et s'endormit profondément.

Le soir venu, alors que tous les enfants et la plupart des adultes étaient sous leurs tentes et que la nuit était tombée, un petit groupe se réunit à la lueur d'un grand feu. Aux côtés de Karwen et Savi se tenaient Meyda et Oran, Ourel, Daïr et deux autres chasseurs. Ils faisaient cercle autour du foyer, rassemblés dans une prière commune. Aujourd'hui un terrible accident avait été évité, grâce au courage inattendu d'une petite fille et ils remerciaient les esprits. Karwen prit le premier la parole :

« Mes amis, Toar a repris connaissance tout à l'heure et il a pu m'expliquer ce qui s'était passé. Les deux enfants ont été attaqués par un lynx, Toar a lancé sa sagaie mais n'a pas réussi à toucher l'animal qui s'est jeté sur lui. D'après ce que nous avons pu voir, lorsque nous sommes arrivés, c'est Némi qui a réussi à récupérer la sagaie et à tuer le lynx. Et comme Galek, le fondateur de notre clan, le plus grand chasseur que notre tribu ait connu, elle utilise ce bras, ajouta le chef en désignant son bras gauche, ce qui est assez rare.

— Comment est-ce possible ? demanda Meyda en regardant Oran, elle n'a jamais tenu une sagaie... Elle n'a même jamais non plus essayé de viser un animal...

— Il faut croire que ta fille a un don, Meyda et ce don vient de nous être révélé aujourd'hui, déclara Savi. Némi est née pour être une chasseuse et elle va devoir commencer à recevoir son enseignement.

— Mais... Ce n'est encore qu'une enfant ! protesta Ourel, qu'on n'avait pas entendu jusqu'ici. Elle est trop jeune !

— Elle est jeune, mais elle a prouvé sa valeur, continua Savi.

Toutefois, il n'est pas question de l'envoyer déjà participer à des chasses, dangereuses pour une enfant de cet âge. Mais puisque, indéniablement, elle a un talent, car cela ne peut être un hasard, il faut lui permettre de se perfectionner et l'encourager. Voyez ce qu'elle a fait sans aucun apprentissage, imaginez ce dont elle sera capable au terme de son enseignement !

— Si vous le permettez, j'aimerais être celui qui va la guider, proposa Daïr. Je pourrai lui enseigner tout ce que j'ai moi-même appris.

— C'est donc entendu, déclara le chef, rendant toute contestation inutile, Némi commencera son entraînement avec Daïr, dès qu'elle sera remise de ses émotions. Il faudra lui expliquer, Meyda, qu'elle a été choisie par les esprits. C'est un grand honneur ! »

Meyda hocha la tête. Elle savait que la décision de Karwen était prise. Oran et elle se levèrent, prirent congé des autres et commencèrent à s'éloigner. Mais au lieu de retourner à leur tente, Oran tira sur la main de Meyda pour la guider un peu à l'écart, vers la rivière. À la lueur de la lune, il la fit s'allonger dans l'herbe et lui ôta la peau de renne qui la couvrait des épaules jusqu'aux genoux. Il écarta ses cheveux de sa poitrine et la regarda. Qu'elle était belle !

Ce soir-là, ils s'aimèrent tendrement sous un ciel étoilé scintillant de mille feux, un peu tremblants à la pensée de ce qui s'était décidé pour leur fille, à la fois fiers et inquiets pour cette enfant qui n'en finissait pas de les surprendre. Et comme à chaque fois qu'elle recevait la tendresse d'Oran, Meyda ne put s'empêcher d'avoir une pensée pour celui qui l'avait aimée le premier.

VI

Depuis le baiser qu'elle avait échangé avec Elac, cela faisait déjà plusieurs lunes, Meyda vivait sur un petit nuage. Elle, d'habitude plutôt silencieuse et discrète, chantonnait toute la journée, voletait plus qu'elle ne marchait et s'émerveillait de la beauté de chaque chose. Le retour des beaux jours et de l'éveil de la nature semblait exacerber encore plus ses sens et son âme d'artiste.

Tous ceux qui la croisaient la regardaient mi-souriants mi-surpris, reconnaissant facilement les signes qui ne trompent pas, mais ignorant qui était l'heureux élu. Oran, son ami, bien qu'un peu jaloux, se consolait en voyant le visage de la jeune femme qu'il aimait irradier de bonheur. Son autre prétendant, Ourel, acceptait beaucoup moins bien les choses. Il faisait une sorte de fixation sur Meyda et n'envisageait pas que la jeune femme puisse choisir un autre que lui. Il était déterminé à la séduire coûte que coûte. Il avait alors demandé à sa sœur de confectionner un manteau qu'il souhaitait offrir à celle qui occupait toutes ses pensées. Naé, qui envisageait avec plaisir une union entre son frère et sa meilleure amie, s'était mise à la tâche avec entrain, gardant le secret.

Une fois le beau vêtement terminé, elle le remit à Ourel en lui souhaitant bonne chance et le jeune homme partit à la recherche de Meyda.

Il la trouva devant sa tente, préparant son repas.

Elle se leva à son arrivée et le salua poliment, un peu contrariée de sa visite alors qu'elle attendait Elac.

« Bonsoir Ourel.

— Bonsoir Meyda. J'ai... un présent pour toi... dit-il en rougissant, en lui tendant cérémonieusement l'habit en peau de renne.

Meyda ouvrit la bouche, surprise. Elle regarda le vêtement, reconnut le travail de Naé, précis et soigneux. Il était magnifique, fourré à l'intérieur, avec une capuche et deux larges poches sur les côtés, petit clin d'œil de la couturière pour son amie, qui connaissait son habitude de ramasser des pierres en toute circonstance. Elle n'esquissa pas un geste pour prendre le vêtement. Avalant sa salive, elle choisit ses mots pour s'adresser à Ourel.

— Je suis très honorée de ton cadeau, Ourel. Il a l'air vraiment très beau. Mais je ne peux pas l'accepter, je suis désolée - c'était comme si elle venait de le gifler, Ourel la regardait, hébété - je... j'ai choisi quelqu'un d'autre. Mais je suis flattée de ton attention, je te remercie vraiment. »

Ourel baissa la tête et tourna les talons, repartant avec son beau manteau dans les bras. Il fulminait. En chemin, il croisa son ami Elac, qui lui adressa un signe de la main en sifflotant, sans vraiment faire attention à lui. Stupéfait, Ourel suivit des yeux le jeune homme, qui s'arrêta devant la tente de Meyda. Lorsqu'il le vit se pencher vers le visage de la jeune peintre et l'embrasser, il jeta, de rage, le beau manteau par terre et s'enfuit en courant.

Elac était revenu voir Meyda plusieurs fois, lorsqu'il rentrait de la chasse. Il lui avait rapporté de ces longues escapades des pierres aux couleurs différentes de celles qu'elle trouvait au bord de la rivière et lui avait fait cadeau non pas d'une dent de loup mais d'un collier entier ! Parée de son bijou, Meyda se sentait la plus belle femme du monde. Naé, comme les autres, s'était bien rendue compte des changements de comportement de son amie, mais aussi de son prétendant, qui semblait l'avoir complètement oubliée. Un peu vexée, elle écouta Meyda lui raconter ce qui s'était passé cette fameuse soirée après qu'elle l'eût quittée.

Comprenant que son amie était vraiment très éprise d'Elac et ce, depuis longtemps, Naé finit par accepter la situation et fut même heureuse pour eux. Après tout, il y avait d'autres hommes qui la voulaient pour compagne, elle n'avait que l'embarras du choix et ne ressentait pas pour Elac d'élans aussi puissants que ceux de Meyda.

Lorsqu'elle s'isolait dans sa tente afin de consulter les esprits sur la possibilité d'une union entre deux personnes, Savi, la chamane, allumait un feu et faisait brûler différentes herbes, qu'elle avait collectées et fait sécher elle-même. Puis, humant les odeurs des fumées ainsi dégagées, elle entrait dans une sorte de transe. Son esprit semblait se détacher de son corps et elle atteignait une certaine forme de plénitude. La chamane avait l'habitude des herbes qu'elle employait et savait les doser précisément. Elle seule était autorisée à s'en servir, prérogative de sa fonction. Avec le temps, elle était même devenue capable de s'arracher à une transe si la situation l'exigeait ou de la faire durer plus longtemps si sa réflexion n'avait pas abouti. Lorsqu'elle remarqua les sentiments croissants et partagés de Meyda avec le beau chasseur, Savi sentit son cœur palpiter de joie : elle allait prendre le temps de la réflexion, mais à première vue tout semblait indiquer que les deux jeunes gens pouvaient s'unir. Elle prévint Karwen de son indisponibilité temporaire, entra dans sa tente et prit une belle poignée d'un mélange d'herbes qu'elle jeta promptement dans le feu.

Rapidement, les fumées dégagées commencèrent à lui tourner la tête et elle ferma les yeux. La tente tout entière fut bientôt baignée par une épaisse brume à l'odeur si particulière.

Savi, relâchée, était maintenant dans un ailleurs qu'elle seule connaissait.

Ce jour-là, Meyda venait de terminer une commande de la chamane qui lui avait demandé beaucoup de temps et d'implication : cinq énormes aurochs, animaux symbole de puissance et de force, sur les parois d'une salle de la grotte sacrée. Elle avait dû faire apporter dans la grotte et relever verticalement un gros tronc d'arbre et s'était servi des branches latérales comme des barreaux d'une échelle pour atteindre le haut de la paroi, en plusieurs endroits.

Elle était fatiguée, mais contente de son travail. Les animaux étaient très bien réalisés, avec force détails, une harmonie dans les proportions et une assurance dans le trait qui les faisait sembler vivants. Et elle se disait que c'était grâce à Elac qu'elle avait pu obtenir cette précision dans le dessin des bêtes. Lorsqu'elle lui avait parlé du projet de Savi de représenter plusieurs mâles, Elac s'était mis à la recherche de ces animaux qu'il croisait fréquemment lors de ses chasses, mais de façon aléatoire. Au bout de plusieurs jours, il avait fini par en repérer un petit troupeau à quelques heures de marche seulement de leur campement. Les animaux, une quinzaine de femelles, quelques petits et cinq mâles majestueux, semblaient avoir élu domicile non loin d'un plan d'eau. Elac avait alors proposé à Meyda de le suivre et de venir les observer. Avec une joie non dissimulée, la jeune artiste avait accepté. L'idée de passer plusieurs heures en compagnie d'Elac était déjà suffisante en soi, mais le fait de pouvoir observer de près les animaux pour les reproduire avec le plus de précision possible l'intéressait au plus haut point.

Ils étaient donc partis ensemble, très tôt un matin et le trajet avait été un enchantement pour tous les deux. Ils avaient parlé de choses et d'autres, plaisanté, s'étaient tenus par la main, embrassés, plusieurs fois, souriant, riant, se troublant. Lorsqu'ils étaient arrivés en vue du troupeau, Meyda, émerveillée, avait laissé son intérêt d'artiste prendre le pas sur ses émotions amoureuses et avait passé des heures à observer les cinq mâles qu'elle avait décidé de représenter, fixant dans sa mémoire les moindres détails. Elle nota dans un coin de sa tête l'allure élancée, le port de tête haut, les mufles frémissants, les oreilles en trapèze, les cornes courbées mais pointues, la ligne du dos rectiligne, la croupe droite ou légèrement tombante, le corps massif mais haut sur pattes, le pelage ras et plutôt uni. Et pendant que Meyda observait les animaux, Elac l'observait, elle. Il la voyait se concentrer, froncer les sourcils, ouvrir et refermer la bouche comme si elle se parlait à elle-même. Ce n'était plus une jeune femme timide mais affirmée qui se tenait devant lui, perdant la notion du temps, fascinée par son sujet d'étude. Il l'avait laissée à sa contemplation, le temps d'aller chasser un peu plus loin de quoi les sustenter et faire du feu. Lorsque tout avait été prêt, il s'était autorisé à la déranger. Arrivant dans son dos, il avait passé ses bras autour de sa taille et l'avait embrassée dans le cou. Meyda avait légèrement sursauté et poussé un petit gémissement qui avait fait sourire le chasseur.

« Est-ce que tu as faim ? J'ai fait cuire un lièvre si tu veux.

— Oh oui, merci, Elac, je meurs de faim ! avait-elle dit en riant. Je ne m'en rendais pas compte mais maintenant que je sens cette bonne odeur... Hummm... C'est parfait, je pense qu'après nous pourrons rentrer, j'ai bien en tête tous les détails que je voulais voir. Merci beaucoup, avait-elle ajouté, en redevenant sérieuse, merci de m'avoir amenée ici.

Il l'avait attirée contre lui et embrassée avec un peu plus de fougue que d'habitude.

— J'espère que Savi prendra rapidement sa décision, avait-il soupiré en se détachant d'elle avec difficulté, je veux vraiment faire de toi ma compagne, Meyda. »

La jeune femme, les yeux brillants et le cœur battant la chamade, s'était laissée entraîner vers le lièvre et son alléchant fumet.

Le chemin du retour avait été tout aussi agréable.

Elac lui avait parlé de ses chasses, des oiseaux qu'il admirait particulièrement. Il pensait que cela devait être formidable de voler comme ils le faisaient dans le ciel, en toute liberté. On devait se sentir tellement libre d'aller où l'on voulait ! Et tellement léger ! Il l'écouta à son tour lui parler de son activité, de son apprentissage avec Rachen, de cette passion qui lui faisait tout oublier quand, face à la paroi, elle commençait à tracer les courbes des animaux.

Elac la regardait avec respect et fierté.

Elle savait communiquer ses émotions et partager avec lui ses centres d'intérêt. Son travail était d'une importance considérable pour la tribu. Et elle était si touchante !

Une fois rentrée, Meyda s'était mise à la tâche.

Il lui avait d'abord fallu élaborer toute une palette de pigments, préparer plusieurs pinceaux, trouver de petits os creux. Elle s'était ensuite rendue dans la grotte avec Savi et avait laissé la chamane choisir l'emplacement qui lui convenait. Puis, pendant des jours et souvent aussi des nuits, elle s'était consacrée tout entière à son œuvre. Elle avait travaillé sans relâche, esclave des formes qu'elle faisait naître sous ses doigts, essayant d'intégrer ses aurochs le plus naturellement possible sur les murs, en respectant à la fois le relief de la paroi et les autres animaux déjà représentés. En effet, Savi avait particulièrement tenu à ce que Meyda les ajoute à côté de plusieurs chevaux déjà peints sur le mur, mais surtout à ce que les colossaux aurochs soient de taille plus importante qu'eux. Et le résultat était spectaculaire. À la hauteur de toutes les espérances de la chamane !

Alors que Savi entrait en transe, dans le but de décider de l'union d'Elac et Meyda, celle-ci, sans le savoir, sortit de la grotte avec un sentiment d'apaisement.

Son travail était terminé, elle allait prendre un peu de repos et irait ensuite chercher Elac. Elle voulait lui montrer le résultat, considérant qu'il avait contribué à sa réussite en l'emmenant voir les animaux.

Elle dormit plusieurs heures, à poings fermés, et ne se réveilla qu'en fin de journée, alors que la nuit commençait à tomber. S'habillant d'une courte tunique légère, cadeau de son amie Naé, elle prit soin de passer autour de son cou le collier de dents de loup offert par Elac. Elle sépara sa longue chevelure dorée en deux parties qu'elle attacha avec de courts tendons de chaque côté de son visage, en-dessous des oreilles.

Prête, elle sortit de sa tente en emportant sa besace. Elle aurait besoin d'allumer plusieurs lampes à graisse dans la grotte pour donner à ses peintures leur petit effet. Elle alla ensuite chercher Elac, qui discutait assis autour d'un feu avec Ourel. Lorsque les deux hommes la virent arriver, une telle joie émanait d'elle qu'elle était lumineuse. Leurs yeux s'allumèrent en même temps et ils se levèrent.

« Elac, j'ai terminé les peintures des aurochs dans la grotte sacrée, veux-tu venir les voir ? demanda la jeune femme, un peu gênée devant Ourel.

— Oui, avec plaisir, Meyda. Ourel, je te souhaite une bonne nuit mon ami, dit alors amicalement Elac à l'autre jeune homme, en lui posant une main sur l'épaule. Nous nous verrons à la chasse demain. »

Et sans plus prêter aucune attention au frère du chef, tout à leurs retrouvailles, les deux amoureux s'éloignèrent, main dans la main. Ils ne virent pas l'expression mauvaise du jeune homme, qui avait la nette impression d'avoir été poliment mais fermement congédié, en comprenant que Meyda ne venait pas les chercher tous les deux. Comment son ami osait-il lui voler la compagne qu'il se destinait ? Et pourquoi, elle, ne le choisissait-elle pas, lui, le frère du chef, plutôt que cet insignifiant chasseur ?

Tout à sa fureur, Ourel décida de se tourner vers la seule personne qui pouvait l'aider et obliger ces deux-là à revenir à la raison : sa mère, la chamane.

Il se précipita vers sa tente, persuadé que Savi, comme elle le faisait toujours, allait intercéder en sa faveur.

En arrivant devant, il s'obligea à s'arrêter et à l'appeler doucement. Il ne voulait pas la déranger dans une de ses quelconques occupations ni lui manquer de respect en entrant sans y être invité, elle risquait de ne pas apprécier. Mais Savi ne répondait pas. Peu patient déjà habituellement et maintenant passablement énervé, Ourel haussa le ton, luttant contre la rage qui montait en lui alors qu'il revoyait Meyda, si belle dans sa tunique, repartir au bras d'Elac, ce traître. Il rêvait depuis longtemps déjà de s'unir à elle, de posséder ce corps qui lui faisait tant d'effet, mais il avait rongé son frein, lucide, sachant pertinemment qu'il fallait faire les choses dans les règles s'il ne voulait pas voir tout le clan lui tourner le dos. Comme sa mère ne lui répondait toujours pas, il décida de passer l'interdit, il saurait bien l'amadouer par la suite et pénétra dans la tente.

Un nuage de fumée odorante l'accueillit. Surpris, Ourel fit quelques pas avant de se mettre à tousser.

Continuant involontairement d'inhaler les vapeurs qui l'entouraient, il se frotta les yeux et aperçut Savi, assise sur le sol, les jambes repliées devant elle, légèrement oscillante et les yeux fermés. Une sorte de mélopée sortait de sa bouche, insistante. Ourel, qui n'était déjà plus dans son état normal, secoua la vieille femme et essaya de lui expliquer, mi-hurlant mi-toussant, ce qu'il attendait d'elle. Savi revint à elle trop brusquement à son goût, se sentant nauséeuse.

« Que fais-tu ici Ourel ? s'écria-t-elle, alarmée par le fait qu'il avait forcément inhalé de la fumée.

— Aide-moi mère ! Je veux Meyda comme compagne. Je veux cette femme ! Elle est pour moi ! Tu ne peux pas laisser Elac me la prendre !

Encore un peu étourdie, mais se rendant compte que les propos de son fils étaient inquiétants, Savi essaya de le ramener à la raison.

— Mon fils, écoute-moi. Les esprits ont décidé que Meyda et Elac devaient s'unir et nous n'y pouvons rien. Tu trouveras une autre femme et...

— Non ! Je ne veux pas d'une autre femme ! C'est elle que je veux ! Tu es la chamane, tu peux l'obliger à être mienne, elle t'écoutera. S'il te plaît mère, aide-moi...

Voyant que les cris n'avaient pas eu l'effet escompté, Ourel essayait à présent d'apitoyer sa mère, chose qu'il avait toujours parfaitement réussi à faire par le passé. Il savait que la vieille femme pouvait difficilement lui refuser quoi que ce soit et il en avait souvent profité. Mais curieusement, cette fois, elle restait inflexible.

— Non, Ourel, c'est ainsi, les esprits l'ont décidé. Écoute-moi...

Le jeune homme ne la laissa pas terminer, comprenant que c'était peine perdue. Mais il n'acceptait pas pour autant de se laisser faire ainsi.

— Non ! Meyda est pour moi et je vais m'unir à elle ! »

Il se rua en-dehors de la tente et partit en courant vers la grotte sacrée.

À l'intérieur de la grotte, tenant chacun une petite lampe à hauteur de leurs yeux, Meyda et Elac avançaient lentement vers la salle décorée par la jeune femme. Juste avant de l'atteindre, elle se tourna vers son amoureux.

« Attends-moi ici un petit peu, tu veux bien ? J'ai une surprise pour toi.

— Dépêche-toi, lui répondit-il en souriant.

Meyda entra dans la longue salle et sortit de sa besace plusieurs lampes à graisse qu'elle entreprit d'allumer à la flamme de la première, une à une.

Elle les disposait au fur et à mesure à différents endroits du sol, afin d'éclairer toutes ses réalisations.

Lorsqu'elle estima le résultat satisfaisant, elle retourna chercher Elac.

— Maintenant ferme les yeux et prends ma main. »

Elac releva un sourcil, mais se prêta au jeu. Meyda le fit avancer doucement, le guidant à travers la salle.

Ils s'arrêtèrent devant le premier tableau, celui qu'elle préférait.

« Ouvre les yeux... souffla-t-elle.

Elac, impatient, s'exécuta et étouffa une exclamation en découvrant les peintures. Devant ses yeux venait de se matérialiser une scène qu'il aurait juré réelle. Deux énormes aurochs, magistraux, se faisaient face devant lui. Les deux animaux étaient magnifiques, étalés sur la paroi sur plusieurs mètres, imposants, fiers, semblant vivants grâce à la lumière produite par toutes les lampes à graisse posées sur le sol, dont les flammes oscillaient doucement, donnant une impression de mouvement.

— C'est incroyable Meyda ! Je n'ai jamais vu cela ! J'ai l'impression d'être revenu devant le troupeau que je t'ai emmenée observer. On dirait qu'ils sont là, devant nous, qu'ils vont se mettre à marcher et s'en aller. »

Le jeune homme peinait visiblement à se remettre de ses émotions. Il ne pensait pas que la jeune peintre avait autant de talent. Elle lui avait coupé le souffle avec ses aurochs fabuleux. Meyda était quant à elle bouleversée de voir que son travail émouvait autant Elac.

C'était le plus beau compliment qu'il pouvait lui faire, lui dire qu'il n'avait pas l'impression de voir un dessin mais de vrais animaux.

Le jeune homme trouva la suite de la visite tout aussi merveilleuse : Meyda avait réussi le tour de force de représenter les cinq aurochs, chacun avec ses particularités, au milieu d'autres animaux déjà présents sur les parois, comme des cerfs ou des chevaux.

C'était réellement incroyable !

Lorsqu'ils ressortirent de la grotte, encore émerveillés, ils ne virent pas Ourel, caché dans un renfoncement. Elac raccompagna Meyda à sa tente. Il prit ses mains dans les siennes.

« Merci pour la surprise, c'était vraiment magnifique, mon amour. Je vais aller voir si Savi a terminé de consulter les esprits. J'ai bon espoir, Meyda, que dès demain tu puisses devenir ma compagne.

— Je le veux tellement aussi », lui répondit la jeune femme.

Ourel serra les poings et les dents en voyant Elac se pencher sur Meyda pour l'embrasser. Et il fulmina encore plus quand il vit que celle-ci mettait ses bras autour du cou du jeune homme. Il les avait clairement entendus et il n'était pas question qu'il les laisse faire.

Elac partit ensuite tranquillement tandis que Meyda rentrait à son tour. Ourel attendit difficilement qu'il se soit suffisamment éloigné et, canalisant toute sa colère, se rua sous la tente de la jeune femme.

En fait Elac n'eut pas le temps d'aller très loin. Il croisa Savi, qui venait à sa rencontre, et vit tout de suite que la vieille femme était très agitée, contrairement à son habitude.

« Elac, où est Meyda ? demanda-t-elle, angoissée.

— Je viens de la laisser devant sa tente, répondit Elac, surpris par le ton de la chamane. Il y a un problème Savi ? Qu'est-ce qui se passe ?

— As-tu vu Ourel ? Je crois qu'il a perdu l'esprit et qu'il veut s'unir à Meyda contre la volonté des esprits...

— C'est impossible, comment... s'étrangla Elac en écarquillant les yeux avec horreur.

— Il a respiré des vapeurs qui ont dû lui faire perdre le sens des réalités, le coupa la chamane, voyant qu'il ne saisissait pas la gravité de la situation. Il n'est pas dans son état normal, Elac. Il faut le retrouver avant que lui ne trouve Meyda... »

Elac, en proie à une soudaine et sourde angoisse, fit immédiatement demi-tour et repartit en courant vers la tente de la jeune femme. Lui revinrent fugitivement en mémoire plusieurs réflexions, attitudes ou regards d'Ourel à la vue de Meyda et Elac comprit alors qu'il avait toujours su... sans y prêter attention. Celui qu'il pensait être son ami désirait maladivement la jeune femme et sentant qu'elle allait lui échapper, complètement désinhibé par des vapeurs qui lui avaient retourné l'esprit, était prêt à commettre l'irréparable. Elac serra les dents et accéléra. Si Ourel faisait le moindre mal à Meyda, il savait qu'il serait capable de le tuer.

Meyda hurla sous l'effet de la surprise lorsqu'Ourel s'introduisit de façon si inattendue chez elle. Malgré la faible luminosité produite par une unique lampe à graisse, elle l'avait reconnu. Terrorisée, elle vit à son expression à la fois furieuse et avide, que quelque chose n'allait pas. Il ne la rassurait pas, déjà habituellement, avec ses regards pleins de convoitise. Mais là, c'était comme si toute retenue l'avait abandonné, qu'il ne se maîtrisait pas, qu'il était devenu un animal sauvage, prêt à sauter sur sa proie. Sur elle. Ourel ne s'embarrassa pas de paroles. Il se jeta sur elle et elle bascula à la renverse sur les couvertures posées au sol. Il voulut l'embrasser mais elle réussit à esquiver en tournant la tête, hurlant de plus belle, essayant de le repousser avec ses mains. Voyant qu'elle se débattait férocement, il lui emprisonna les poignets au-dessus de la tête avec une de ses mains, avec une telle force qu'elle cria de douleur cette fois. Il n'arrêtait pas de répéter qu'elle était à lui et tentait désespérément de son autre main d'enlever ses propres habits et ceux de la jeune femme. Meyda luttait autant qu'elle le pouvait pour le gêner et le ralentir mais elle savait qu'elle n'aurait pas le dessus. Rendu encore plus fou de désir par son corps si proche du sien et par l'odeur de sa peau, Ourel décida que rien ne se mettrait en travers de son chemin pour posséder cette femme. Même pas elle. Il lui décocha une gifle retentissante avec toute la force dont il était capable. Meyda crut que sa tête explosait sous la douleur. Elle fut complètement sonnée par le coup et arrêta aussitôt de se débattre. Se tenant la joue endolorie, elle gémit. Ourel, profitant de l'accalmie, lui lâcha les poignets et voulut lui arracher sa tunique. Sentant une première bretelle se déchirer, Meyda, paniquée, tourna la tête vers lui et se mit à pleurer. Elle voulut le supplier d'arrêter, mais d'un seul coup, comme si quelque chose le projetait en arrière, il ne fut plus sur elle. Elac venait de fondre sur lui et de l'arracher sans ménagement à sa victime. Sous le coup d'une fureur qu'il contrôlait difficilement, il lui décocha un coup de poing magistral qui l'envoya rouler au sol. Ourel, vaincu, s'évanouit sous la violence du coup.

Voyant qu'il ne bougeait plus, Elac se détourna de lui et se précipita vers Meyda. La jeune femme, hoquetant, la joue gonflée, était secouée de tremblements incontrôlables. Elle se jeta dans les bras d'Elac et s'accrocha à lui, sous le choc. Le jeune homme la prit alors dans ses bras et sortit vivement de la tente. À la vue de Savi et de quelques autres membres de la tribu, accourus suite au tapage inhabituel, Elac lâcha sèchement en regardant Ourel au sol :

« Occupez-vous de lui. Qu'il ne s'approche plus jamais d'elle. »

Et il partit en direction de sa propre tente, portant Meyda qui, toujours agrippée nerveusement à lui, s'était laissée aller, la tête contre la poitrine de son sauveur. Une fois chez lui, il dut s'asseoir sur le sol sans avoir pu poser d'abord Meyda, qui refusait de le lâcher. Il se cala dos contre le piquet central de sa tente et tout en lui caressant les cheveux, il colla ses lèvres contre sa tempe, dans un long et tendre baiser silencieux. Ils restèrent ainsi un long moment, le temps qu'il fallut à Meyda pour que ses larmes arrêtent de couler et que cessent ses tremblements. Elac sentit qu'elle se détendait peu à peu. Au bout d'un moment, il comprit qu'elle s'était endormie au bruit de sa respiration redevenue régulière. Il se releva précautionneusement, la porta jusqu'à sa couche, la déposa dessus avec une douceur infinie, et dut s'allonger à côté d'elle. Même dans son sommeil, les poings de Meyda ne lâchaient pas la tunique du jeune homme. Il l'enveloppa de ses bras et s'endormit à son tour.

Leur sommeil fut perturbé, agité, chacun réveillant l'autre à tour de rôle par un cri, un cauchemar ou une angoisse.

L'aube les trouva fatigués de cette nuit peu réparatrice, mais heureux de se réveiller dans les bras l'un de l'autre.

Ourel, une fois qu'il eut retrouvé ses esprits, fut entendu par Karwen.

Savi était intervenue, avait expliqué son comportement inacceptable aux yeux de tous par l'inhalation des fumées dont il n'avait pas l'habitude.

Ourel avait piteusement confirmé, s'était répandu en excuses et avait juré sur ce qu'il avait de plus cher à son frère que plus jamais une telle chose ne se reproduirait et qu'il ne s'approcherait plus de la jeune femme pour ne pas l'effrayer. Il comptait lui faire plusieurs présents pour se faire pardonner et acceptait à l'avance toutes les sanctions que Karwen proposerait. Celui-ci, se laissant convaincre par sa mère et ses sentiments à l'égard de son jeune frère, accepta les explications et les excuses. Il lui ordonna de déplacer sa tente loin de celles de Meyda et d'Elac et de tous les endroits où la jeune femme était susceptible de se rendre, comme la grotte.

Lorsqu'Ourel repartit, affichant un air contrit, seule Savi ne fut pas dupe. Elle savait que le comportement de son fils ne pouvait pas être seulement excusé par ses herbes. Mais c'était son fils et elle ne pouvait pas le livrer à la colère de toute la tribu. Elle se promit d'être vigilante à l'avenir. Elle allait devoir le surveiller pour qu'un tel incident ne se reproduise pas. En premier lieu, elle devait lui attribuer une compagne, qui détournerait la jeune peintre de ses pensées. Satisfaite de sa solution, Savi commença à réfléchir aux candidates potentielles.

Suite à l'agression, Meyda refusa de passer un seul instant sans Elac et s'installa par la force des choses définitivement chez lui. Personne n'y trouva à redire. Les circonstances étaient particulières et tout le monde était soulagé que l'incident ait une issue heureuse. Au bout de quelques jours, le jeune couple eut droit à une petite cérémonie, au cours de laquelle les autres membres de la tribu leur apportèrent de petits cadeaux pour les féliciter, suivie d'un repas un peu plus copieux qu'à l'ordinaire. C'était l'occasion pour tous de se retrouver, unis, solidaires et joyeux. On oublia le temps d'une soirée les disputes, les rancœurs, les pertes des proches ou tout autre souci.

Quand Ourel s'approcha du couple, sous le regard attentif et suspicieux de tous les autres, il sut charmer l'assemblée par un discours humble et plein de remords.

Méfiants, Meyda et Elac acceptèrent ses excuses et ses présents, sans réussir malgré tout à se départir d'un sentiment de malaise en sa présence.

La soirée continua un peu, puis tous allèrent se coucher, n'oubliant pas les tâches qu'il leur faudrait à nouveau accomplir dès le lendemain matin.

Elac prit Meyda par la main et ils rentrèrent sous leur tente.

Avec des gestes lents, savourant le moment tant attendu, ils s'étaient longuement embrassés, regardés, caressés.

Sentant que celle qui était maintenant officiellement sa compagne brûlait de désir pour lui, Elac lui offrit la plus belle des nuits d'amour.

VII

Physiquement, Toar se remettait bien de son attaque par le lynx. Mais dans sa tête, c'était plus difficile. Il avait beau se persuader que ce n'était pas sa faute, que cela pouvait arriver même aux plus valeureux chasseurs, la réalité était que malgré tout son entraînement, il n'avait pas su se défendre, alors que Némi, qui n'avait jamais touché une sagaie, avait tué le lynx en un seul lancer. En plus, il n'arrivait pas à se débarrasser de l'immense frayeur qu'il avait ressentie. Il faisait des cauchemars, revivant la scène toutes les nuits et se réveillait souvent en hurlant le nom de Némi. Karwen était d'autant plus inquiet que le garçon ne manifestait plus beaucoup d'entrain à l'accompagner à la chasse. Il préférait sculpter les os qu'on lui apportait ou qu'il trouvait. Cette activité l'apaisait, lui permettait de ne plus se laisser submerger par ses angoisses et chassait de son esprit les reproches qu'il s'adressait à lui-même. Au bout de quelques temps, voyant que la chasse restait une source d'inquiétude pour lui, Savi fit venir Toar en présence de Karwen.

« Karwen, Toar, commença-t-elle, les esprits me sont apparus la nuit dernière et m'ont délivré un message. L'attaque du lynx était un avertissement : ils ne veulent pas que Toar devienne un chasseur. Ce n'est pas le rôle qu'il doit jouer dans notre tribu.

Karwen blêmit. Si Toar ne devenait pas un chasseur, il n'avait aucune chance d'être désigné chef après lui. Savi le savait.

— Qu'est-ce que je dois faire alors Savi ? demanda l'enfant, dont les yeux papillonnaient de la chamane au chef, partagé entre la reconnaissance et le soulagement que lui apportait la première, et la peur de décevoir le second.

— Je pense que tu le sais déjà, Toar. Myur a vu tes sculptures, tes harpons, tes aiguilles et il m'a dit que tu étais très doué. Il aimerait que tu ailles travailler avec lui, il souhaiterait te transmettre tout ce qu'il sait. Si tu es d'accord, il t'attend devant sa hutte. Veux-tu devenir sculpteur ?

Les yeux de Toar se mirent à briller. Mais il regarda d'abord Karwen, attendant de voir la réaction de celui-ci. Le chef accusait le coup, on voyait bien qu'il était déçu. Il avait fondé de grands espoirs en cet enfant, mais il n'oserait jamais contester les visions de la chamane. Sa compagne avait d'autres fils et il essaya de se dire que peut-être l'un d'eux serait inspiré par les esprits pour devenir son successeur.

— Va Toar, obéis aux esprits, lui dit-il simplement. C'est une activité importante pour notre clan et tu dois t'en montrer digne. »

Rassuré par l'approbation du chef, Toar esquissa un sourire et se précipita hors de la tente, son matériel sous le bras, pour aller immédiatement rejoindre le sculpteur. Il était maintenant en paix avec lui-même, se disait que c'était parce que les esprits l'avaient décidé qu'il n'avait pas pu tuer le lynx. Et si ces mêmes esprits lui enjoignaient d'aller pratiquer à longueur de journée son activité favorite, il ne pouvait qu'obtempérer avec gratitude.

Savi, quant à elle, n'éprouva même pas l'ombre d'un remord d'avoir ainsi manipulé son fils et celui qui était son petit-fils, elle en était sûre. Elle l'avait fait pour le bien de ce dernier. Elle savait pertinemment depuis le début que Toar n'avait absolument pas l'âme d'un chasseur. C'était un enfant doux et calme, pacifique, qui avait un don pour la sculpture. Tant que tout allait bien, elle avait laissé Karwen essayer de l'initier à la chasse, cela ne pouvait pas lui nuire. Mais depuis l'épisode du lynx, c'était autre chose. Toar l'avait très mal vécu et l'équilibre de son esprit semblait menacé. Savi soupira. Même si elle n'entendait jamais la voix des esprits de la nature, contrairement à ce qu'elle faisait croire à tout le monde, elle savait qu'il fallait être à l'écoute de certains signes du destin plutôt que de l'orgueil ou des espérances de chacun. Sa sagesse et surtout son prédécesseur lui avaient enseigné que si elle le faisait toujours dans un but altruiste et pour le bien-être des autres, un petit mensonge de temps en temps ne faisait de mal à personne...

En regardant Toar se diriger vers sa nouvelle activité officielle, elle sourit et se dit qu'il ressemblait décidément énormément à l'homme qui avait été son compagnon pendant de longues années. Il était blond comme lui, grand et longiligne comme lui, il avait ce regard bleu qui vous transperçait comme lui. Elle y voyait la preuve d'une filiation, que les hommes étaient bien les géniteurs des enfants de celles à qui ils s'unissaient. À force, depuis toujours, d'observer les autres, leurs caractères, leurs attitudes, leurs relations, elle avait compris le rôle joué par les hommes dans la conception d'un enfant. Même si personne ne le lui avait appris, elle était sûre qu'un bébé avait non seulement une mère mais aussi un père. Par quelle magie cela s'opérait-il, elle ne se l'expliquait pas tout à fait, mais elle avait bien fait le rapprochement entre les relations intimes d'un homme et d'une femme d'une part, et la naissance d'un petit d'autre part.

Elle se promit de réfléchir à sa succession, car elle commençait à se sentir vieillissante. Peu des personnes qu'elle avait connues avaient vécu aussi longtemps qu'elle et elle comptait bien expliquer tout ce qu'elle savait à celui ou celle qui prendrait sa relève, avant de disparaître.

C'était son devoir de laisser les membres de sa tribu entre des mains qu'ils pensaient protectrices.

Mais qui ? se demandait-elle, perplexe. *Toar, justement, peut-être ?*

En chemin, Toar s'arrêta pour informer Némi de sa nouvelle affectation. La fillette fut très contente pour lui, constatant avec plaisir à quel point son ami avait l'air heureux de ce changement. Puis, elle se dirigea comme tous les jours vers la tente de Daïr, pour aller prendre sa leçon de chasse quotidienne. Elle appréciait beaucoup le chasseur, qui le lui rendait bien, trouvant en son élève une aisance pour les différentes techniques de chasse qu'il n'aurait jamais soupçonnée il y a encore quelques temps.

Il commença, parce qu'elle avait prouvé qu'elle savait s'en servir, par la sagaie. Il lui en offrit une petite, adaptée à sa taille et plus légère.

Lorsqu'il lui tendit l'arme, spontanément, Némi l'attrapa avec la main gauche. Daïr la laissa faire. On ne contrariait pas un don venu des esprits des ancêtres, on l'encourageait, même si l'utilisation de cette main était rare chez les chasseurs, ou dans toute autre activité dans la tribu.

Elle s'entraîna, tout d'abord, sur des arbres, cherchant à atteindre celui que lui indiquait Daïr.

Au début, il lui demanda de se placer à quelques mètres de l'arbre, puis de viser tranquillement depuis son poste.

Petit à petit, il la fit reculer et lancer plus loin. Lorsque son taux d'échec devint quasi nul, il suggéra de faire la même chose en marchant, et puis, le temps passant, en courant. Némi et lui couraient côte à côte, et au dernier moment il lui indiquait sur quel arbre tirer, choisissant des angles de plus en plus difficiles. Quand il vit qu'elle était capable d'armer son bras, de viser et d'envoyer sa sagaie sans même ralentir son allure, Daïr estima qu'on allait pouvoir passer aux cibles mouvantes.

Les premiers essais furent assez laborieux, mais Némi ne se découragea pas. Elle comprit avec le temps et grâce aux conseils de son professeur, qu'elle devait tenir compte de différents paramètres si elle voulait toucher une cible qui bougeait, qui plus est une cible qui s'enfuyait ! Il ne fallait plus se focaliser sur l'endroit où l'on voyait l'animal mais anticiper sur sa fuite et viser l'endroit où il allait se trouver dans les secondes suivantes. Le vent, également, pouvait interférer.

Némi n'aurait jamais imaginé que la chasse pouvait être à ce point technique et exiger un tel entraînement. Mais cela lui plaisait.

Certains jours elle rentrait au campement, complètement éreintée, mais fière en brandissant devant Meyda, Oran et ses frères un lièvre ou un marcassin. D'autres fois, elle revenait boudeuse, bredouille en ayant l'impression qu'elle ne réussirait jamais, que Daïr était vraiment trop exigeant. Cela ne durait pas longtemps. Némi adorait ses journées consacrées à l'entraînement et à la chasse. Sa musculature se développait, elle se sentait plus agile, plus rapide et adorait voir la fierté dans les yeux de Daïr ou de sa famille. Elle se sentait réellement à sa place et utile. Et elle aimait cela.

Au fur et à mesure des années qui passaient, ses prises furent plus importantes et aussi plus conséquentes. Elle pouvait rapporter certains jours de petits faons ou des sangliers. Mais Daïr n'avait pas encore l'autorisation de Savi et Karwen de la faire participer aux grandes chasses. Elle devait encore parfaire son apprentissage. Ils ne voulaient lui faire prendre aucun risque, ayant encore en mémoire la mort terrible d'Elac et plus récemment la blessure d'un autre chasseur, un tout jeune homme visiblement pas encore assez expérimenté, qui avait dû être ramené en urgence par ses compagnons sur une civière improvisée, pour être soigné par Savi. Le jeune homme avait guéri, mais la chamane s'était servie de cet exemple pour expliquer à Némi qu'elle était encore trop jeune pour aller chasser de gros animaux.

Daïr lui fit ensuite essayer les boulets, une arme dont il était l'inventeur : deux boules en pierre placées dans des poches en cuir d'aurochs, reliées elles-mêmes par des lanières en cuir, que l'on faisait tournoyer au-dessus de sa tête et que l'on finissait par lancer dans les pattes des animaux en fuite. C'était très efficace et l'on pouvait être assez loin de sa cible, mais cela demandait une certaine force dans les bras que Némi ne possédait pas encore tout à fait.

Comme presque tous les après-midis, une fois son entraînement terminé, Némi alla retrouver Toar. Elle aimait s'approcher de lui sans qu'il ne la voie, concentré sur son travail, pour pouvoir le regarder. Elle était admirative de son savoir-faire. Comment pouvait-il faire de si beaux objets à partir d'os d'animaux tout simples ? Et cela avait l'air tellement facile en le regardant ! Toar, au bout d'un moment, se rendait compte de la présence de son amie et lui adressait alors un sourire rayonnant. Némi et lui, de façon plus ou moins concertée, avaient commencé à utiliser au fil du temps un langage gestuel commun, qu'ils enrichissaient peu à peu en fonction de leurs besoins. Si certains gestes, peu équivoques, pouvaient être compris de tous, d'autres en revanche n'appartenaient qu'à eux deux.

Ce jour-là, Toar vit que Némi était contrariée. Il lui lança un regard interrogateur en tournant sa paume vers le ciel. Elle leva alors une main, doigts repliés, et tapa doucement dessus avec l'index et le majeur de l'autre main. Cela voulait dire : *c'est trop difficile*.

Toar s'arrêta, rangea son matériel et décida qu'il allait consacrer un peu de temps à son amie. Il faisait chaud, ils se rendirent à la rivière. Ils aimaient tous les deux courir vers le ruban bleu qui serpentait, lancer en l'air leurs vêtements et se jeter dans l'eau rafraîchissante. C'était une rivière tranquille, avec très peu de courant et ils pouvaient rester des heures à s'éclabousser ou faire la course d'une rive à l'autre. Lorsque la fatigue les rattrapait, ils se hissaient sur la berge, s'allongeaient sur le dos côte à côte et attendaient que la douce caresse du soleil finisse de les sécher. Némi écoutait Toar lui parler de sa journée. Elle fermait les yeux et se repaissait de sa voix, qui avait maintenant une tonalité plus rauque qu'avant. Toar, tout en lui racontant avec engouement sa journée, regardait son amie avec adoration et aussi quelque chose qu'il ne savait pas nommer. Des émotions montaient en lui qu'il ne connaissait pas, lorsqu'il la voyait ainsi à côté de lui, nue, belle. Il réfléchissait en même temps à ce qu'elle lui avait confié, sur sa difficulté à lancer plus loin sa sagaie. Il se promit de trouver une solution pour l'aider.

Le frère de Némi, Towen, avait également bien grandi. À seize ans, il était devenu un beau jeune homme, aux longs cheveux blonds et bouclés comme ceux de Meyda, qu'il retenait attachés en une espèce de chignon derrière la tête, à l'aide d'une lanière de cuir. Il avait gardé une grande complicité avec sa sœur, la comprenant avec facilité et partageant avec elle ses états d'âme et ses espoirs.

Il était très fier qu'elle ait été choisie pour devenir une chasseuse, car toute la tribu éprouvait un grand respect pour les chasseurs. C'étaient eux qui ramenaient la nourriture pour tous et ils étaient reconnus comme des personnes courageuses et protectrices.

Towen, lui, semblait avoir également hérité de sa mère une âme d'artiste et se destinait donc à devenir peintre, comme elle. Elle lui avait enseigné la fabrication des pigments, montré comment exploiter les aspérités d'une paroi pour y intégrer le mieux possible ses figures et l'avait encouragé à ne pas douter de son trait lorsqu'il dessinait. Même s'il n'avait pas encore tout à fait le talent de Meyda, son style était prometteur. C'était un rêveur, d'une grande sensibilité. Il apportait à ses dessins une touche différente, moins proche de la réalité que les dessins de sa mère, mais empreinte d'une émotion tout aussi forte.

Lors de leur dernier déplacement, les chasseurs du clan, toujours en repérage, avaient découvert une nouvelle grotte, vierge de toute trace récente de présence animale. Savi, Meyda et Towen étaient immédiatement allés la visiter. Au terme d'une longue marche dans un immense boyau de pierre, d'une hauteur suffisante pour se tenir debout, ils avaient découvert une grande salle, au sol inégal. Celui-ci comptait en effet plusieurs bauges, ces trous larges et peu profonds qui finissaient par se former par la présence régulière des ours des cavernes pendant les quelques mois d'hiver. Sur les murs clairs, Savi avait déclaré que le choix des esprits s'était cette fois porté sur le mammouth, l'animal majestueux que la tribu s'était toujours refusée à chasser. Pour cela, elle préconisait de ne pas appliquer les couleurs habituelles et de se contenter de tracer les contours des animaux majestueux en noir.

Meyda et Towen, obéissant à ses directives, avaient donc commencé leur travail et n'utilisaient que des morceaux de charbons pour leurs dessins.

Meyda rassembla ses souvenirs. Elle se rappelait très bien la dernière fois qu'ils avaient aperçu des mammouths. Elle les avait longuement observés, notant en particulier les longues défenses recourbées qui leur permettaient de briser la couche de glace du sol gelé pour aller dénicher dessous l'herbe à brouter. Herbe qu'ils ingurgitaient en quantité très importante, vu leur taille démesurée et leur poids énorme. La trompe, les pattes massives, la fourrure épaisse aux longs poils, chaque détail était enregistré dans sa mémoire.

Et elle s'ingéniait à les restituer tous, le plus fidèlement possible et avec une grande précision. Towen, lui, n'avait pas cette approche. Les différents détails anatomiques du mammouth étaient à peine esquissés, seulement suggérés, son trait était épuré. Et pourtant, on ne pouvait pas s'y tromper et l'on reconnaissait parfaitement la silhouette du pachyderme.

Meyda et son fils dessinèrent ainsi pendant plusieurs heures, complices silencieux, appréciant le calme et la sérénité du lieu.

« Towen, c'est fini pour aujourd'hui, allons prendre un peu de repos, lui dit sa mère, alors qu'elle venait de terminer un gros mammouth particulièrement réussi. Nous pourrons continuer demain.

— D'accord Mère, répondit le jeune homme en s'étirant. J'ai faim !

— Nous allons rentrer et manger un peu. Moi aussi j'ai faim !

— Bien, après j'essaierai de retrouver Némi et Toar, qui sont certainement en train de se baigner, à leur habitude. »

Meyda sourit. Towen avait sûrement raison. Les deux inséparables étaient probablement du côté de la rivière, à profiter de la douce température de l'eau et des rayons du soleil.

Towen et Meyda mirent encore un certain temps à refaire le chemin en sens inverse, dans la longue galerie qui les ramenait vers le monde extérieur. Lorsqu'ils émergèrent de la cavité sacrée, le soleil, encore haut dans le ciel, les éblouit. Towen accompagna sa mère à leur tente, prit un peu de viande qu'Oran avait certainement fait cuire peu de temps avant et qu'il avait mise de côté pour eux, puis partit à la recherche de sa sœur et de son ami.

Sur le trajet qui le menait à la rivière, Towen s'arrêta près d'un arbre qui ployait sous le poids de ses fruits, gorgés de sucre. Des prunes, son fruit préféré. Bien mûres, comme il les aimait ! Il en ramassa une dizaine, pensant en proposer aux deux autres et les emballa soigneusement dans la peau de renne dont il venait de se défaire. Il l'avait parfaitement supportée dans la fraîcheur de la grotte, mais il avait maintenant trop chaud en plein soleil. Torse nu, grignotant ses prunes tranquillement, Towen arriva à son tour devant la rivière, alors que les deux amis se trouvaient sur la rive opposée, séchant au soleil. Il leur fit un signe de la main, auquel ils répondirent joyeusement. Regardant ses prunes, Towen réfléchit au moyen de les apporter à Némi et Toar. Il ne pouvait pas à la fois les tenir et nager pour traverser la rivière, plus profonde en son milieu. Il décida alors qu'il allait les lancer et leur demanda de se tenir prêt à les réceptionner. La première tomba au milieu de la rivière.

« Pas assez fort ! cria Toar, depuis l'autre rive.

— J'ai vu, soupira Towen. Je recommence !

La deuxième alla un peu plus loin, mais sombra à son tour dans l'eau. Cette fois, Towen laissa échapper un petit cri de dépit. S'il continuait comme ça, il n'y aurait bientôt plus rien à manger. Dans la peau de renne, il ne restait plus que cinq prunes. C'est alors qu'il pensa à utiliser cette peau : s'il laissait les prunes dedans, la tenait par ses deux extrémités et la faisait tournoyer comme une fronde, en lâchant un seul côté au moment de lancer, il y avait une chance que les prunes arrivent de l'autre côté sans prendre un bain... Pas tout à fait sûr de lui, il essaya d'abord avec une seule. En face, Toar leva un sourcil. Towen essaya de viser son ami, fit tournoyer la peau, lança. La prune fendit l'air à toute vitesse et vint s'écraser sur le ventre de Toar, qui poussa un cri de surprise.

— Wouhou ! cria le jeune peintre en sautant sur place de contentement. Prépare-toi je recommence ! »

Bouche bée, Toar semblait ne plus réagir. Une autre prune s'écrasa juste à ses pieds. Némi se décida à aider son ami et réussit à attraper toutes les autres. Une par une, les prunes arrivèrent ainsi de l'autre côté. Towen put alors se jeter à l'eau et rejoindre ses comparses en nageant. Lorsqu'il se hissa sur la berge, il fut accueilli par le sourire de Némi, déjà en train de manger une prune, et la bouche grande ouverte de son ami.

« Qu'est-ce que tu as Toar ? demanda-t-il, moqueur, tu n'aimes pas les prunes ?

Celui-ci poussa alors un cri de joie tonitruant qui fit sursauter Némi et hurler de frayeur Towen, qui ne s'y attendait pas. Toar sauta au cou de son ami :

– Towen ! Tu es un génie ! Ah ! Ah ! Ah ! J'ai trouvé ! Némi, j'ai trouvé !!

Et devant le frère et la sœur abasourdis, Toar plongea dans la rivière, nagea jusqu'à l'autre rive et retourna en courant jusqu'au campement.

– Mais qu'est-ce que j'ai dit ? » demanda Towen en regardant Némi.

Celle-ci leva les deux mains vers le ciel et haussa les épaules en écarquillant les yeux, pour lui montrer qu'elle n'y comprenait rien non plus. Ils choisirent de ne pas s'inquiéter, se disant que l'explication viendrait sûrement plus tard, terminèrent les prunes, et retournèrent se baigner, joyeux.

Pendant ce temps, Toar avait couru jusqu'à la tente qu'il partageait avec Karwen, sa compagne et sa nombreuse progéniture.

Sans voir personne, il attrapa une sagaie et fila aussitôt vers son lieu de prédilection : l'endroit qu'il avait aménagé pour ses sculptures.

Une toute petite tente lui permettait de stocker à l'abri des intempéries ses différents outils et les matériaux de base dont il avait besoin pour sculpter, principalement des os. Il posa la sagaie sur le sol et se mit à chercher dans la tente.

Il en ressortit avec un perçoir et un couteau en pierre donnés par Oran et une belle ramure de renne que Karwen lui avait rapportée. Il commença par découper les bois de l'animal en s'arrangeant pour obtenir un bâton relativement droit, de la longueur d'un avant-bras, terminé à une des extrémités par un petit crochet. Il fit ensuite, grâce au perçoir, un trou au bout de la sagaie empruntée, afin que le crochet puisse s'insérer parfaitement dedans.

Se levant prestement, tout excité, il chercha des yeux une cible potentielle. Un arbre ferait l'affaire. Il en vit un qui lui convenait et resta à une distance suffisamment éloignée pour être quasiment sûr de ne pas réussir à le toucher.

Il prit seulement la sagaie, arma son bras et lança, aussi fort qu'il le put.

La sagaie tomba au sol bien avant l'arbre, comme il s'en était douté, mais il nota mentalement l'endroit où elle était parvenue.

Il courut ensuite la rechercher et revint se positionner au même endroit. Cette fois, il vint appuyer l'extrémité percée de la sagaie contre le petit crochet en bois de renne et se saisit de l'autre bout. Il réfléchit de longues minutes à la façon dont il allait les tenir ensemble. Il finit par pincer la sagaie entre le pouce et l'index et replia les trois autres doigts de sa main sur le bâton qui allait lui servir de levier, comme la peau de renne l'avait fait pour les prunes. Un peu fébrile, il arma son bras, prit une grande respiration, tira. La sagaie partit avec une vitesse et une force démultipliées par le bâton, tandis que celui-ci restait dans la main de Toar. Le jeune garçon, stupéfait, vit alors l'arme de jet se ficher en plein cœur de l'arbre.

C'était le résultat qu'il espérait et en même temps, il n'en croyait pas ses yeux.

Ça avait marché au-delà de ses espérances !

Némi allait être ravie !

Il courut chercher la sagaie. Impossible de la sortir de l'arbre !

Lorsqu'il demanda à Némi de tirer une première fois avec la sagaie seule, puis une deuxième fois à l'aide du propulseur, nom qu'il avait décidé de donner à ce nouvel objet, Toar savait à quoi s'attendre et jubilait à l'avance.

Némi, perplexe, mais faisant confiance à son ami, se prêta volontiers à l'expérience.

Comme il la savait maintenant bien entraînée, il la fit se placer plus loin que lui ne l'avait fait.

Au premier essai, la sagaie n'atteint pas son objectif.

La jeune fille eut un peu de mal à tenir correctement la sagaie et le propulseur ensemble, mais lorsqu'elle réussit finalement à lancer son projectile, avec une force et une rapidité jamais atteintes jusque-là, celui-ci rata sa cible, mais la dépassa largement.

Némi écarquilla les yeux. Elle ouvrit la bouche, regardant alternativement la sagaie sur le sol et son ami qui souriait de toutes ses dents devant sa surprise.

La stupeur fit aussitôt la place à l'allégresse et Némi explosa de joie.

Elle sauta en l'air, puis au cou de son ami. Elle le serra dans ses bras, puis recula et le regarda avec des yeux qui brillaient d'excitation.

Sur une impulsion, elle prit son visage entre ses mains et, ne pouvant parler, fit la seule chose qu'elle trouva pour lui exprimer sa reconnaissance : elle l'embrassa brièvement mais fougueusement.

Elle courut ensuite chercher la sagaie et le propulseur qu'elle avait également jeté, laissant sur place un Toar tétanisé, au bord de l'asphyxie, mais tremblant de bonheur.

Némi avait tout de suite saisi la portée de l'invention de son ami. Elle qui ne possédait pas la force d'un homme, comprenait qu'elle allait maintenant pouvoir lancer aussi bien, aussi loin et aussi fort.

Toar lui avait fait là un cadeau merveilleux. Elle ne l'en aimait que davantage. Avant de partager sa découverte avec les autres membres du clan, elle préféra se perfectionner, s'entraîna longuement.

Son principal défaut était de lâcher le propulseur en même temps qu'elle laissait partir la sagaie.

Toar eut alors l'idée de rajouter une sorte de poignée faite avec des tendons de renne tressés. Il suffisait alors de glisser sa main à l'intérieur et là, même si on ne le tenait plus, il restait accroché autour du poignet.

Lorsqu'elle se sentit prête, Némi invita sa famille, dans le plus grand secret, à une petite démonstration.

Elle était impatiente de montrer à ses proches ce qu'elle pouvait faire, mais souhaitait réserver la surprise aux autres chasseurs pour le jour où ils l'emmèneraient enfin avec eux à la chasse.

Meyda, Oran, Kaël et Towen avaient suivi discrètement Toar jusqu'à la clairière où les attendait l'apprentie chasseuse.

Elle renouvela brillamment l'expérience, réussissant à ficher la sagaie dans l'arbre grâce au propulseur. Leur réaction joyeuse et admirative fut à la hauteur des attentes de Némi.

Passé le moment de stupéfaction, ils voulurent observer l'objet inconnu de plus près et, même pour des non-chasseurs, surent en apprécier les avantages.

Meyda comprit qu'avec cette arme, sa fille allait pouvoir tirer de plus loin et ainsi ne pas s'approcher trop près d'éventuels animaux dangereux.

Némi insista pour associer Toar à sa réussite et tout le monde les félicita chaleureusement.

Meyda sentit son cœur se serrer en voyant briller les yeux de sa fille. Elle reconnaissait la flamme ardente qu'elle y voyait danser, pour l'avoir déjà vue de nombreuses fois dans les yeux d'un autre chasseur.

VIII

Ourel avait tenu parole et ne s'était plus approché de Meyda. Du moins, c'était ce qu'il faisait croire à tous. Car le jeune homme, complètement envoûté par la belle peintre, pensait à elle en permanence. Son désir refoulé sourdait en lui comme le feu d'un volcan endormi mais pas éteint. Et son obsession le rendait particulièrement observateur. Il avait ainsi remarqué que Naé, sa sœur, retrouvait souvent Meyda en fin de journée à une rivière toute proche et que les deux jeunes femmes se baignaient dans une de ses boucles, cachées de la vue par quelques arbres. Il les avait suivies plusieurs fois, avait épié éhontément l'objet de son désir, sans oser retenter quoi que ce soit, à cause de la présence de Naé d'une part et ayant trop peur d'éventuelles représailles venant d'Elac ou du clan tout entier d'autre part. Il savait que son explication sur sa perte de contrôle précédente avait été plus ou moins acceptée, mais qu'on ne lui en pardonnerait pas une autre. Il faisait donc particulièrement attention lorsqu'il suivait la jeune femme, qui désormais ne se retrouvait que très rarement seule.

Même dans la grotte sacrée, Meyda avait désormais de la compagnie. Une des filles de Nowilé, la compagne de Karwen, âgée d'une douzaine d'années, faisait à son tour son apprentissage de peintre. Blonde comme son mentor, avec de longs cheveux frisés qu'elle nouait derrière sa tête pour pouvoir être plus à l'aise dans ses activités, Lia était la gentillesse incarnée.

Elle était très respectueuse et reconnaissante envers Meyda de l'accepter comme élève. Cette dernière avait toutefois pu constater que l'enseignement serait long et laborieux : Lia, aussi adorable qu'elle était, ne semblait pas avoir réellement de talent, même au bout de plusieurs mois d'apprentissage, ni pour la préparation des pigments, ni pour les techniques de dessin.

Meyda lui répétait patiemment chaque jour comment s'y prendre, quelles pierres broyer, quel liant ajouter, en quelle quantité et lui montrait inlassablement comment explorer la paroi de ses mains, l'entraînait à tracer des silhouettes, des contours.

La jeune fille ne réussissait pas à mémoriser les conseils, se trompait fréquemment dans ses dosages et Meyda n'arrivait pas à reconnaître les animaux qu'elle s'entraînait à dessiner du doigt sur le sol poussiéreux. Bienveillante, elle essayait de ne pas se décourager et continuait à rabâcher ses conseils, que Lia oubliait régulièrement. Meyda avait aussi remarqué que la jeune fille n'était pas très vive d'esprit.

Elle ne prenait pas d'initiative et lorsque parfois Meyda, toute à son œuvre du moment, ne s'occupait plus d'elle, Lia attendait sagement en silence qu'on veuille bien la solliciter, sans bouger ne serait-ce qu'un orteil.

« Je me demande ce que je vais faire, soupira-t-elle un soir, en expliquant son ressenti à Elac. Elle est très gentille, mais elle n'est pas du tout douée pour le dessin ! Je ne pourrai jamais la laisser peindre sur la paroi de la grotte sacrée...

– Qu'en pense Savi ? l'interrogea le beau chasseur, les bras autour de sa taille, en commençant à lui mordiller une oreille, ce qui amena Meyda à laisser échapper un petit gémissement de plaisir.

– Hummm... Savi me conseille de lui laisser du temps. Elle aussi a remarqué que Lia ne semblait pas faite pour cet art, mais je pense qu'elle insiste pour faire plaisir à Karwen. Il adore cette petite et apparemment, avec Nowilé, ils ne savent pas quoi lui faire faire. Elac, tu ne m'écoutes pas !

— Bien sûr que si, ma belle... » souffla le chasseur en étouffant toute récrimination dans un long baiser qui la laissa pantelante.

Puis, elle le regarda avec des yeux qui en disaient long sur les émotions qui l'agitaient. Elac avait toujours sur elle cet effet incroyable qui la faisait complètement chavirer. Qu'est-ce qu'elle l'aimait !

De son côté, le jeune homme n'était pas en reste. Le regard qu'il lui retourna brûlait d'un feu ardent. Meyda pouvait presque voir les flammes danser dans ses pupilles. Elac était un homme passionné par nature. Quand il aimait, c'était entièrement, il ne faisait jamais les choses à moitié. Que ce soit son activité de chasseur, son admiration pour les oiseaux, ou son amour pour sa compagne. Chaque jour, il lui semblait découvrir une nouvelle facette de Meyda, qu'il adorait immédiatement. Lui qui rêvait d'être surpris par sa compagne et d'en être fier, chaque moment passé auprès d'elle le comblait. Le couple était heureux et très uni. Et faisait le désespoir d'Ourel.

Le jeune chasseur luttait depuis sa plus tendre enfance contre un perpétuel sentiment d'infériorité. Frère cadet du chef de la tribu, moins bon chasseur que lui, moins fort qu'Elac, que la femme de ses rêves lui avait préféré, Ourel ne parvenait jamais à être le meilleur ou le premier dans quelque domaine que ce soit. Et cela le frustrait beaucoup. Il en découlait une rancœur, un ressentiment, une rage parfois, qu'il n'arrivait pas toujours à maîtriser. Lorsqu'il chassait en solitaire, il était déjà arrivé qu'Ourel rentre bredouille. Non pas qu'il n'ait rien réussi à prendre avec sa sagaie, car il était plutôt adroit, mais, imaginant que ses proies étaient son frère ou son rival, il les avait laissées dans un tel état après s'être défoulé dessus à coup de pierre ou de pied, qu'il n'avait pas osé les ramener au campement.

De plus en plus régulièrement, il partait seul à la chasse, pour pouvoir décharger toute cette haine qui le consumait intérieurement. Et ainsi, il continuait aussi à s'abreuver de la vue du corps dénudé de Meyda, dès qu'il pouvait le faire en toute discrétion.

La jeune femme, bien loin de se douter que celui qui lui avait tant fait peur en l'agressant continuait de violer son intimité en toute impunité, essayait une énième fois d'expliquer à Lia comment obtenir des pigments plus fins. Elle en avait déjà réalisé plusieurs, devant le regard peu expressif de la jeune fille et commença ensuite à les mélanger chacun avec un peu de sa salive et de graisse de bison. Chaque couleur ainsi préparée se trouvait dans un gros coquillage creux. Meyda les avait obtenus un jour par un échange avec un voyageur venu du bord de mer. Elle aimait bien quand des étrangers à leur tribu venaient à leur rencontre, demandant l'hospitalité et leur échangeaient des objets inconnus. Elle avait découvert les coquillages avec ravissement et supplié Elac d'accueillir l'homme et de le nourrir, en échange d'une dizaine de ces petites merveilles. Elle avait su tout de suite à quoi ils allaient lui servir.

« Lia, dit-elle en appuyant sur chaque mot pour capter l'intérêt de la jeune fille, continue de mélanger ces pigments, en tournant doucement, je vais commencer à peindre la paroi avec ce noir. »

Seul un hochement de tête timide lui répondit. Meyda réprima un soupir, saisit le coquillage contenant le pigment noir et se tourna vers le mur qu'elle avait prévu d'orner d'un cheval en train de galoper. Elle commençait à lever le bras, lorsqu'un cri et le bruit d'une chute la firent se retourner prestement. À plat ventre au milieu des coquillages brisés et des pigments étalés partout, Lia, qui avait certainement trébuché, ne bougeait plus. Meyda se précipita vers elle, l'aida à se retourner et à se relever. La jeune fille était couverte de couleurs disséminées par petites touches de la tête aux pieds. Son visage était éclaboussé de marron, ses vêtements d'ocre, ses bras et ses jambes dégoulinaient de rouge. Même ses beaux cheveux n'étaient pas épargnés. Rassurée de voir qu'elle n'avait rien et devant l'air ahuri de son apprentie, Meyda partit d'un fou rire incontrôlable. Elle rit à en perdre haleine et ne se désola même pas de la perte de ses précieux coquillages. Elle vit qu'en aidant Lia elle s'était elle-même tachée des couleurs qui maculaient maintenant le sol de la grotte.

Avec un soupir résigné, reprenant son sérieux, elle regarda la jeune fille et lui sourit :

« Viens, Lia, tu ne peux pas rester comme cela. Nous allons te rendre une apparence correcte à la rivière. Allons-y.

— Merci Meyda, je suis désolée, dit Lia, un tremblement dans la voix, ses yeux se remplissant de larmes. Je ne suis pas très douée...

— Ce n'est pas grave, ne t'inquiète pas, on fait tous des erreurs. Tu seras plus vigilante la prochaine fois. »

Elle était, malgré toute sa maladresse, attendrissante et Meyda n'eut pas le cœur à se fâcher. En revanche, elle allait vraiment devoir réexpliquer à Savi que ça ne pouvait pas durer comme cela.

La jeune fille n'était pas du tout faite pour ce métier. Elle ne progressait pas et venait de lui saccager des outils de travail, même si c'était bien involontairement.

Elles se mirent en route et arrivèrent quelques minutes plus tard devant le ruban bleu et scintillant de la rivière.

« Enlève ta tunique, Lia, je vais essayer de la nettoyer pendant que tu te laves. Il n'y a personne et nous sommes abritées des regards, ne t'inquiète pas.

Lia s'exécuta et tendit son vêtement tout taché à Meyda. Elle descendit précautionneusement dans l'eau fraîche en poussant de petits cris, ce qui fit sourire et lever les yeux au ciel à la peintre, qui se mit à frotter. À genoux, penchée au-dessus de l'eau, les bras tendus en avant, ne se sachant pas épiée, Meyda avait un peu relevé sa tunique sur ses cuisses pour être plus à l'aise. Elle ignorait en effet que dès qu'il les avait vues sortir de la grotte et s'éloigner du campement, Ourel leur avait discrètement emboîté le pas.

Le jeune homme s'approcha avec précaution, à couvert de quelques arbres et observa les deux femmes.

Sans faire un bruit, il nota d'abord la cambrure de Meyda, ses formes rondes et généreuses, l'eau qui coulait sur sa tunique relevée jusqu'à mi-cuisse. Sa respiration devint plus saccadée, il se mit à transpirer. Il rêvait de se jeter sur elle, à nouveau, de lui arracher son vêtement et de la faire sienne dans l'instant. Il baissa les yeux vers le sol, essaya de respirer plus calmement. Il remarqua par terre une dent de lynx pointue, une canine et la ramassa. Il pourrait s'en faire un collier, c'était toujours un signe de force et de courage de posséder les dents d'un animal, surtout un animal dangereux pour l'Homme.

Son regard se porta ensuite sur Lia, la protégée de son frère. Elle était plutôt jolie, il le reconnut, mais manquait encore un peu des formes qui le rendaient fou chez Meyda. Et elle ne possédait pas non plus selon lui son charme naturel, cette grâce qui rendait chacun de ses mouvements si excitants. Pourtant, il dut bien s'avouer que la voir ainsi nue s'ébrouer dans l'eau ne le laissait pas indifférent.

C'est alors que son instinct de chasseur perçut un mouvement du coin de l'œil, plus en amont de la rivière. Il tourna la tête et blêmit en voyant un ours brun s'approcher nonchalamment de l'eau pour s'y abreuver, à seulement quelques dizaines de mètres des jeunes femmes, semblant ne pas les voir. Celles-ci n'avaient rien remarqué non plus.

Meyda avait réussi à nettoyer la tunique de Lia et l'avait mise à sécher sur l'herbe. Retirant la sienne, elle la posa à côté et sauta dans l'eau pour se débarrasser elle aussi des quelques éclaboussures de peinture reçues en relevant Lia dans la grotte.

Avec horreur, Ourel vit que son petit plongeon et le cri de Lia se faisant éclabousser avaient attiré l'attention de l'ours. Celui-ci, certainement en quête de nourriture, avança dans leur direction en grognant.

Lia et Meyda jouaient maintenant à s'asperger en riant et le bruit de leurs éclaboussures masquait les grognements de l'ours qui se rapprochait peu à peu.

Ourel était terrifié. S'il intervenait, comment pourrait-il ensuite justifier sa présence justement à cet endroit au moment où les jeunes femmes se trouvaient là ? Il savait pertinemment que tous trouveraient cela suspect, alors qu'il avait promis de ne plus approcher Meyda. S'il n'intervenait pas, elles allaient se faire attaquer par l'ours, qui n'hésiterait pas à descendre dans l'eau vu la faible profondeur au bord de la rive.

Ourel choisit alors la seule décision qui s'imposait : sa sagaie à la main, il sortit du bosquet d'arbres en hurlant.

« Meyda ! Sauve-toi ! Sauve-toi !

Se figeant soudain dans l'eau, Meyda et Lia levèrent la tête, à la fois surprises et apeurées, en découvrant le chasseur qui arrivait vers elles en hurlant et la sagaie levée. Meyda tourna la tête de l'autre côté et vit aussitôt le danger qui les menaçait. Elle ne chercha pas à savoir ce qu'Ourel faisait là pour le moment, il allait visiblement essayer de les aider.

– Vite ! Lia, sors de l'eau, suis-moi ! cria-t-elle à la jeune fille en s'accrochant au bord pour remonter sur la berge.

En une fraction de seconde, elle se hissa hors de l'eau. Mais Lia, déjà maladroite en temps normal, se mit à paniquer, trébucha, s'étala dans l'eau et but la tasse. Elle essaya de se remettre sur ses pieds, toussa, cracha et glissa en essayant de monter sur la berge. L'ours n'était plus qu'à quelques mètres de Meyda. Celle-ci attrapa la main de Lia, la tira sans ménagement hors de l'eau et courut le plus vite possible en direction d'Ourel, la traînant derrière elle. Au moment où elles arrivaient à la hauteur d'Ourel qui levait déjà sa sagaie, Lia buta sur une racine et s'étala de tout son long sur le sol. Meyda s'arrêta aussitôt, voulant l'aider à se relever, mais Ourel l'en empêcha.

— Meyda sauve-toi je t'en supplie ! lui cria-t-il avec un accent de désespoir. Je m'occupe d'elle ! Cours ! »

Et il la poussa pour l'encourager à s'enfuir.

Meyda obtempéra sans plus réfléchir.

Ourel se tourna alors vers l'ours, arma son bras et tira de toutes ses forces. La sagaie fendit l'air et vint se ficher dans une des pattes avant de l'animal, qui grogna de douleur, blessé. Avant qu'il ne puisse réagir, Ourel, maintenant désarmé, se précipita vers Lia, la souleva dans ses bras comme si elle n'était pas plus lourde qu'une plume, et courut aussi vite qu'il le pouvait en direction du campement. Il rattrapa Meyda en quelques foulées et se maintint à sa hauteur pour être sûr qu'elle ne restait pas seule en arrière. Ils arrivèrent ensemble sur le campement, en hurlant à l'aide. Interloqués, tous ceux qui se trouvaient là regardèrent les yeux écarquillés l'étrange trio qui venait de faire une entrée fracassante dans le camp, courant et criant à qui mieux-mieux, les deux femmes nues, dont l'une dans les bras du chasseur. Passé le moment de stupeur, ils comprirent qu'ils fuyaient un danger et deux hommes saisirent aussitôt chacun une sagaie. Lorsque l'ours arriva dans leur champ de vision il n'eut aucune chance : les deux lances le transpercèrent simultanément et il s'écroula dans un dernier grognement. On s'enquit aussitôt du groupe qui venait d'arriver. Des femmes enveloppèrent Meyda et Lia de grandes peaux pour les couvrir et les réchauffer, car les deux jeunes femmes tremblaient violemment.

On les fit asseoir, boire et on fit chercher le chef et la chamane, car la scène qui venait de se dérouler appelait quelques explications.

Ceux-ci arrivèrent rapidement, suivis de presque tous les membres de la tribu, alertés eux aussi. Elac, suivi de Naé et Oran, les amis de la jeune peintre, accourut aussitôt auprès de Meyda. Karwen et Nowilé vinrent entourer Lia.

Et tout le monde regarda Ourel, qui sentit ses joues s'enflammer et son cœur recommencer à battre la chamade.

« Que s'est-il passé ? demanda Karwen, d'une voix grave, sans s'adresser à l'un d'eux en particulier.

— Nous étions à la rivière, Lia et moi, répondit Meyda, voyant que les deux autres ne prenaient pas la parole. Nous avons été sauvées de l'attaque de cet ours par Ourel qui... se trouvait là.

— Comment ça qui se trouvait là ? » gronda Elac.

Meyda était très mal à l'aise. Elle aussi trouvait louche la présence d'Ourel alors qu'elles se baignaient dans la rivière, mais elle devait bien convenir que celui-ci les avait bel et bien sauvées. S'il ne les avait pas averties du danger et secourues avec sa sagaie, elles auraient pu être déchiquetées par les griffes de l'animal.

Naé était furieuse contre son frère. Elle ne lui avait pas vraiment pardonné l'agression de son amie, malgré ses excuses et ses explications douteuses. Elle se tourna vers Oran pour lui demander ce qu'il en pensait, mais s'arrêta avant que le moindre son ne sorte de sa bouche. Les mâchoires crispées, les poings serrés, Oran fulminait. Ses yeux semblaient lancer des éclairs en direction d'Ourel.

Oh lui aussi est amoureux de Meyda, se dit la jeune femme. *Cela va faire des histoires...*

Tous les regards se tournèrent vers Ourel, attendant une explication.

Le jeune chasseur avala sa salive, la tête baissée.

Il comprit qu'il n'avait pas le choix, que s'il ne voulait pas être démasqué, il allait devoir leur servir un mensonge crédible rapidement.

« Comment se fait-il que tu te trouvais là, à cet endroit, Ourel ? Tu ne devais plus t'approcher de Meyda me semble-t-il ? tonna Karwen.

— Je me trouvais là parce que... parce que... je venais voir Lia. Je ne savais pas... qu'elle se baignait, ni qu'elle se trouvait avec Meyda. Je venais la voir pour... lui offrir ce cadeau, dit-il dans un souffle, ouvrant la main sur la dent de lynx qu'il avait réussi à conserver dans sa fuite.

Tout le monde poussa un petit cri de surprise. Voilà bien une chose que personne n'avait vu venir. Meyda tiqua. Elle se rappelait parfaitement Ourel hurlant son prénom à elle, uniquement, pas celui de Lia, alors qu'il prétendait venir voir la jeune fille. Karwen manqua de s'étrangler, alors Savi posa sa main sur son bras pour le calmer et prit la parole :

— Ourel, nous te remercions tous ici pour avoir sauvé de l'attaque de l'ours Meyda et Lia. Sans toi, elles étaient perdues, nous en avons aussi tous conscience, insista-t-elle à l'adresse de Karwen et Elac. Lia est encore jeune pour recevoir des cadeaux, mais si elle est d'accord, tu pourras continuer à venir la voir et à lui en offrir. Mais il faudra encore patienter quelques saisons pour qu'elle devienne ta compagne.

Ce fut au tour de Lia d'être le centre d'attention de tout le groupe.

La jeune fille, ébahie, regardait Ourel qui lui souriait piteusement, tel un amoureux transi gêné d'avoir ainsi dû déclarer sa flamme devant tout le monde.

Elle n'aurait jamais imaginé qu'un aussi bel homme, chasseur de surcroît et frère du chef, fils de la chamane, puisse s'intéresser à une jeune personne comme elle. Elle ne lui avait jamais spécialement parlé, n'avait pas non plus remarqué son intérêt pour elle jusqu'à présent, mais elle aima assez vite l'idée de devenir bientôt la compagne de quelqu'un qui lui semblait important. Après tout, sa propre mère était la compagne du chef.

— Je suis d'accord, dit-elle de sa toute petite voix. Je suis honorée d'être choisie par toi, Ourel. Je te remercie pour ton cadeau et surtout de m'avoir sauvé la vie.

— Je t'en prie, Lia » répondit-il, de façon presque inaudible.

Et tendant la main vers elle, il lui offrit, pris à son propre piège, la canine de lynx.

Une fois l'agitation retombée et chacun retourné à sa tente ou à ses occupations, Elac se rendit à la rivière, à la demande de Meyda, pour récupérer les tuniques des deux jeunes femmes, abandonnées sur place dans la panique. Il les trouva rapidement et les ramassa. De là où il se trouvait, il se retourna, dos à la rivière, et regarda tout autour de lui. D'après Meyda, l'ours était arrivé de l'amont du cours d'eau. De l'autre côté, Elac aperçut un petit bosquet d'arbres. Il vit soudain une ombre en sortir et se diriger vers lui. C'était Oran.

« Moi non plus je ne lui fais pas confiance, expliqua-t-il en rejoignant son ami.

— C'est là que devait se trouver Ourel, lorsqu'il a vu surgir l'ours de la boucle de la rivière, dit Elac en pointant du doigt le bosquet d'où arrivait le tailleur de pierres. Ce menteur se cachait dans les arbres et épiait Meyda et Lia.

— Tu ne peux pas croire qu'il s'intéresse vraiment à Lia, c'est Meyda qu'il venait regarder ! S'insurgea Oran, les dents serrées.

— Oui c'est ce que je crois aussi, Oran. Cette histoire d'intérêt pour Lia n'est qu'un mensonge ! Elle est bien trop jeune pour lui. Il est toujours obsédé par Meyda !

— Il va falloir être vigilant. Nous ne serons pas trop de deux, mon ami. »

Elac remercia le jeune homme, attribuant son offre à son amitié depuis toujours avec Meyda.

Il ne songea pas un instant qu'Oran soit lui aussi un amoureux transi de sa compagne.

Mais à la différence d'Ourel, Oran savait s'effacer devant le choix de la jeune femme et respectait énormément son compagnon. Soucieux, Elac reprit le chemin du campement et alla retrouver Meyda, prenant soin de ne pas lui révéler ses conclusions, pour ne pas l'inquiéter davantage, mais se jurant intérieurement de surveiller de très près le frère du chef.

IX

À quinze ans, Némi eut enfin l'autorisation officielle de Karwen et de Savi d'accompagner les chasseurs pour une première vraie chasse collective. Le chef, commençant à être âgé, ne participait plus à ces évènements et c'est Daïr qui devait mener le groupe. Prudent, il avait choisi un troupeau de chevaux, évitant ainsi tout risque de contre-attaque. Il savait que Meyda, restée au campement, devait se ronger les sangs, il n'était pas question de faire courir le moindre risque à sa fille.

Le groupe formé d'une demi-douzaine d'hommes et de Némi, seule représentante féminine, partit dès le lever du soleil, en direction d'une vaste étendue herbeuse peu éloignée de leur campement, sur laquelle les équidés avaient élu momentanément domicile.

Némi avait emporté deux sagaies, comme chaque chasseur et tenait également discrètement son propulseur. Elle avait hâte de pouvoir s'en servir et de montrer aux autres qu'elle était digne de l'enseignement reçu de Daïr. Celui-ci marchait à côté d'elle, silencieux et songeait aux progrès de sa protégée depuis le début de son entraînement intensif. Il l'avait vue grandir, devenir plus forte, plus rapide, plus précise dans ses tirs. Il sentait qu'elle avait cela dans le sang et elle lui rappelait étrangement son ami disparu, Elac. Némi avait pris de l'assurance et elle ne semblait pas craindre grand-chose. Le fait qu'elle ne puisse pas parler n'avait jamais été un problème entre eux, elle savait écouter ses conseils et se faire comprendre par des gestes pour exprimer sa pensée. Il tenait beaucoup à elle, d'autant plus que sa compagne, Naé, n'avait, pour une raison inexpliquée, jamais eu d'enfant. Daïr s'était alors attaché à celle-ci, qui plaçait toute sa confiance en lui pour lui apprendre à devenir une chasseuse digne de la tribu. Un lien spécial s'était noué entre eux, et Némi se sentait ce jour-là vraiment à sa place à ses côtés.

Le petit groupe, se déplaçant silencieusement, arriva bientôt en vue des animaux, qui broutaient tranquillement dans la douce lueur du soleil levant. Némi les observa. Magnifiques, ils imposaient le respect. Leur pelage était principalement dans les tons roux, leur tête massive, leur crinière très courte, mais leur longue queue lui faisait penser à des cheveux humains.

« Il faut essayer de les surprendre avant qu'ils ne nous repèrent, lui chuchota Daïr, parce qu'ils sont très rapides. Une fois lancés au galop, nous ne parviendrons plus à les atteindre. Nous allons nous approcher tout doucement, contre le vent. Essaie de repérer un petit, qui courra moins vite et n'aura pas les bons réflexes pour se sauver. »

Némi opina de la tête et chercha des yeux sa future cible. Ses yeux allaient d'un cheval à l'autre sans qu'elle n'arrive à se décider. Ils étaient tous magnifiques, à peu près de la même taille, comment choisir ? C'est alors que, s'écartant de quelques pas, une jument dévoila involontairement à la jeune fille son petit qui était jusque-là masqué par son corps. Némi le montra du doigt à Daïr, les yeux brillants. Celui-ci acquiesça. Chacun prit sa sagaie bien en main et commença à lever le bras, visant les chevaux les plus proches, tout en continuant à avancer lentement. Soudain, Némi vit le chasseur qui avançait en tête, Ourel, le frère du chef, s'élancer en courant, surprenant tout le monde. Il fit quelques foulées encore avant de lancer sa sagaie vers un cheval à la robe marron et fauve. L'arme manqua l'animal, mais ce fut le signal d'alerte pour tous les chevaux, paniqués, qui avaient compris qu'un danger les menaçait.

Ils s'enfuirent tous vers la droite des chasseurs, qui, dépités, tentaient désespérément de les rattraper et de lancer à leur tour les sagaies, ratant inexorablement leurs cibles mouvantes. Tous, sauf le petit repéré par Némi. Terrifié, il avait obliqué vers la gauche et s'était lancé dans un galop nerveux. La jeune fille avait attendu trop longtemps cette chasse pour rentrer bredouille. Pestant mentalement contre cet idiot qui n'avait pas pu attendre le signal commun, elle accrocha sa sagaie sur son propulseur et levant le bras, se mit à courir à la diagonale du poulain, essayant de lui couper la route en se rapprochant au maximum de lui.

Les autres chasseurs, furieux contre Ourel eux aussi, commencèrent à revenir sur leurs pas et remarquèrent alors seulement que Némi était partie dans la direction opposée. Daïr allait lui crier de revenir, mais le spectacle qu'elle offrait était saisissant et il la laissa faire, subjugué. Ses foulées étaient longues et rapides, son bras, plié en deux sur le côté, prêt à tirer, ne tremblait pas et son regard, aussi perçant que la pointe de sa lance, ne quittait pas le petit cheval qui essayait de s'enfuir. Lorsqu'elle estima s'être rapprochée juste ce qu'il fallait, elle déplia son bras d'un coup sec, lançant son poignet en avant et avec lui la sagaie à la force et la vitesse démultipliées par le propulseur. Toutes les bouches s'ouvrirent sur un cri muet et les chasseurs se figèrent de stupeur. La lance sembla transpercer l'air et fusa avec un long sifflement pour finir dans le flanc de l'animal, qui s'écroula d'un seul coup, tué net par le jet précis et puissant de la jeune chasseuse. Elle souffla d'abord, se relâchant d'un coup après l'effort qu'elle venait de produire. Puis elle réalisa qu'elle venait de réussir haut la main cette première chasse et la joie l'envahit tout entière, telle une cascade dévalant un aplomb rocheux et elle sauta en l'air, heureuse, fière, comblée. Le propulseur de Toar avait fonctionné au-delà de ses espérances, elle pensait même avoir réussi à envoyer la sagaie encore plus loin que lors de ses entraînements secrets.

Les autres arrivèrent précipitamment auprès d'elle, voulant comprendre par quel miracle elle avait réussi son tir de si loin et sur un animal en mouvement. Seul Ourel ne s'était pas approché.

Lui aussi avait vu la performance de la jeune fille et semblait pour la première fois faire attention à elle. Son mutisme l'avait rendue depuis toujours insignifiante à son égard, mais il remarquait aujourd'hui à quel point elle était belle, athlétique, désirable, malgré son handicap. Elle venait de prouver qu'elle était déjà une excellente chasseuse. Et surtout, c'était la fille de Meyda.

Ourel se dit alors qu'il lui fallait tenter sa chance auprès de la jeune fille. Après tout, il était en droit de prendre une nouvelle compagne, puisque la sienne, Rayna, était morte il y avait maintenant plusieurs mois, mordue par un serpent. Elle était partie seule en forêt pour dénicher des noix et des châtaignes et on l'avait retrouvée plusieurs heures après, étendue sur le sol, une trace de morsure à la cheville. Il était trop tard pour lui administrer une médication, la jeune femme ne respirait plus. Ourel en avait été vraiment affecté. Rayna n'était pas particulièrement jolie ni intelligente selon lui, mais elle avait le mérite d'avoir peu de caractère et de faire tout ce qu'il lui demandait. Elle avait été une compagne tendre et aimante, le traitant presque comme un enfant, elle-même n'en ayant jamais eu, satisfaisant tous ses caprices et le faisant toujours passer avant toute chose.

Il avait fini par s'habituer à elle et l'avait relativement bien traitée, pendant de longues années.

Il reporta son attention sur Némi, détaillant ses cheveux noirs qui cascadaient sur ses épaules, sa poitrine ferme et menue, sa taille mince, ses longues jambes galbées.

Finalement, elle ne ressemblait pas beaucoup à sa mère ! Mais peu lui importait !

La possibilité d'une union avec elle serait peut-être remise en question par Savi, à cause de son jeune âge.

Il pourrait argumenter qu'elle avait été considérée suffisamment âgée pour participer à la chasse et qu'elle pouvait donc aussi bien s'unir à un homme sans que cela ne choque la morale.

Quelle revanche sur la mère s'il arrivait à séduire sa fille ! Meyda l'avait toujours repoussé, lui préférant d'abord Elac puis Oran.

Eh bien... puisque tu n'as jamais voulu de moi, belle Meyda, c'est ta fille que je vais prendre ! sourit-il en son for intérieur.

Il revint à la réalité et observa l'attroupement autour de la jeune fille. Inutile de tenter quelque chose maintenant ! Vexé d'avoir manqué sa proie, et réalisant un peu tard que ses comparses n'avaient pas apprécié son initiative, il fut rasséréné par cette nouvelle perspective inespérée. N'étant plus le centre de l'attention et du courroux des autres, il prit le chemin du retour, sans plus s'occuper d'eux.

Tous pressèrent Némi de questions et elle se contenta de lever le bras pour leur montrer son propulseur. Incrédules, ils voulurent comprendre comment cela marchait, ce que la jeune chasseuse leur montra plusieurs fois avec plaisir. Elle les laissa essayer à leur tour et ils purent constater que c'était une arme particulièrement efficace et intéressante. Remarquant que l'objet était fait en bois de renne et parfaitement sculpté, Daïr demanda à Némi :

« C'est Toar, n'est-ce pas, qui a sculpté cette arme ? - comme elle acquiesçait, le chasseur lui ébouriffa les cheveux amicalement. - Décidément, vous faites bien la paire tous les deux. Vous êtes deux jeunes gens surprenants. Quel beau couple vous allez former ! s'exclama-t-il en riant.

Némi le regarda avec des yeux arrondis de stupeur.

Un couple ? Avec Toar ? Un couple comme sa mère et Oran ? Elle les voyait s'embrasser de temps en temps, se tenir par la main, elle les avait entendus certains soirs où ils pensaient qu'elle dormait. Elle ne savait pas exactement ce qu'ils faisaient, mais elle avait compris qu'ils se donnaient mutuellement du plaisir et le lendemain ils semblaient souvent plus proches. À cet instant elle pensa intensément à son ami. Elle voulait le voir, se jeter à son cou, pour lui raconter cette chasse, sa chasse. Il n'en reviendrait pas quand il saurait qu'elle seule avait réussi à tuer un cheval et ce, grâce à son propulseur. Il lui fallait rentrer le plus vite possible. Elle voulait le remercier. Peut-être qu'elle l'embrasserait, comme la fois où il lui avait offert cette nouvelle arme. Sur le moment elle n'avait pas réfléchi, mais elle avait trouvé cela agréable. Est-ce qu'elle avait envie de recommencer ? Oui, certainement ! En fait, plus elle y pensait, plus elle ressentait un besoin urgent de le voir, de le toucher, de communiquer avec lui. Toar était tout pour elle. Rassurant Daïr d'un signe de la main, elle laissa les hommes se charger de rapporter l'animal qu'elle avait tué et fonça vers le campement. Vers Toar.

Toar justement faisait les cent pas devant son atelier de sculpture. N'ayant pas eu l'autorisation d'accompagner les chasseurs pour voir les premiers pas de chasseuse de sa belle amie, il essayait désespérément de ne pas se faire de soucis.

« Pourvu que tout se passe bien, disait-il à voix haute, rongeant ses ongles, ou du moins ce qu'il en restait. Pourvu qu'elle ne prenne pas de risques inutiles... J'espère que le propulseur va bien fonctionner... J'espère qu'elle va réussir à ramener quelque chose, elle serait tellement déçue sinon... Cette attente est insupportable... Et je n'arrive à rien, pas moyen de me concentrer sur la moindre tâche ! Qu'elle me manque ! »

Il tapa du pied dans un morceau de bois de cerf qui traînait par terre. Le morceau retomba quelques mètres plus loin, aux pieds de Némi qui le regardait, sans bouger. Elle avait tout entendu et son cœur frémissait de joie. Il la vit et s'immobilisa. Il la trouva tellement belle à cet instant qu'il ne voulut pas briser la magie du moment. Il n'eut pas besoin de parler. Elle n'eut pas besoin de faire un geste. Il remarqua ses yeux qui brillaient, le fixant intensément. À l'intérieur de son ventre c'était le chaos et dans sa tête guère mieux. Il avait l'impression que toute ses capacités à bouger et à penser avaient disparu, qu'il était hypnotisé et statufié par ces yeux qui semblaient le dévorer. Elle s'approcha de lui, doucement, attachée à son regard. Lorsqu'elle fut tout contre lui, elle leva la main pour lui toucher la joue. Elle le scruta avec attention, attendant de voir s'il la laissait faire. Puis, se hissant sur la pointe des pieds, elle colla ses lèvres aux siennes, tout doucement. Sentant sa tête tourner et son cœur chavirer, elle inspira longuement avec un incroyable sentiment de bien-être. Ce fut un très long baiser, doux et d'une intensité bouleversante à la fois.

Lorsqu'ils s'arrachèrent l'un à l'autre, étourdis, l'univers était en place et toutes les planètes alignées.

Respectueusement inclinés vers le chef et la chamane, un peu tremblants et se tenant par la main, les deux jeunes amoureux attendaient le verdict. Devant l'évidence de leurs sentiments, ils étaient venus demander l'autorisation de s'unir l'un à l'autre. Savi, si vieille maintenant, semblait en permanence lutter contre ce temps qui lui était désormais compté. Aussi frêle qu'une feuille d'arbre, le visage creusé d'innombrables sillons et la peau diaphane, elle savait qu'il ne lui restait plus beaucoup de temps à côtoyer ses semblables. Fatiguée par une vie longue et bien remplie, elle restait le plus souvent assise et passait de plus en plus de temps dans sa tente à humer ses herbes brûlant dans le feu. Les vapeurs dégagées, savamment dosées, avaient le mérite de soulager provisoirement les douleurs, de plus en plus persistantes, qu'elle ressentait dans toutes ses articulations, à défaut de lui faire entendre les voix des esprits. Ce qui la chagrinait, c'est qu'elle n'avait pas réussi à trouver la personne qui lui succéderait. Il y avait bien eu Ilar, un des fils de Nowilé, qu'elle avait commencé à initier, mais le malheureux jeune homme était décédé des suites d'une mauvaise fièvre contre laquelle la doyenne n'avait rien pu faire. Aucun autre membre de la tribu ne semblait convenir au profil qu'elle recherchait, à part peut-être Toar. Elle avait toujours senti un don chez lui, depuis l'enfance. Mais d'abord Karwen l'avait destiné à la chasse, puis ses talents de sculpteur l'avaient orienté vers une autre voie. Elle lui avait dit plusieurs fois, au détour de conversations qu'ils avaient parfois ensemble, qu'elle pensait qu'il était fait pour cela, qu'il fallait qu'il écoute son cœur. Elle regrettait, maintenant, de ne pas avoir insisté, mais après tout, son rôle était-il vraiment indispensable ?

La plupart des hommes et des femmes du clan avaient quelques notions de médecine, même superficielles et les femmes savaient comment gérer un accouchement. Peut-être qu'après elle, il n'y aurait plus de chamane dans le clan.

Ils feront comme ils voudront lorsque je ne serai plus là, pensa Savi, fatiguée. *Ils sauront bien choisir un nouveau chef pour les protéger et un nouveau chamane pour les guider, avec ou sans moi.*

Puis, en regardant le jeune couple : *ces enfants sont vraiment touchants. Et cette petite sans la parole a vraiment une personnalité hors du commun, elle fera de grandes choses pour cette tribu si Toar l'accompagne. Ils ne peuvent se réaliser que l'un avec l'autre, ils sont faits pour évoluer ensemble.*

Elle essaya alors de lever la main, lentement, indiquant qu'elle allait parler, réclamant ainsi le silence et l'attention de chacun. Son bras bougea à peine. Les sons qui sortirent de sa bouche furent parfaitement incompréhensibles et jetèrent le trouble parmi l'assemblée.

« Qu'est-ce qu'elle a dit ? demandaient les uns.

— Elle ne parvient plus à parler, la pauvre, vous croyez qu'elle entend toujours les esprits ? continuaient les autres.

— Vous avez l'autorisation des esprits pour vous unir, mes enfants », trancha Karwen, pour couper court à toute spéculation.

Il regarda sa mère, inquiet. Lui non plus n'avait pas compris ses mots et il espérait qu'il ne s'était pas trompé. Était-ce bien le message des esprits ? Il essaya de se rassurer en se disant qu'il ne pouvait en être autrement. Toar et Némi semblaient s'aimer depuis toujours, il n'y avait aucune raison que les âmes de leurs ancêtres ne leur accordent pas leur bénédiction. Il guetta une réaction chez la vieille femme, qui ne vint pas. Il la confia à Nowilé, qui l'emmena s'asseoir. Puis, il se tourna vers les deux jeunes amoureux, en souriant. Un peu plus loin dans l'assemblée attentive, Ourel serrait les poings. Sa future compagne lui échappait elle aussi. Le chef semblait ému. Il entourait Toar de toute son affection depuis sa naissance et appréciait également beaucoup la compagne qu'il s'était choisie. Némi, petite femme surprenante qui avait autrefois sauvé le jeune sculpteur de la mort, avait ainsi gagné le respect de Karwen. Respect qui ne faisait que croître depuis que Daïr lui avait raconté sa première chasse. Tout le clan d'ailleurs avait maintenant beaucoup de considération pour la jeune fille, qui semblait ainsi avoir fait ses preuves aux yeux de tous.

Les deux jeunes gens souriants reçurent les félicitations de circonstance de la part des membres du clan et de leurs familles respectives, puis se joignirent avec bonheur au grand repas que l'on prenait collectivement, tous réunis autour d'un grand feu, dans ce genre de célébration joyeuse. Meyda, la tête penchée contre l'épaule d'Oran, regardait sa fille en souriant. Elle était encore si jeune, mais tellement mûre pourtant, déjà ! Elle possédait un charisme farouche, qui compensait largement le fait qu'elle ne parlait pas. Rien qu'en vous regardant dans les yeux, elle imposait le respect. Elle était extrêmement fière d'elle.

Le repas se déroula gaiement, chacun appréciant ce moment de partage et de détente, accompagné d'une nourriture plus abondante que d'habitude.

La convivialité fut malheureusement et brutalement rompue par un cri perçant.

« Savi ! Savi ne bouge plus !

Tous se retournèrent.

Nowilé, qui s'était approché de la chamane pour lui proposer un morceau de viande bien tendre comme elle l'aimait, rencontrant maintenant des difficultés à mâcher en l'absence de plusieurs dents, venait de remarquer l'absence de réaction de celle-ci. Karwen se précipita vers sa mère. Celle-ci semblait assoupie et respirait avec difficulté, laissant entendre un sifflement un peu rauque qui inquiéta son fils.

— Il faut l'emmener s'étendre, vite, aidez-moi ! s'écria le chef en la soulevant délicatement par les épaules, tandis qu'Ourel, accouru lui aussi, lui prenait les jambes.

Ils la transportèrent doucement jusqu'à sa tente et l'étendirent sur une épaisse couverture sur le sol. Ourel la recouvrit d'une deuxième et les deux frères, bientôt rejoints par Naé, s'approchèrent de leur mère et lui prirent chacun unc main.

— Savi... Mère... appela doucement Karwen. Tu m'entends ?

— Mon fils... C'est la fin. Je...

— Ne parle pas mère, repose-toi » la coupa Naé.

Mais Savi leva la main, péniblement, pour faire comprendre à ses enfants qu'elle avait quelque chose à dire, quelque chose d'important. Après avoir longtemps réfléchi, elle s'était décidée à faire passer son sens du devoir avant ses sentiments maternels, qui l'avaient longtemps aveuglée. Et là, se sentant aux portes de la mort, elle regrettait de ne pas l'avoir fait avant, dans d'autres conditions. Il fallait qu'elle parle à Karwen de son frère, Ourel, ce fils aimé qu'elle avait toujours voulu protéger, qu'elle avait essayé de surveiller, pensant pouvoir le contrôler, l'empêcher de commettre quelque chose d'irréparable. Mais au fond d'elle, elle avait toujours su qu'elle ne pourrait y arriver. Elle savait que le jeune homme avait réussi à duper tout le monde, pendant toutes ces années, mais qu'en lui couvait un instinct mauvais, une pulsion malsaine contre laquelle il ne pouvait rien mais qui risquait un jour de le détruire… et qui avait déjà détruit d'autres personnes par le passé. Avec difficulté, elle essaya de parler mais c'était parfaitement inaudible. Son teint déjà pâle devint cireux.

Karwen, sentant bien que c'était la fin, comprit que sa mère voulait lui communiquer une dernière information avant que son esprit ne quitte cette terre : le nom de son successeur. Il se pencha un peu plus, approchant son oreille de la bouche de la chamane pour recueillir sa dernière volonté.

Dans un ultime effort, elle réussit à souffler un mot, un seul, que Karwen reçut comme un coup de fouet.

« Ourel…

— Comment, Mère ? Ourel ? Tu veux qu'Ourel te succède, c'est bien ça ?

— Ourel… » répéta la vieille femme, à bout de ses forces.

Sa main retomba sur la couverture, glissant des doigts qui la retenaient. Poussant un dernier soupir, la chamane les quitta pour rejoindre le monde des esprits.

Naé fondit en larmes, Ourel et Karwen se regardèrent, aussi incrédules l'un que l'autre, le premier exultant, le second ayant l'impression que le ciel lui tombait sur la tête.

X

Après que Lia eut accepté la demande d'Ourel, Meyda, désolée mais inflexible, avait réussi à faire comprendre à Savi que la jeune fille n'était vraiment pas capable de devenir peintre et qu'il allait falloir lui trouver une autre activité, qui lui convienne davantage. La chamane en avait heureusement convenu et c'est Naé qui avait été chargée de la former au tannage et à la couture des peaux. Lia ne prenait pas plus d'initiatives dans ce domaine, mais semblait toutefois mieux réussir cette expérience que la précédente. Elle était obéissante et faisait tout ce que Naé exigeait d'elle, avec plus ou moins de rapidité et de dextérité. Mais la jeune femme était satisfaite d'elle et confirma à Savi que le choix était judicieux. Au bout de quelques mois d'enseignement, Lia était capable de nettoyer toute seule une peau de renne ou de coudre un vêtement acceptable.

Sa première création fut bien évidemment destinée à celui qui accaparait maintenant toutes ses pensées : le bel Ourel, son prétendant. Le manteau qu'elle lui avait confectionné avait triste mine, mais elle semblait vraiment fière d'elle et Ourel n'osa ni le critiquer ni le refuser. Plus le temps passait, plus il apprenait à connaître la jeune fille, plus il voyait à quel point elle n'était pas Meyda. Les formes de cette dernière, tentatrices, le rendaient fou quand la minceur de Lia le laissait indifférent. Il admirait la finesse d'esprit de la première et trouvait la seconde fade et sans caractère. Leur seul point commun était la blondeur de leurs cheveux, mais même là il préférait les ondulations des boucles de Meyda aux frisottis crépus de Lia.

Pourtant, fidèle au rôle qu'il s'était lui-même obligé à endosser, il lui faisait publiquement une cour discrète, sans en faire trop, laissant croire à chacun qu'il respectait ainsi scrupuleusement son jeune âge. Et dès qu'il le pouvait, il épiait celle qui le rendait fou. Mais cela devenait de plus en plus difficile. L'accès à la rivière lui était désormais impossible. Elac montait la garde systématiquement. Il avait expliqué à sa compagne qu'il ne voulait pas risquer une nouvelle attaque d'animal dangereux et la suivait presque partout. Meyda ne s'en offusquait pas, cela lui permettait de passer plus de temps avec lui. Lorsqu'il partait à la chasse, son compagnon s'assurait que Meyda n'était pas seule, ou l'emmenait avec lui si elle n'était pas occupée. Le couple, déjà fusionnel, passait son temps à discuter ensemble, s'embrasser, rire, se caresser, chasser, faire l'amour, peindre, refaire l'amour et dormir.

Ce fut Savi qui remarqua la première l'état de Meyda, venant un jour dans la grotte pour voir l'évolution de ses travaux et la trouvant torse nu, à cause de la chaleur étouffante, les bras levés pour peindre, arborant un petit ventre rond.

« Meyda, dans quelques temps, tu pourras serrer contre toi un fils ou une fille, lui dit la chamane en souriant.

Meyda mit quelques secondes à réagir, encore absorbée par son œuvre. Puis, saisissant les paroles de l'aïeule, elle ouvrit la bouche et écarquilla les yeux de surprise.

— Ce sont les esprits qui t'ont parlé Savi ? demanda-t-elle.

— Non, répondit celle-ci espièglement, c'est ton ventre qui me le dit ! »

En effet, Meyda avait bien remarqué que son ventre était légèrement plus proéminent que d'habitude, mais elle pensait qu'elle avait simplement grossi, comme elle voyait que cela arrivait à d'autres femmes. Elle sourit et le caressa. L'idée la ravissait. Elle n'avait plus qu'une hâte : annoncer à Elac qu'elle allait devenir mère !

Elle sortit de la grotte et, sans se douter qu'une fois de plus une paire d'yeux indiscrets était braquée sur elle, se dirigea vers sa tente. Elac, qui venait de rentrer de la chasse, était en train de préparer un feu pour faire cuire dans un bouillon des morceaux du renne qu'il avait rapporté et partagé avec les autres chasseurs. Devant son air de conspiratrice, il suspendit son geste et la questionna du regard. Pour toute réponse, Meyda lui sourit. Elle attendit que la viande commence à mijoter au-dessus du feu, mélangée à des racines diverses, pour prendre la main de son compagnon et l'entraîner dans la forêt qui jouxtait la grotte sacrée. Elle y avait déniché une petite clairière naturelle, longée par un ruisseau, recouverte d'un tapis d'herbe bien verte et épaisse. Après la chaleur de cette journée, ce serait un endroit très rafraîchissant. Elac se laissa faire bien volontiers et ne remarqua pas l'ombre qui les suivait en prenant soin de se cacher.

Quand il vit le couple s'arrêter au bord du ruisseau, Ourel regarda autour de lui et remarqua un arbre au feuillage bien touffu, dont les grosses branches s'avançaient au-dessus d'eux. Il y grimpa avec toute la discrétion dont il fut capable et s'approcha en avançant sur les genoux le long de la plus grosse branche. Elac et Meyda, visiblement absorbés par une discussion importante, ne prêtaient aucune attention à ce qui se passait autour d'eux.

Ourel voyait Meyda sourire, toucher son ventre, mettre la main du jeune homme dessus et Elac s'enthousiasmer.
Il ne comprenait pas de quoi ils parlaient et essaya de s'approcher encore un peu plus, jusqu'à se retrouver exactement au-dessus de leurs têtes, complètement masqué par le feuillage. Lui, au contraire, les voyait très bien à travers une percée entre les feuilles. Soudain, la jeune

femme releva sa tunique et la fit passer par-dessus sa tête pour l'enlever. Elle se retrouva complètement nue devant Elac et, sans le savoir, devant Ourel qui faillit en tomber de son arbre. Comme à chaque fois, la vue du corps de la jeune femme le tétanisait. Il vit Elac s'approcher d'elle et agripper sa bouche à la sienne. C'est lorsqu'il entendit le premier gémissement de Meyda qu'il commença sa lente descente aux enfers.

Longtemps après qu'ils furent partis, Ourel continuait à trembler et à se cramponner à sa branche. Il était dans un état d'excitation et de frustration tel qu'il en était douloureux. Il ne savait pas comment il avait pu résister à l'envie de sauter sur Elac et de le massacrer. Il avait tout enduré : les cris de la jeune femme, sa tête renversée en arrière, ses seins durcis et ses lèvres gonflées de désir, la cambrure de son dos et l'arrondi de ses fesses alors qu'elle chevauchait le chasseur, toute à son plaisir. Il avait imaginé être celui qui lui donnait ce plaisir et en même temps était bien conscient qu'il n'en était pas responsable. Qu'il aurait voulu être à la place d'Elac à cet instant ! Maintenant qu'il avait vu la jeune femme capable d'un tel d'abandon et d'une telle sensualité, il n'aurait de cesse de l'imaginer ainsi et de revivre la scène en boucle, en rêvant de la posséder comme cela à son tour.

Il finit par descendre de l'arbre. Il se sentait mal, nauséeux. Il lui fallait absolument trouver un moyen de se calmer, d'évacuer toute cette tension qui le rendait fou. Il repartit vers le campement, marchant au hasard.

« Bonjour Ourel...

La petite voix sembla le tirer du gouffre abyssal vers lequel il se sentait aspiré. Devant lui, se dandinant d'un pied sur l'autre et souriant bêtement, se trouvait sa jeune promise, Lia, les joues roses d'excitation de le rencontrer fortuitement. Et c'est cette joie innocente, fébrile, qui acheva toute la capacité de résistance du jeune homme. Les dernières digues de la retenue et de la raison furent emportées par une onde dévastatrice. Tendant la main à la jeune fille, il lui sourit.

— Bonjour Lia. Veux-tu venir te promener avec moi ? J'aimerais te montrer un bel endroit. »

Elle le suivit au comble du bonheur, sa main dans la sienne. Ourel l'emmena directement au lieu exact où Meyda et Elac s'étaient aimés. Personne ne viendrait les déranger ici. Il s'approcha de la jeune fille, essayant d'imaginer le visage de Meyda à la place du sien et répéta très fidèlement la scène qu'il avait vu Elac interpréter. Il commença par l'embrasser férocement. Surprise par la fougue du baiser, Lia eut un mouvement de recul mais n'osa pas broncher. Ourel, sans plus aucun scrupule, lui ôta sa tunique brutalement, déchirant une bretelle. Lia cria.

« Ne t'inquiète pas, lui dit-il en essayant d'être plus doux, c'est ce que font tous les amoureux. Tu es bien amoureuse de moi, Mey... Lia ? »

Elle opina, déstabilisée, une part d'elle heureuse d'un rapprochement qu'elle n'attendait pas encore, une autre contrariée par la brutalité du contact. Ourel n'en avait cure et se jeta sur elle, projetant la vision de Meyda, offerte, dans son esprit.

Lorsque sa tempête intérieure fut apaisée, le frère du chef décida de jouer sur tous les tableaux. L'expérience, loin d'être désagréable, pourrait être renouvelée, à chaque fois que l'envie de Meyda se ferait trop pressante. Mais il fallait persuader Lia que cela avait été un moment formidable et qu'il ne fallait surtout pas qu'elle en parle à quiconque. Il réussit à lui offrir une tendresse un peu tardive mais espérée. Il lui expliqua que c'était ainsi que faisaient tous les couples, qu'elle était merveilleuse et il sut trouver tous les mots qui lui firent momentanément oublier une première expérience désastreuse.

Il essaya de la rassurer, la complimentant exagérément et lui assurant que n'importe quel homme serait comblé à ses côtés. Naïve, recevant les mots qu'elle rêvait d'entendre, Lia réussit à se convaincre qu'ils avaient partagé des instants merveilleux. Il lui arracha même la promesse de se retrouver à la première occasion ici même, pour partager de nouveaux moments de bonheur commun.

Ils se séparèrent à la lisière de la forêt, Ourel ne souhaitant mettre la puce à l'oreille de personne. Karwen et Savi en particulier n'apprécieraient pas du tout son comportement s'ils en avaient vent.

C'est ainsi que durant des lunes, Ourel et Lia se retrouvèrent dans la forêt ou dans toute cachette dans laquelle il arrivait à l'amener, pour permettre au jeune homme d'assouvir ses pulsions inavouables. Lia était terriblement partagée et complètement soumise à son amant peu délicat. Quelque chose en elle lui hurlait que ça n'était pas normal, mais sa docilité et son manque de jugement le faisaient rapidement taire. De plus, ayant l'interdiction formelle d'Ourel de parler de leur relation à qui que ce soit, elle n'avait aucun avis objectif pouvant l'éclairer sur cette liaison malsaine.

Peu à peu, une certaine morosité s'empara d'elle. Elle n'était plus aussi joyeuse qu'avant, avait perdu l'appétit et se renfermait sur elle-même. Elle n'avait plus très envie de ces accouplements brutaux et douloureux qui étaient de moins en moins suivis de tendresse. Mais elle était sous l'emprise d'Ourel, dépendante du peu d'affection qu'il lui offrait et ne parvenait pas à refuser de satisfaire ses pulsions.

Lorsque sa mère, Nowilé, se rendit compte qu'elle était enceinte, elle fut assez surprise. Il n'était pas impossible mais très rare que cela arrive à une jeune fille de cet âge. Elle se dit donc que c'était la volonté des esprits qui avaient dû estimer que Lia était prête.

Savi, elle, ne se contenta pas de cette explication naïve. Elle soupçonnait fortement ce qui s'était passé entre la jeune fille et son cher fils. Elle demanda donc à ce que Lia vienne la voir sous sa tente, seule, pour tirer tout cela au clair. Quand elle entra, encouragée par la chamane, Lia affichait un air inquiet.

Ne voulant pas la brusquer, Savi commença par la complimenter, puis la questionna de façon anodine.

« Félicitations jeune Lia, tu vas bientôt devenir mère. Te sens-tu prête ?

— Je ne sais pas. Je crois... souffla timidement la jeune fille.

— Ne t'inquiète pas, tu seras entourée par les autres femmes du clan, par ta mère déjà, qui doit être fière de toi.

— Oui.

— Dis-moi Lia, veux-tu toujours devenir la compagne d'Ourel ? Tu n'as pas changé d'avis ?

— Oh ! Bien sûr que oui ! répondit-elle, en rougissant cette fois.

— Lia, t'es-tu déjà unie à Ourel ? Physiquement ? »

Lia regarda Savi, semblant ne pas comprendre. Alors, de façon très simple, la chamane lui expliqua ce qu'elle entendait par là. Elle lui raconta comment devait se passer l'union d'un couple, le désir, le plaisir partagé, la tendresse. Lia comprenait bien qu'il y avait un décalage entre le comportement d'Ourel et ce que lui expliquait Savi, mais si elle répondit finalement affirmativement à la question, elle omit volontairement de donner des détails qui auraient, elle en était maintenant persuadée, mis en colère la vieille femme. De toute façon, maintenant qu'elle attendait un enfant, le jeune homme allait certainement la traiter différemment.

Savi était tout à fait contrariée par le comportement d'Ourel, qui lui avait juré qu'il serait patient et attendrait que sa promise ait un âge plus raisonnable pour s'unir à elle. Comme la jeune fille semblait consentante, elle ferait simplement la morale à son fils et hâterait leur union officielle. Mais quelque chose dans l'attitude de Lia l'inquiétait. Ses soupçons envers son fils ne cessaient de grandir et elle était déchirée entre ses indulgences de mère et son rôle de protectrice en tant que chamane de la jeune fille. Elle était cependant à mille lieues d'imaginer à quel point le comportement de son fils était répréhensible...

Alors que Meyda se portait comme un charme depuis le début de sa grossesse, Lia commença par avoir des nausées tous les matins. Elle passait son temps à dormir ou alanguie sur une couverture. Meyda, pleine d'énergie, peignait dans la grotte sacrée avec une sensibilité décuplée. Enfin, la jeune peintre avait vu son appétit croître en même temps que son ventre, tandis que Lia, écœurée par les odeurs de nourriture, perdait du poids à vue d'œil.

Ourel, contrarié par la nouvelle, entendait bien pouvoir continuer à jouir du corps de sa promise, enceinte ou pas. Mais elle était tellement malade, avec ses nausées, son teint cireux, ses traits tirés, qu'elle le rebutait maintenant et qu'il espaça beaucoup plus leurs rendez-vous secrets, pour finalement les suspendre complètement lorsque son ventre commença à devenir bien rond.

Lia, momentanément libérée de son tourmenteur, entourée de l'attention de ses proches, commença alors, doucement, à aller mieux.

Meyda accoucha par une belle nuit d'hiver. Alors que le campement tout entier semblait disparaître sous un épais manteau de neige et que le silence régnait, tous les bruits étant comme étouffés, elle ressentit les premières douleurs de l'enfantement et poussa un cri strident. Emmitouflée de la tête aux pieds dans une longue peau d'ours, amenée par les bras tremblants d'Elac jusque sous la tente de Savi, elle était à la fois inquiète et excitée à l'idée de pouvoir bientôt faire la connaissance de son enfant.

Au terme de longues heures éreintantes, de douleur pour Meyda, d'angoisse pour Elac, l'enfant sortit du ventre de sa mère. Savi montra à la jeune femme agenouillée comment saisir elle-même le bébé, un petit garçon qui hurlait à pleins poumons.

Elle le posa sur sa poitrine, heureuse mais épuisée.

La bouche de l'enfant trouva sans difficulté le sein de sa mère et il commença à téter, sous le regard brillant d'amour de la jeune femme.

Elle décida de l'appeler Kaël.

Savi vérifia ensuite qu'il se portait bien, nota qu'il était très vigoureux et sourit en l'entendant faire retentir ses cris à travers tout le campement. Laissant la mère et l'enfant prendre un repos bien mérité, Savi sortit sous un magnifique ciel étoilé dans le froid glacial de la nuit. Elle aussi était éreintée d'avoir longuement secondé la jeune femme, mais heureuse d'avoir pu assister à l'arrivée de ce petit être, qui venait grossir les rangs de la tribu.

Pour la vieille femme une naissance était toujours un événement qui réchauffait son cœur fatigué et la promesse d'un avenir radieux.

XI

La nouvelle du décès de Savi fit en quelques secondes le tour du campement. Tous les membres de la tribu, sous le choc, réalisaient qu'ils ignoraient ce qu'était la vie sans leur chamane. Depuis leur naissance à tous et jusqu'à ce jour, elle avait été là, parmi eux, soignant, aidant, guidant, conseillant chacun dans ses épreuves personnelles, prenant les décisions qui s'imposaient, toujours bienveillante et rassurante. Tous étaient unanimes pour dire qu'elle allait énormément leur manquer mais aussi qu'ils s'inquiétaient de savoir qui allait la remplacer.

Karwen était fortement déstabilisé. Il accordait une confiance sans faille à sa mère par sa fonction importante, mais il savait que devant son plus jeune fils, elle perdait toute objectivité. Il avait déjà tiqué lorsqu'elle avait écarté Toar de sa succession de chef, prétextant qu'il ne s'épanouissait pas en tant que chasseur. Il avait alors imaginé qu'elle souhaitait que ce soit Ourel qui le remplace, étant lui-même chasseur. Mais voilà qu'au lieu de cela elle le désignait en tant que chamane ! C'était à n'y rien comprendre ! Y avait-il des choses qui lui échappaient ? Savi avait-elle senti chez ce fils immature et jaloux une quelconque compétence pour communiquer avec les esprits ? Il en doutait fortement, mais n'osait pas remettre en question sa décision.

Lorsqu'ils sortirent de la tente de leur mère, tout le monde remarqua la pâleur du chef, ses traits crispés et sa mâchoire contractée, ses poings serrés. Les conversations s'arrêtèrent aussitôt. Un silence respectueux et angoissé les accueillit.

Ourel, l'air beaucoup plus serein, se racla la gorge et prit la parole, d'une voix qu'il rendit exagérément autoritaire, que tous trouvèrent inappropriée en ces circonstances.

« Mes amis, commença-t-il, cherchant ses mots, notre bien-aimée chamane, Savi, ma propre mère, est partie rejoindre le monde des esprits, ce monde qu'elle connaissait si bien pour avoir toujours eu le privilège de communiquer avec eux. Elle va nous manquer à tous. Mais il ne faut pas nous laisser aller au chagrin ni à l'inquiétude. Notre chamane a désigné un successeur. Moi-même ! »

Une exclamation collective et interloquée lui répondit. Ourel avait décidément le don de provoquer stupeur et incrédulité. Même s'il était le propre fils de la chamane, personne n'aurait imaginé une seule seconde qu'elle allait le désigner, lui, pour lui succéder. Avait-il au moins eu le temps d'être formé ? Avait-il le don comme Savi ? Son caractère semblait tellement éloigné des qualités attendues pour ce rôle que personne ne semblait comprendre ce choix pour le moment.

Voulant couper court à d'éventuelles questions ou protestations, Ourel se hâta d'ajouter :

« Mon frère et ma sœur peuvent en témoigner ! Nous devons faire confiance à Savi pour ce choix et je serai extrêmement honoré d'assurer cette fonction. J'ai moi aussi le don d'entendre les voix des esprits. »

Naé semblait incapable de réagir, la tête baissée et les yeux rougis, mais Karwen se demandait si son frère essayait de se convaincre lui-même ou les autres membres de la tribu. Il avait bien vu tout à l'heure le regard stupéfait d'Ourel. Lui non plus ne s'attendait pas à être désigné, ce qui laissait supposer que Savi ne lui avait rien enseigné de particulier. Avait-il les mêmes visions que sa mère et n'en avait-il rien dit jusqu'à présent ? Pourquoi lui, le chef, n'avait-il pas insisté, lors de leurs longues discussions, pour que sa mère forme un nouvel élève à la tâche de chamane ? Il était trop tard à présent pour tergiverser.

Ourel continua, haussant encore la voix.

« Et les esprits ne sont pas contents ! »

L'assemblée, terrifiée, ne s'attendait pas non plus à cela. Craignant plus que tout la colère de ces esprits impalpables, tous retinrent leur souffle.

« Tout à l'heure, personne n'a entendu Savi donner le consentement des esprits sur l'union de Némi et Toar. Et c'est parce qu'ils ne le donnent pas ! Le chef vous a menti ! Lui non plus ne l'a pas entendu de la bouche de Savi, il veut simplement faire plaisir à son fils. »

Un murmure circula. C'était tout à fait vrai. Personne n'avait compris la réponse de Savi. Karwen avait-il vraiment menti ? Se pouvait-il que les esprits s'opposent à l'union de Némi et Toar qui donnaient vraiment l'impression de s'adorer ?

« Et voici pourquoi ils sont en colère : ils m'ont accordé, à moi, leur bénédiction pour m'unir avec Némi. Les esprits ont été très clairs : ce n'est pas avec Toar qu'elle doit s'unir, mais avec celui qui a été désigné digne d'elle, le nouveau chamane. Elle viendra donc avec moi dès ce soir, et nous honorerons ainsi ensemble la mémoire de Savi et la volonté des esprits.

La stupéfaction et la désapprobation vinrent se peindre sur chaque visage.

Comment Ourel osait-il tenir un tel discours, quelques minutes à peine après le décès de sa mère ?

Karwen serrait les dents, blanc de rage. Meyda, en proie à une terreur sourde, s'agrippa à Oran avant de s'écrouler dans ses bras, évanouie. Le sculpteur, livide, accusait le coup lui aussi et rattrapa sa compagne avant de tomber à genoux sur le sol.

Némi, la bouche ouverte, suffoquant, regardait cet Ourel si désagréable, si imbu de lui-même, oser affirmer que les esprits voulaient la séparer de l'homme qu'elle aimait pour l'unir à lui. Il la dégoûtait, elle ne deviendrait jamais sa compagne !

— Non ! Il n'en est pas question ! tonna alors une voix.

Tous se retournèrent alors vers Toar, qui se tenait les poings serrés face à Ourel.

— Qu'est-ce que tu dis ? Jeune idiot, tu n'as pas le choix, ce n'est pas toi qui décides, les esprits...

— Les esprits n'ont rien dit du tout et certainement pas à toi ! continua le jeune homme. Depuis quand est-ce que tu entends les esprits, Ourel ? Savi n'a jamais évoqué un éventuel don chez toi, elle ne t'a pas formé, elle songeait à moi pour la remplacer ! Elle me l'a plusieurs fois proposé, mais je n'étais pas prêt, soupira-t-il en baissant la voix. Je pensais que nous aurions davantage de temps...

— C'est faux ! Savi n'a jamais compté sur un freluquet comme toi pour guider la tribu ! Accepte ta défaite, Toar, tu n'es pas digne d'une chasseuse comme Némi. Seul un autre chasseur peut lui convenir, tu le sais très bien !

— Ourel, intervint Karwen, prenant visiblement sur lui pour garder son calme. Tout le monde est ému par le décès de notre mère bien-aimée. Je propose que nous allions tous nous reposer. Demain, nous enterrerons notre chamane avec tout le respect que nous lui devons. Némi et Toar auront ainsi le temps de se faire à la volonté des esprits et de l'accepter. C'est mieux. »

Ourel regarda son frère, satisfait de constater qu'il l'appuyait, même s'il l'obligeait à reporter son union au lendemain. Il remarqua aussi que tout le monde semblait soulagé de différer une confrontation houleuse. Il chercha du regard Meyda, pour lui lancer une œillade triomphante, mais ne la trouvant pas, tourna les talons et partit vers sa tente. Se remettant de ses émotions dans les bras d'Oran, entourée de ses trois enfants et de Toar, Meyda vit alors s'approcher d'eux Karwen. Le chef, l'air grave, aida Oran à la remettre debout et se mit à chuchoter.

« Venez avec moi, allons dans votre tente, nous avons à parler. »

Il avait fallu calmer Toar qui fulminait de rage et le convaincre de les accompagner. Croyant le chef contre lui, le jeune homme avait quand même fini par accepter, voulant rester avec Némi. Une fois à l'abri des regards et des oreilles indiscrètes, dans la grande tente familiale de Meyda et Oran, Karwen invita tout le monde à s'asseoir et prit la parole.

« Nous n'avons pas beaucoup de temps. Ourel semble avoir complètement perdu la raison. Ce qu'il demande est inacceptable et je ne le laisserai pas faire, vous m'entendez ?

Il les regardait tour à tour, au fond des yeux pour prouver sa sincérité, insistant particulièrement sur Toar et Némi.

— Mais que pouvons-nous faire ? demanda alors le jeune homme, sa main dans celle de sa promise.

— Partir, répondit le chef dans un souffle. Il faut vous enfuir dès l'aube, pour être le plus loin possible demain lorsqu'Ourel s'en rendra compte.

— Partir ? s'écria Meyda, horrifiée. Mais où vont-ils aller, seuls tous les deux ?

— Ils peuvent essayer de rejoindre le clan de cet homme qui venait du bord de la mer, te souviens-tu Meyda ? Celui qui t'avait donné des coquillages. Zérec. Il m'avait indiqué le chemin pour aller jusqu'à sa contrée, si un jour nous en avions l'occasion.

— Mais c'est si loin, comprit-elle. Nous ne nous reverrons peut-être jamais...

— Meyda, s'ils ne partent pas, je ne pourrai pas empêcher Ourel de prendre ta fille.

Il est le chamane maintenant et la plupart des gens, même s'ils ne l'apprécient pas, vont le croire quand il dit parler au nom des esprits. Je suis pratiquement sûr que Savi ne voulait pas cela, mais je ne peux pas le prouver. Nous avons tous déjà pu constater à quel point l'esprit d'Ourel pouvait se montrer perturbé, ajouta-t-il en fixant la peintre, dont le regard trahissait le profond désespoir. Il faut les sauver, conclut-il en posant ses mains sur les épaules de Toar et Némi. Ils ne se laisseront pas faire et cela va finir en drame.

Toar était inquiet mais faisait confiance à l'homme qui avait toujours pris soin de lui.

— Tu as raison Karwen, dit-il, nous allons nous préparer.

— Je viens avec vous ! s'écria alors Towen, le frère de Némi.

— Toi aussi... balbutia Meyda.

— Nous serons plus forts à trois, expliqua Towen. Et je ne veux pas rester ici sans eux !

— Merci, mon ami », lui dit Toar en lui pressant le bras.

Némi, elle, prit son frère dans ses bras. Ils avaient toujours été proches et elle savait qu'elle pouvait compter sur lui. Elle était heureuse qu'il les accompagne dans ce périple inconnu et peut-être dangereux.

Les trois jeunes gens se mirent à préparer les affaires dont ils allaient avoir besoin. Il ne fallait prendre que l'essentiel, ne pas se charger trop parce qu'une longue marche les attendait.

Mais en même temps, il fallait prévoir le nécessaire pour affronter la saison froide qui s'annoncerait bientôt. Ils prirent quelques vêtements, des peaux roulées qu'ils placèrent dans des besaces pouvant être portées sur l'épaule, des sagaies, le propulseur de Némi, quelques outils en pierre que leur donna Oran, un peu de nourriture et une lampe à graisse offerte par Meyda, une outre avec de l'eau chacun de la part de Kaël et plusieurs pierres à feu remises par Karwen. S'ils avaient besoin d'autre chose, ils le trouveraient en route.

Après avoir discuté encore de longues heures, oubliant leur fatigue, ils virent l'obscurité diminuer et le jour poindre. Le moment des adieux était arrivé, déchirant pour tous. Karwen ôta un collier avec une dent de lion et le passa autour du cou de Toar.

« Ceci te protégera mon enfant, le lion est un animal puissant. Et Zérec, l'homme vers qui je vous envoie, reconnaîtra ce collier qu'il avait admiré lors de son passage chez nous. Il voulait l'échanger contre une parure faite de magnifiques coquillages, mais je ne souhaitais pas m'en séparer à l'époque. Je crois qu'au fond de moi je savais qu'un jour je devrai te le remettre. Zérec vous accueillera en ami. C'est un homme bon, j'ai toute confiance en lui. Bonne chance, Toar, lui dit-il, une légère fêlure dans la voix.

Et il étreignit très fort le jeune homme, en lui recommandant de veiller sur sa compagne.

Meyda serra sa fille dans ses bras en pleurant, rejointe par Oran et ils lui répétèrent tous les deux que c'était mieux ainsi, qu'elle serait en sécurité loin d'Ourel et de son esprit malade.

Towen, en tant que frère aîné de Némi, leur promit également de veiller sur sa sœur.

Meyda, malgré son chagrin, sourit. En regardant le trio se retourner et leur faire un dernier signe de la main, elle confia intérieurement à sa fille le soin de veiller sur les deux garçons.

XII

L'accouchement de Lia fut un moment particulièrement difficile. Tout d'abord à cause de l'étroitesse du bassin de la jeune fille, et ensuite parce que le bébé ne se présentait pas bien. Savi fit tout son possible pour sauver la mère et l'enfant, mais celui-ci, un petit garçon, ne survécut que quelques minutes avant que son esprit ne rejoigne celui des ancêtres. La chamane en fut très triste. Mais elle s'inquiéta ensuite énormément pour la jeune fille, apathique sur sa couche. Lia, traumatisée par son accouchement douloureux, semblait brisée et ne réagissait pas à la perte de son enfant. Pensant lui apporter du réconfort, Savi envoya chercher Ourel et laissa les supposés amoureux seuls. Le jeune homme, écœuré par les odeurs, les tâches de sang et la mine défaite de Lia, n'était pas du tout à l'aise.

« Tu auras bien d'autres enfants. Remets-toi vite et reviens chez nous, j'ai hâte de te montrer à quel point tu me manques... » dit-il avec les yeux brillants.

Lia gémit et se mit à pleurer.

Ça n'allait pas recommencer ! Cela faisait bien deux lunes entières qu'il ne pouvait plus la toucher, à cause de son gros ventre et elle avait profité du répit. Elle avait alors réalisé qu'elle n'avait plus envie de ces étreintes brutales, qui la laissaient déprimée et elle devait même s'avouer qu'Ourel lui faisait un peu peur. Mais à qui confier son désespoir ? Savi ? C'était la propre mère d'Ourel ! Nowilé, sa mère ? Non, sa mère lui dirait qu'elle avait bien de la chance d'avoir été choisi par le frère du chef. Lia pensa alors à Meyda, qui avait toujours été gentille avec elle, lorsqu'elle lui enseignait à peindre. De plus, Meyda n'appréciait pas beaucoup Ourel, elle le savait et ne le défendrait donc pas. Comment faire pour approcher la jeune femme sans qu'Ourel ne la voit ? Elle avait elle-même eu un enfant récemment et on la voyait beaucoup moins qu'avant dans le camp. Épuisée, elle se dit qu'elle y réfléchirait plus tard et sombra dans un profond sommeil.

Au grand soulagement de la jeune fille, le lendemain, Savi insista pour qu'elle reste dans sa tente quelques jours encore, ayant besoin de soins quotidiens. C'était plus simple pour la vieille femme de l'avoir à ses côtés plutôt que de traverser le campement plusieurs fois par jour pour aller s'occuper d'elle. Même Ourel entendit l'argument et ne voulut pas contrarier sa mère. Lia avait un nouveau répit.

Meyda, toute à son nouveau rôle de mère, resplendissait de bonheur. Elle était en adoration devant son bébé, le nourrissait selon les envies de celui-ci à toute heure du jour ou de la nuit et le gardait la plupart du temps collé contre elle, sous sa tunique, grâce à une bande de peau toute douce dont elle les encerclait elle et lui. Le petit Kaël, bien au chaud contre la peau maternelle, idéalement placé à côté de son sein, semblait parfaitement satisfait de son sort.

Elac, quant à lui, aurait aimé parfois être à la place de ce petit bonhomme qui lui volait un peu sa compagne. Meyda essayait de se montrer disponible, mais le petit exigeait énormément de temps et quand il dormait, Meyda en profitait aussi pour se reposer. Souvent, quand il rentrait, Elac les trouvait tous les deux endormis à poings fermés et essayait, un peu déçu, de ne pas faire de bruit.

Au bout d'une assez longue période d'adaptation, Meyda se sentit plus à l'aise dans sa gestion des tâches de la journée. Elle arrivait également à se reposer davantage parce que le petit dormait de plus en plus longtemps la nuit. Voulant surprendre son compagnon, elle demanda un soir à Naé si elle accepterait de garder le petit Kaël. Elle lui donna le sein juste avant et le confia ensuite, repus et au bord du sommeil, à son amie ravie. Lorsqu'Elac arriva, s'attendant à trouver sa compagne et son fils endormis, c'est Naé qui l'accueillit, les yeux rieurs.

« Meyda t'attend dans la grotte sacrée, Elac. Je garde le petit.

— Ah ? Euh... très bien, merci... » répondit-il un peu gêné.

Il se dirigea alors vers la grotte et découvrit à l'entrée une lampe à graisse allumée posée sur le sol. Il sourit. Il la ramassa et, s'éclairant à la faible lueur de sa flamme, pénétra dans le sanctuaire. Tous les trois mètres environ, Meyda avait posé sur le sol une de ces petites lampes qu'elle utilisait lorsqu'elle venait peindre dans la grotte. Le chemin pour la retrouver était ainsi balisé et Elac était sûr de suivre la bonne direction. Le boyau était étroit et il dut se faufiler dans le mince espace entre les deux côtés de la roche autrefois creusée par une rivière souterraine en furie. Il en profitait pour observer les dessins déjà réalisés. Meyda lui avait expliqué que dans cette grotte, à son arrivée pour la première fois, elle avait découvert des peintures dont elle n'était pas l'auteur. Était-ce l'œuvre de Rachen dans sa jeunesse ? Ou y avait-il d'autres peintres, peut-être, dans d'autres tribus comme la leur, qui seraient passés là avant eux ? Elac retrouva sa compagne allongée sur une épaisse peau d'ours des cavernes, nue, sous la représentation plus vraie que nature d'un bison absolument éblouissant de réalisme. Elac n'hésita pas longtemps sur le sujet à contempler entre les deux et opta pour sa compagne, qu'il avait l'impression de redécouvrir après une longue période de restriction. Celle-ci l'attira tout contre elle et se mit à le picorer de petits baisers sur tout le corps.

Lorsqu'ils ressortirent de la grotte, heureux de ce moment passé ensemble rien que tous les deux, les deux amoureux furent accueillis par un spectacle incroyable :

semblant crever le ciel, des traînées lumineuses passaient à toute vitesse au-dessus de leurs têtes et disparaissaient aussi vite qu'elles étaient apparues. Ils en restèrent bouche bée et profitèrent du spectacle pendant de longues minutes. Puis, la fatigue se rappelant à eux, ils prirent le chemin de leur tente, où ils retrouvèrent Naé et Kaël dormant comme des bienheureux.

Lia, au bout d'une semaine de convalescence dans la tente de Savi, dut retourner bon gré mal gré chez son compagnon. Elle n'était pas parvenue à apercevoir Meyda et désespérait de pouvoir rencontrer la jeune femme, seule. Ourel était devenu très possessif, il ne l'autorisait à sortir que pour se rendre travailler avec Naé. Il avait été clair sur le fait que lorsqu'il rentrait, il voulait pouvoir prendre ses repas immédiatement. Ensuite, il se jetait généralement sur elle, qu'elle le veuille ou non, et assouvissait tous ses désirs sans tenir compte un seul instant de ses envies à elle.
Dans ses meilleurs jours, il lui susurrait à l'oreille des mots doux pour l'encourager, la prenait avec un peu moins d'empressement et de brutalité, mais la majeure partie du temps il se comportait comme le dernier des rustres. La jeune femme, très rapidement, retomba enceinte. Au souvenir de ce par quoi elle était passée la première fois et au vu des sévices qu'elle subissait quotidiennement, elle sombra dans une profonde dépression. Elle ne voulut rien dire à Ourel, mais celui-ci finit par s'en apercevoir, fatalement et n'apprécia pas du tout. C'est à cette occasion qu'il porta la main sur elle pour la première fois. Elle reçut une gifle magistrale qui la fit s'écrouler au sol. Il eut beau s'excuser ensuite, la couvrir de baisers dont elle ne voulait plus, elle ne fut pas dupe, cette fois et commença à craindre pour sa sécurité. Elle ne sortait plus, Ourel ayant prétexté qu'elle était aussi malade que la dernière fois et préférait se reposer. Elle passait dorénavant ses journées dans sa tente, cachant ainsi aux autres son visage dévasté et son corps

maigrissant. Pour ne pas alerter Savi, Ourel passait régulièrement la voir et lui réclamait diverses médications pour sa compagne : une tisane pour limiter les nausées, une autre pour calmer son anxiété... Savi lui remettait ce dont il avait besoin, promettait qu'elle passerait voir la jeune fille, mais était à ce moment occupée à former pour lui succéder un jeune homme nommé Ilar, fils de Nowilé. Elle remettait donc sa visite à plus tard, au grand soulagement de son fils.

Un soir, Ourel s'arrêta chez sa mère comme il le faisait régulièrement pour une tisane, lorsqu'il la croisa qui quittait sa tente précipitamment.

« Bonjour Mère, tout va bien ? Tu as l'air bien pressée !

— Oui mon fils, répondit celle-ci sans s'arrêter, je suis désolée, je dois me rendre chez Ilar, mon petit protégé. Il semblerait qu'il ait de la fièvre. Tu voulais une tisane je suppose ? Regarde dans ma besace en peau de renne, prends une poignée de feuilles et plonge-les dans de l'eau chaude quelques instants. Fais-en boire à ta compagne, elle se sentira mieux et pourra dormir sereinement.

— Merci, Mère ! »

Ourel pénétra dans la tente, trouva facilement ce qu'il était venu chercher et allait repartir quand son regard se posa sur d'autres feuilles qui séchaient, volontairement à l'écart. Il se rappela alors cette fameuse nuit où, ayant inhalé des fumées inhabituelles, son esprit avait perdu le contrôle et réagi de façon tout à fait surprenante, semblant se libérer de toute contrainte. Saisi d'une impulsion, il en attrapa quelques-unes et les mélangea aux premières. Il sortit ensuite et se dirigea d'un pas rapide vers sa propre tente.

En compagnon attentionné, il prépara alors à Lia une infusion faite du mélange des deux sortes de feuilles et le lui apporta. Il tendit le breuvage bien chaud à la jeune fille qui le but doucement, appréciant chaque gorgée, ne remarquant visiblement aucune différence. Ourel patienta un peu, observant discrètement sa compagne, essayant de percevoir un changement quelconque. Il lui parlait et la questionnait sur sa journée, guettant l'instant où ses paroles ne seraient peut-être plus cohérentes. Au début, il ne se passa rien. Puis, au bout d'un moment, la jeune fille sembla avoir des difficultés à s'exprimer. Alors qu'elle semblait complètement déprimée ces derniers temps, elle se mit à ricaner en regardant son ventre arrondi. Elle devint plus dolente, alanguie, sensuelle trouva Ourel, qui se dit qu'il ne s'était pas trompé. C'étaient bien les mêmes feuilles dont il avait respiré les vapeurs et Lia était en train de réagir à leurs effets. Ravi, il passa alors une délicieuse soirée, avec une compagne complètement désinhibée et consentante à le satisfaire dans ses moindres désirs. Il put même l'appeler par le prénom qui le hantait, bien plus seyant trouvait-il, sans qu'elle s'en émeuve. Il se promit de retourner rapidement chez Savi, d'observer de plus près les feuilles miraculeuses et d'en trouver lui-même pour une consommation qu'il envisageait très régulière.

Le lendemain, Lia perdait son enfant.

Le jeune Ilar, quant à lui, résista encore quelques jours mais la fièvre fut plus forte et l'emporta un matin dans son sommeil. Savi en fut dévastée et Lia sortit complètement de son esprit.

Quelques temps plus tard, ce fut au tour de Meyda de retomber enceinte et là, elle s'en rendit compte bien plus tôt que la première fois.

Elle était plus attentive aux changements de son corps, et reconnut quelques signes rapidement. Elle remarqua que sa poitrine, toujours bien ronde à cause de l'allaitement était plus tendue, qu'une ligne discrète en descendait à la verticale jusqu'à son nombril et que son ventre avait à nouveau pris un peu de volume.

Elle en ressentit un grand bonheur et fut heureuse de constater la joie éclairer aussi le visage d'Elac lorsqu'elle l'en informa, selon le même petit rituel que la dernière fois, dans la clairière.

Sa grossesse, comme la précédente, se déroula à merveille. Contrairement à la plupart des femmes, pour une raison inconnue, Meyda ne subissait pas les désagréments des nausées matinales et n'était pas non plus fatiguée en permanence. Au contraire, elle semblait ressentir un regain d'énergie. Elac ne s'en plaignait pas...

Un matin d'été, au réveil, alors que sa grossesse était déjà bien avancée, sentant pour la première fois quelques petites crampes dans son ventre, elle décida d'aller cueillir des feuilles de framboisiers sauvages, qu'elle préparerait ensuite en infusion, ainsi que le lui avait montré Savi alors qu'elle attendait Kaël.

Ces feuilles avaient une vertu décontractante et n'étaient pas difficiles à dénicher. Meyda savait qu'elle en trouverait en sous-bois, pas très loin de sa petite clairière secrète. Elac étant déjà parti pour une chasse, elle se leva tranquillement, passa une tunique légère à cause de la température déjà élevée, puis se retourna en sentant deux petites mains lui accrocher la jambe.

Kaël, qui marchait tout seul maintenant parfaitement bien, s'était également levé et s'était approché de sa mère, réclamant nourriture et câlins. Meyda, l'embrassant mille fois pour le faire rire, lui donna tout ce qu'il voulait avec bonheur. Cet enfant était son rayon de soleil, elle l'aimait plus que tout.

Quand il eut terminé de téter, elle le fit passer dans son dos et le maintint contre elle avec une large bande de peau attachée au-dessus de son ventre. Ainsi accroché, l'enfant ne pouvait pas se sauver n'importe où et elle le savait en sécurité le temps d'accomplir ses tâches. Elle se dirigea ensuite comme prévu vers la forêt, chantonnant gaiement pour son fils, un petit panier en osier tressé à la main, pour chercher les fameux framboisiers qui allaient un peu la soulager. En chemin, en effet, elle dut s'arrêter deux fois, soufflant doucement en sentant les contractions. Elle posa la main sur son ventre. Il était assez tendu, elle décida donc de ralentir un peu et de s'accorder une pause. Elle dénoua la peau pour laisser glisser le petit au sol, s'assit sur l'herbe et le regarda faire quelques pas en s'émerveillant de tout. Il commença par cueillir quelques brins d'herbe, qu'il lui apporta scrupuleusement un par un, enchanté de voir sa mère apprécier les cadeaux. Il partit ensuite dans la contemplation intensive d'un papillon blanc qui voletait autour de lui, essaya de l'attraper, n'y parvint pas, bien sûr, perdit l'équilibre, tomba sur les fesses, surpris, regarda sa mère qui en pleurait presque de rire, se remit debout et entreprit cette fois de ramasser un magnifique caillou pour le mettre à sa bouche.

« Non ! cria Meyda, ce qui fit sursauter l'enfant. Non, continua-t-elle plus doucement pour ne pas l'effrayer, pas dans la bouche, Kaël. »

Le petit sourit, rassuré et continua à lécher le caillou en regardant bien sa mère, droit dans les yeux. Meyda lui fit alors les gros yeux, comme toutes les mères sont un jour vouées à le faire, se leva et s'avança vers lui, feignant d'être menaçante. Kaël jeta aussitôt son caillou par terre et vint se jeter dans ses bras, lui suçant la joue du mieux qu'il pouvait pour faire partir ses yeux grondeurs. Dans un grand éclat de rire, Meyda le souleva et il put constater que sa manœuvre avait fonctionné.

« Petit malin ! gloussa-t-elle, tu sais y faire avec moi ! Allez, fini les bêtises, je te remets sur mon dos, il faut que je trouve ces framboisiers. Ils ne doivent pas être loin. »

Elle se remit en marche. Au bout d'un petit moment, alors qu'elle arrivait non loin de la rivière, elle poussa une exclamation ravie : devant elle se trouvaient plusieurs énormes framboisiers, avec les grosses feuilles dont elle avait besoin, mais également une profusion de fruits rouges délicieux. Elle commença par donner de petites framboises à Kaël, qui adora, en mangea elle-même quelques-unes, puis garnit son panier de feuilles. Voyant à quel point son fils se régalait, elle cueillit encore plusieurs poignées de fruits et s'apprêtait à repartir quand elle entendit une voix. Qui pouvait bien se trouver là ?

Curieuse, elle s'approcha de l'endroit d'où elle avait perçu le bruit. Aussitôt, reconnaissant avec un mélange de contrariété et d'inquiétude la personne qui parlait toute seule, elle se baissa dans les buissons qui jouxtaient le bord de la rivière. Un panier à la main, Ourel était en pleine cueillette lui aussi. Meyda ne reconnut pas la plante dont il prélevait des quantités importantes, avec de longues feuilles en étoile. Elle allait repartir discrètement, ne voulant pas risquer qu'il la voie, quand Kaël se mit soudain à gazouiller énergiquement, surpris par la position statique de sa mère. Ourel se releva brusquement. Meyda ferma les yeux, dépitée.

« Qui est là ? s'écria le jeune homme.

— Bonjour Ourel, dit Meyda en se relevant de sa cachette. Je ne voulais pas te déranger.

En un bond, il fut auprès d'elle. Il grimaça à la vue de son ventre et de son enfant.

— Bonjour, Meyda, tu te promènes seule ? demanda-t-il ironiquement, sachant très bien qu'habituellement, Elac montait la garde.

— Je cherchais des framboises, répondit-elle, montrant le contenu de son panier. Je... Je vais rentrer maintenant.

Mais une brusque contraction la cisailla de l'intérieur. Lâchant son panier, qui se déversa sur le sol, elle porta ses deux mains à son ventre en criant et tomba sur les genoux. Ourel se précipita pour l'aider et posa ses mains sur ses bras.

— Meyda ! Est-ce que...

– Ne me touche pas ! » hurla-t-elle, prise d'une rage incontrôlée.

Ourel retira ses mains, surpris par la férocité du ton. Vexé par sa réaction alors qu'il se préoccupait seulement d'elle, il se releva et partit sans un mot.

Meyda, toujours en proie à une vive émotion et à une autre contraction en même temps, entendit alors son fils qui pleurait dans son dos. L'enfant avait eu peur du cri de sa mère et sentait également toute la tension qui se dégageait d'elle. La respiration un peu saccadée, elle le délivra et le prit aussitôt dans ses bras pour le calmer.

Le fait de le bercer contre elle l'apaisa elle-même tout autant et elle sentit que les contractions diminuaient peu à peu.

Mère et fils se mirent ensuite à ramasser ensemble, comme si c'était un jeu, toutes les framboises et les feuilles éparpillées sur le sol et reprirent lentement le chemin du campement et de leur tente.

Ourel aussi était rentré, fulminant contre Meyda. Encore une fois, elle l'avait rejeté, alors qu'il ne souhaitait que l'aider. Qu'elle se débrouille toute seule avec son gros ventre qui la déformait, elle d'habitude si jolie ! Par contre, la volumineuse poitrine ne lui avait pas échappé et l'excitait toujours autant.

En voyant le corps de sa compagne, à nouveau enceinte elle aussi, Ourel soupira, remarquant qu'il ne souffrait vraiment pas la comparaison avec celui de Meyda.

Alors que cette dernière respirait la santé et était tout en rondeurs affriolantes, Lia restait désespérément maigre, sans poitrine, avec son ventre énorme, son visage émacié, ses yeux cernés et injectés de sang. Même ses jolis cheveux frisés étaient maintenant ternes et beaucoup moins abondants qu'avant. Il ne se rappelait pas la dernière fois qu'elle les avait lavés.

Il mit sa cueillette à sécher dans sa tente et alluma un feu, malgré la chaleur. Comme à chaque fois qu'il avait affaire à Meyda, une forte excitation s'emparait de lui et il avait l'impression de devenir fou. Il fallait qu'il essaie tout de suite les vapeurs des feuilles ramenées, même si elles n'étaient pas encore séchées.

Lorsque le feu fut prêt, il en jeta une poignée dedans et observa la fumée qui commençait à envahir la tente. Il inspira longuement, plusieurs fois, sentant ses muscles se dénouer un peu, son esprit s'engourdir légèrement.

Il se tourna vers Lia, mais c'est Meyda qu'il vit. Celle-ci était en train de rire et semblait se moquer de lui. Furieux, il la gifla et la poussa sur une couverture au sol.

« Viens ici, belle Meyda ! cria-t-il, parti dans son délire hallucinogène, je vais t'aider et cette fois tu ne me repousseras pas ! »

Et il attrapa Lia par les cheveux.

XIII

Toar et Towen étaient un peu tendus. Marchant depuis plusieurs heures d'un bon pas, voulant mettre le plus de distance possible entre eux et Ourel, les deux jeunes hommes suivaient Némi en silence. La jeune chasseuse ouvrait la marche, la sagaie à la main, prête à tirer sur tout animal surgissant pour les attaquer. Ayant atteint les limites du territoire connu, ils avançaient avec plus de précaution, dans la direction indiquée par Karwen.

« Je me demande si Ourel s'est rendu compte de notre disparition, se décida Towen, le premier, à crever le silence.

— Si ce n'est pas encore le cas, ça ne devrait plus tarder, répondit Toar. Mais il ne saura pas dans quelle direction nous chercher, et nous avons de toute façon beaucoup d'avance sur lui.

— Ourel est un chasseur, Toar, reprit le jeune peintre, essayons d'être réalistes. Il sait pister du gibier sur un long trajet et il est habitué à marcher plusieurs heures pour traquer une proie. »

Némi le regarda et acquiesça.

C'était tout à fait vrai. Ourel serait capable de retrouver leurs traces s'il le voulait, même après plusieurs jours.

Il allait falloir penser à brouiller les pistes.

« Est-ce que l'on peut s'arrêter un moment ? demanda Towen, j'ai besoin d'eau. »

Les deux autres acquiescèrent. Eux aussi en avaient besoin. Ils allaient boire et manger un peu, faire une courte pause, puis reprendraient leur marche. Karwen avait estimé qu'il leur faudrait quatre jours entiers de marche avant d'atteindre le campement de son ami, s'ils ne se perdaient pas en route et ne s'arrêtaient que la nuit pour se reposer. Il faudrait donc trouver au moins trois endroits sécurisés pour dormir, et chasser sur le trajet pour se nourrir. Les provisions données par Meyda ne suffiraient pas pour eux trois.

Némi était encore bouleversée par l'incident de la veille. Alors qu'elle était si heureuse, qu'elle pensait pouvoir dorénavant vivre aux côtés de l'homme qu'elle aimait, tout s'était écroulé à cause de la folie d'un autre homme. Ourel. Il ne lui faisait pas peur, il la dégoûtait plutôt. A l'idée d'imaginer ses lèvres sur les siennes, ses mains sur sa peau, elle en frissonna de déplaisir. Mais elle avait vu la réaction des autres. Karwen, le chef, propre frère de cet idiot, pourtant fort et à l'autorité incontestée, leur avait lui-même conseillé de fuir. Meyda, sa mère, s'était évanouie, elle semblait terrorisée par cet homme. Seul Toar s'était opposé directement à Ourel, le défiant, défendant sa bien-aimée. Némi en avait été très fière. Elle pensait qu'il n'aurait absolument pas fait le poids s'ils avaient dû en venir aux mains, mais il avait montré un grand courage. Toar, le doux rêveur, son amour depuis l'enfance, depuis ce jour à la rivière où il avait su percevoir sa détresse et la consoler. Et grâce au propulseur qu'il lui avait inventé et sculpté, elle était maintenant une chasseuse hors pair. Elle le trouvait tellement sensible, intelligent, délicat avec elle, qu'une bouffée d'amour intense la traversa et son cœur se gonfla de reconnaissance envers lui.

Avant de se remettre en route, Némi soumit par gestes une idée aux garçons : il leur fallait trouver une rivière, d'une part pour remplir leurs gourdes, d'autre part pour continuer leur cheminement en marchant dans l'eau quelques temps, ceci afin que leur piste s'arrête et que personne ne puisse les suivre plus loin.

Pendant ce temps, au campement, Karwen, Ourel et Naé préparaient ensemble la cérémonie du passage vers le monde des esprits de leur mère. Leur chagrin partagé les avait rassemblés autour de sa dépouille, mais Karwen n'oubliait pas la scène à laquelle ils avaient assisté la veille. Il essayait également de retarder au maximum le moment où son frère comprendrait que sa promise s'était échappée, en compagnie de son amoureux. Il serait probablement fou de rage. Il faudrait réussir à le persuader que personne n'était au courant de la fuite, surtout pas lui ni Meyda, afin de pouvoir continuer à le surveiller sans qu'il ne s'en doute et à le contrôler du mieux qu'ils pourraient.

Naé recouvrit le visage de sa mère de poudre ocre. Karwen l'enveloppa dans plusieurs peaux de renne cousues ensemble et, aidé d'Ourel, la porta jusqu'à la tombe qui lui était destinée, près de la grotte sacrée. Tous les membres de la tribu étaient rassemblés devant lorsque le corps de la chamane fut délicatement placé au fond du trou. Plusieurs femmes vinrent déposer des offrandes, des coquillages, des colliers. Meyda vint poser une pierre creusée contenant le pigment que Savi aimait la voir utiliser pour peindre ses animaux, le noir. Une larme coula sur sa joue lorsqu'elle se releva, adressant un dernier au revoir silencieux à celle qui avait si longtemps été à ses côtés. Elle posa sa main sur le bras de Karwen en passant près de lui, embrassa son amie Naé, mais n'eut pas un regard pour Ourel. Pour retarder le moment fatidique où celui-ci verrait bien que Némi n'était plus là, Meyda et sa famille étaient venus individuellement devant la tombe, intercalant entre eux plusieurs autres membres de la tribu. Ourel avait repéré Meyda, un peu plus tard son fils Kaël, avant d'apercevoir finalement Oran. Il n'était pas sûr d'avoir vu Towen, mais savait par contre que la jeune Némi n'était pas encore passée devant lui. Quand les dernières personnes se présentèrent, soupçonneux, il chercha Meyda du regard. Mais celle-ci pleurait doucement dans les bras de son compagnon, prenant bien soin de ne pas le regarder. Pris d'une intuition désagréable, il chercha également des yeux Toar, ne le trouva pas, mais le clan de Galek s'était rassemblé maintenant devant les trois enfants de Savi et il ne distinguait pas tout le monde. Surpris par le soudain silence autour de lui, il vit que les membres de la tribu le regardaient et semblaient attendre quelque chose.

Le discours ! pensa-t-il soudain, réalisant qu'en tant que nouveau chamane, c'était à lui de prononcer les mots d'adieu à Savi. Il essaya de se concentrer, de paraître à la fois respectueux et sage, mais son cerveau tournait à toute allure et il sentait une inquiétude sourdre en lui. C'est avec soulagement qu'il conclut et laissa deux jeunes hommes recouvrir de terre le corps de sa mère.

Les gens commencèrent à se disperser pour rentrer chez eux. Ourel savait que la bienséance aurait voulu qu'il attende un peu plus, mais il n'y tint plus et fonça en direction de la tente de Meyda. Elle et Oran venaient d'arriver et se tenaient encore l'un contre l'autre.

« Meyda ! Où est ta fille ? tonna le nouveau chamane. Je ne l'ai pas vue à la cérémonie.

— Je ne sais pas Ourel. Tu lui as certainement fait peur hier soir, comme à moi il y a bien longtemps, répondit Meyda d'une voix dure, le fixant intensément, avec une haine palpable dans le regard. Elle a dû aller chasser pour se calmer, pour apaiser sa colère aussi d'avoir été privée de l'homme qu'elle aime et pour se préparer peut-être à accepter l'idée de cette union qu'elle ne souhaite pas au fond de son cœur.

Ourel, gêné, reconnut que les arguments de Meyda étaient plausibles. La jeune fille était sûrement furieuse, il la savait amoureuse de Toar, mais elle avait dû réaliser qu'elle n'avait pas le choix et qu'elle ne pouvait s'opposer à la volonté des esprits. Elle allait effectivement se refuser dans un premier temps, puis reviendrait vers lui, soumise, et finirait par se rendre compte de la chance qu'elle avait. Sa contrariété s'apaisa un peu.

— Dès qu'elle rentrera, je veux que tu lui parles et qu'elle se rende chez moi. Elle est maintenant ma compagne et nous devons nous unir. »

Il avait fait exprès de prononcer ces derniers mots, pour faire bouillir de rage impuissante celle qui s'était toujours refusée à lui. Il leur tourna ensuite le dos et repartit chez lui. Il avait réussi, Meyda, mais aussi Oran, serraient tous les deux les poings et leurs yeux lui jetaient des éclairs.

Lorsque la nuit tomba, Ourel estima que sa patience avait des limites et qu'il fallait que cette jeune femme rebelle le comprenne. Il allait la chercher lui-même et la ramènerait à sa tente, qu'elle soit d'accord ou pas, quitte à la tirer par les cheveux. Il ne rêvait que du regard horrifié de Meyda au moment où il lui prendrait sa fille. Ce serait une revanche sur toutes les frustrations qu'elle lui avait infligées depuis des années. Il traversa le campement à vive allure, à la fois excité et en colère. Pour qui se prenait-elle de le faire attendre comme cela ? Lui, le chamane !

En arrivant devant la tente de la famille de Meyda, il essaya de se calmer. Ça ne serait pas du meilleur effet d'arriver en hurlant et d'emmener la jeune fille de force. Il devait rester calme, invoquer à nouveau la volonté des esprits, rajouter qu'ils étaient fortement contrariés de son attitude, et elle n'oserait pas résister plus longtemps. Il pensait déjà au moment où elle serait avec lui dans sa tente. Il avait préparé un feu et il lui restait une grande quantité d'herbes, dont les vapeurs venaient à bout de toutes les résistances, pour la détendre. Il se rappelait à quel point cela avait bien fonctionné, pendant des années, aussi bien avec la stupide Lia qu'avec la douce Rayna. Il n'en serait pas autrement pour Némi. Satisfait, il prit une voix ferme mais polie.

« Meyda, c'est Ourel, votre chamane, crut-il bon de rappeler. Je viens chercher ma compagne, Némi, pour la ramener chez moi, ainsi l'ont décidé les esprits.

— Bonsoir Ourel, dit Oran en sortant seul de la tente.

— Bonsoir Oran - il s'obligeait à rester courtois - Eh bien, j'attends, où est Némi ?

— Ourel...

— Où est-elle ? gronda-t-il, perdant maintenant son sang-froid, comprenant que quelque chose n'allait pas.

— Elle... Elle est partie, semble-t-il. Elle a pris ses affaires. Towen n'est plus là non plus. Meyda est effondrée...

Bousculant le sculpteur, Ourel s'engouffra dans l'ouverture de la tente. Il se trouva face à Meyda, le visage baigné de larmes, seule.

— Elle a osé s'enfuir contre la volonté des esprits ! » articula-t-il, outré, peinant à en croire ses yeux.

Il fit brusquement demi-tour, sortit comme une furie de la tente et se précipita cette fois vers la tente du chef.

Meyda et Oran se regardèrent, un peu soulagés malgré leur tristesse. Au moins, Ourel ne les soupçonnaient pas d'avoir encadré la fuite de leurs enfants, les larmes de Meyda ayant plaidé pour elle.

« Ne t'inquiète pas Meyda, dit Oran en la prenant dans ses bras pour la réconforter, elle est forte. Ils vont y arriver, ils sont en sécurité maintenant et ils sont ensemble.

— Je sais, sanglota-t-elle, mais c'est si dur d'être séparée d'eux, de ne pas les voir, de ne pas pouvoir leur parler, les toucher. Nous avons toujours été réunis. Ils me manquent déjà.

— Tu sais, je suis certain qu'un jour ils pourront revenir, que nous pourrons à nouveau être ensemble et heureux, sans un Ourel pour terroriser tout le monde.

— Tu le crois vraiment ?

— Oui, il ne peut pas en être autrement. »

Oran ne pensait pas un mot de ce qu'il disait, mais il savait que Meyda avait besoin d'entendre cela pour le moment. Lui aussi était vraiment peiné à l'idée de ne peut-être jamais revoir ces deux enfants qu'il aimait plus que tout. Mais il fallait penser à Meyda. Il sécha ses larmes, comme toujours et ils allèrent se coucher, se cramponnant éperdument l'un à l'autre dans la solitude inhabituelle et nouvelle de leur tente.

Ils avaient marché encore tout l'après-midi, traversant une immense forêt, ramassant quelques fruits, rencontrant parfois des paysages presque désertiques, sans herbe, le sol seulement jonché de cailloux, ou au contraire des prairies luxuriantes, dans lesquelles ils avaient pu avancer à couvert des hautes herbes. Mais ils n'avaient pas trouvé de rivière pour le moment. Il leur restait encore de l'eau dans les outres, mais elle ne durerait plus très longtemps.

Avant que la nuit ne tombe, Némi se mit en quête de petit gibier pour leur repas du soir. Elle débusqua plusieurs lièvres qu'elle rapporta à ses compagnons de route. Ceux-ci avaient découvert un abri sous roche un peu en hauteur, suffisamment vaste pour tous les trois, devant lequel ils avaient préparé un grand feu, à la fois pour s'éclairer et se réchauffer pendant la nuit, mais également pour cuire leur repas et faire fuir d'éventuels prédateurs. Les garçons préparèrent les lièvres, les embrochèrent sur des bâtons dont ils avaient taillé la pointe, et les suspendirent sur des trépieds au-dessus du feu. Lorsque la viande fut cuite, ils se rendirent compte à quel point ils avaient faim.

Tandis qu'ils se restauraient, silencieux à nouveau, conscients de ce qu'ils avaient laissé derrière eux, ils pensèrent tous les trois que maintenant leur fuite avait forcément été découverte. Fatigués par leur longue journée de marche, et sachant qu'une autre aussi longue les attendait le lendemain, ils remirent quelques grosses branches dans le feu avant d'aller s'étendre sur les peaux emportées. Méfiante, Némi garda pour la nuit deux sagaies à portée de main. Towen, prévenant, s'écarta un peu de sa sœur et de son ami et leur tourna le dos, faisant mine de s'endormir rapidement. Blotti l'un contre l'autre sous une épaisse couverture, Toar et Némi mirent à profit ce court moment d'intimité relative.

« Némi... souffla Toar en lui caressant la joue, je t'aime. Je ne laisserai jamais personne t'enlever à moi. »

La jeune fille lui fit signe qu'elle le savait au fond de son cœur, qu'elle le remerciait. Elle prit délicatement son visage entre ses deux mains et l'embrassa avec gourmandise. Toar aurait aimé prolonger ce moment de tendresse, mais les circonstances ne s'y prêtaient pas. Ils se souhaitèrent une bonne nuit et s'endormirent paisiblement, soulagés avant tout d'être ensemble.

Ourel entra sans prévenir dans la tente de son frère, ivre de rage. Le chef était en grande discussion avec sa compagne et se retourna brusquement.

« Ourel ! Ce n'est pas parce que tu es le chamane que tu peux entrer ainsi chez les autres sans t'annoncer ! s'écria-t-il, indigné.

— Elle est partie ! cracha son frère.

— Qui ? demanda innocemment le chef.

— Némi. Ma promise ! Elle s'est enfuie du campement avec son frère ! Sans autorisation ! Où est Toar ?

— Je ne sais pas, dans sa tente, je suppose. Il ne dort plus avec nous, c'est un homme maintenant, tu sais ?

— Amène-moi à lui.

— Ourel, il est tard...

— Amène-moi à lui, tout de suite ! cria le chamane. Peut-être est-il parti lui aussi, je veux m'en assurer ! »

Karwen s'exécuta et il se présentèrent devant la tente du jeune homme. Il n'y avait aucun signe de sa présence. Lorsqu'il eut constaté que Toar n'était pas là non plus,

Ourel comprit que les deux amoureux s'étaient enfuis ensemble. Ils l'avaient donc défié, lui, le chamane et ils avaient aussi défié les esprits. Furieux, il repartit sans un mot à sa tente et jeta les feuilles sèches interdites sur le feu.

L'esprit torturé, sous l'effet des nombreuses inhalations de vapeurs mal dosées, Ourel était maintenant lui-même convaincu d'entendre les esprits lui parler. Il perdit peu à peu pied avec la réalité.

Retrouve-la ! entendait-il, *retrouve-la et ramène-la ici ! Tue les deux autres, mais elle, tu dois la ramener vivante pour pouvoir la faire tienne !*

Agenouillé sur le sol, les mains plaquées sur les oreilles, gémissant comme un enfant et se balançant nerveusement d'avant en arrière, Ourel pleurait.

Il pleurait sa mère décédée, son amour de toujours inaccessible et sa nouvelle compagne qui refusait à son tour d'être à lui.

Peu à peu, il perdait pied. Il roula sur le sol, enveloppé par la fumée étouffante qui se dégageait du feu et sombra dans un sommeil profond, peuplé de cauchemars et de voix.

Le lendemain matin, son frère trouva sa tente vide. Ourel avait disparu. Ses sagaies aussi.

XIV

Meyda accoucha de son deuxième fils dans les derniers jours de l'été. Le petit, prénommé Towen, naquit bien plus rapidement que son frère mais cria tout autant.

Lia, malheureusement, avait à nouveau perdu son enfant avant d'arriver au terme de sa grossesse.

Savi avait été stupéfaite de constater l'état physique de la jeune femme et ne comprenait pas ce qui lui arrivait. Une maladie, peut-être, la rongeait de l'intérieur.

Mais le plus inquiétant était que son esprit semblait lui aussi décliner et qu'elle alternait des phases d'apathie complète avec des moments d'excitation extrême. Elle avait abandonné le travail des peaux sous la conduite de Naé, car ses mains tremblaient trop et elle était devenue incapable de rester concentrée plus de quelques minutes. Parfois, elle se mettait à transpirer à grosses gouttes, indépendamment de la température extérieure et avait des sautes d'humeur inexpliquées, elle si gentille auparavant.

Ourel jouait à la perfection son rôle de compagnon inquiet et dévoué en public. Mais lui aussi était victime de changements physiques et donc visibles à cause des vapeurs dont il n'arrivait plus à se passer. Ses yeux restaient souvent rouges pendant un jour entier après et il perdait du poids. Ne voulant pas que sa mère ait des soupçons à son égard, il faisait semblant de partir tôt le lendemain à la chasse, seul. Il allait en fait dormir pendant des heures, caché dans une petite cavité ou un bosquet d'arbres, loin du campement, loin du regard inquisiteur de Savi.

La chamane était également préoccupée par sa fille, Naé, qui à dix-huit ans n'avait toujours pas eu un seul enfant. La jeune femme, compagne du chasseur Daïr, un peu plus âgé qu'elle, se désespérait en voyant les grossesses successives des autres femmes du clan. Son envie de devenir mère était très forte et elle ne comprenait pas pourquoi cela ne lui arrivait pas. Aussi venait-elle souvent rendre visite à Meyda, pour pouvoir prendre ses garçonnets dans les bras, les câliner ou les garder si la jeune peintre devait se rendre dans la grotte sacrée. Cela lui apportait une grande joie, elle aimait être à leur contact. S'occuper d'eux chassait un peu la mélancolie qui avait commencé à l'envahir ces derniers temps. Meyda, qui l'avait remarqué, proposait volontiers à son amie, lorsque leurs activités mutuelles le permettaient, de passer du temps ensemble.

Un matin, Savi vint trouver Meyda pour lui faire part d'un nouveau projet pour la grotte. Elle souhaitait, avant leur départ au printemps, que Meyda réalise tout un ensemble de bisons et de mammouths sur l'une des parois, lui laissant toute latitude pour exercer sa créativité. La chamane trouva sa jeune peintre en train de préparer un bouillon, dont elle souhaitait rehausser le goût avec quelques feuilles d'ail des ours. La voyant sur le point d'en jeter une pleine poignée dans l'eau, Savi suspendit son geste en criant.

« Attends Meyda !

La jeune femme sursauta et s'immobilisa aussitôt.

— Que se passe-t-il Savi ? demanda-t-elle, inquiète.

— Regarde tes feuilles, Meyda, ce ne sont pas toutes les mêmes. Celles-ci sont des feuilles de colchique, elles sont toxiques, il ne faut surtout pas les consommer !

— Mais je pensais avoir cueilli de l'ail des ours. Elles étaient toutes au même endroit.

— Oui, les deux peuvent pousser au même endroit, sous les arbres, et elles se ressemblent beaucoup. Pourtant, si tu regardes bien, les feuilles de colchiques sont plus longues et plus charnues que les autres. Les feuilles d'ail des ours sont plus larges.

— Merci Savi, heureusement que tu m'as arrêtée à temps, j'aurais pu nous tuer tous les trois, Elac, Kaël et moi ! réalisa-t-elle, épouvantée.

— Et ton bébé aussi, Meyda !

— Towen ? Non, il ne boit que mon lait.

— Oui mais ce que tu manges et ce que tu bois se retrouve dans ton lait Meyda, tu aurais empoisonné ton bébé aussi sans le savoir.

— Oh ! s'écria la jeune femme, horrifiée, il va falloir que je fasse plus attention.

— En attendant, jette ces feuilles ! »

Lorsque ce fut chose faite, Savi en vint à l'objet de sa visite.

Elle informa Meyda de la nouvelle tâche qui l'attendait. La jeune peintre avait tout l'hiver, période pendant laquelle la tribu ne bougeait jamais, pour réaliser son œuvre.

Ensuite, ce serait l'itinérance pendant plusieurs jours, au gré des migrations des troupeaux de rennes.

Si l'on voulait garantir suffisamment de nourriture pour l'ensemble de la tribu, il fallait suivre les animaux dans leurs déplacements, soit à l'automne soit au printemps, parfois les deux si l'on n'avait pas pu faire de réserves suffisantes, parfois seulement une année sur deux si le gibier se trouvait plus en abondance. Cet automne-ci, le clan n'avait pas bougé, plusieurs femmes, dont Meyda, étant sur le point d'accoucher. Savi avait alors annoncé que les esprits leur conseillaient d'attendre le printemps, ce qui avait soulagé tout le monde. Meyda avait alors eu tout le loisir de créer les figures voulues par la chamane. Elle avait réalisé plusieurs animaux, principalement des bisons et des mammouths, de taille moyenne, mais aussi quelques chevaux, plus petits, qui semblaient se suivre le long de la paroi de la grotte. L'espace où se tenir au milieu n'était pas très large, ce qui avait compliqué sa tâche, l'obligeant à rester dans la même position debout plus longtemps. Elle avait mis beaucoup de temps à peaufiner les nombreux détails, chers à son style, comme les longues défenses des mammouths, ou les pattes des bisons, mais lorsque le printemps fut là, elle avait terminé et Savi était comme toujours très satisfaite du rendu.

Mais ce que n'avait pas prévu Savi, c'est que Meyda allait retomber enceinte, presque immédiatement après la naissance de son fils Towen. Et lorsqu'il fut temps de partir, la jeune femme était à un stade bien avancé de sa grossesse. La chamane en fut contrariée, hésita même à reporter encore une fois le voyage, mais toutes les conditions étaient réunies et un troupeau de rennes avait été repéré à quelques jours de marche. Il fallait partir maintenant si on voulait avoir une chance de le rattraper. Meyda le comprit et assura Savi qu'elle se sentait suffisamment bien pour entreprendre le voyage, qu'Elac la soutiendrait et que tout irait bien. Savi, soucieuse, prit la précaution d'emporter dans ses affaires diverses médications dont pourrait avoir besoin sa peintre.

Le jour du grand départ arriva, chacun prit les affaires qu'il était capable de porter, les plus indispensables seulement et la tribu se mit en route, en une longue file s'étirant lentement, quelques hommes partant devant en éclaireur pour plus de sécurité.

Le bébé contre sa poitrine, bien tenu par de larges bandes de peaux attachées dans son dos, Meyda avait pris en bandoulière sa besace avec son matériel de peintre, qu'elle ne voulait absolument pas laisser sur place et se chargea également de quelques vêtements, roulés dans les peaux de renne ou d'ours qui servaient à la famille de couvertures. Elle se retourna pour balayer du regard l'endroit qui les avait accueillis pendant ces longs mois et qu'ils devaient maintenant quitter pour ne pas manquer de nourriture. Elle espérait y revenir un jour, elle y avait de bons souvenirs. Elle s'était beaucoup investie dans cette grotte, donnant le meilleur d'elle-même et elle espérait que le résultat convenait autant aux esprits qu'il lui plaisait à elle. Suivant les membres de son clan, qui avançaient sereinement par petits groupes, Meyda essaya de se donner du courage et entama la longue marche.

Malgré ce qu'elle avait assuré à Savi, ce n'était pas simple pour elle. Son gros ventre la gênait, le petit Towen avait bien grossi depuis sa naissance et pesait également, elle le sentait à son dos qui l'élançait et tout ce qu'elle portait à la main semblait s'alourdir d'heure en heure. Elle ne se plaignait pas, mais elle sentait qu'elle avait du mal et l'on n'était que le premier jour...

Au bout d'une demi-journée seulement, alors qu'elle était partie à peu près en milieu de cohorte, Meyda se retrouva progressivement à la fin du convoi, avec les personnes les plus âgées de la tribu. Karwen autorisa enfin tout le monde à s'arrêter, pour se reposer et se sustenter quelque peu. Elac rejoint sa compagne, le petit Kaël dans les bras. Meyda lui sourit mais le chasseur ne fut pas dupe.

« C'est difficile pour toi ? lui demanda-t-il, inquiet, posant sa main sur le ventre de la jeune femme.

— Je vais à mon rythme, répondit-elle en souriant, tandis qu'ils échangeaient les enfants pour qu'elle puisse un peu dorloter son grand. Towen est adorable, il dort beaucoup. Je pense qu'il va se réveiller s'il sent que je ne bouge plus et il va avoir faim. Je vais me dépêcher de manger un peu d'abord.

— Repose-toi mon amour, ces enfants ont besoin d'une maman en pleine forme... et moi aussi ! » termina-t-il avec un clin d'œil.

Meyda feignit de le regarder avec horreur. Elle savait très bien qu'il avait fait exprès de dire cela, la sachant épuisée et ne rêvant que de dormir. Elle mangea quelques fraises que son fils avait ramassées en chemin et goba avec délice un œuf qu'Elac venait de trouver dans un nid d'oiseau, dans l'arbre sous lequel ils s'étaient assis. Elle nourrit ensuite Towen qui venait effectivement de se réveiller, puis, le confiant à Elac, s'allongea dans l'herbe, Kaël lové contre elle et s'endormit.

Elle eut l'impression qu'Elac la réveillait alors qu'elle venait de fermer les yeux. Le convoi repartait, il fallait se remettre en route. Meyda soupira, reprit son bébé et toutes ses affaires dans les bras et suivit les autres.

Elle marchait d'un pas lourd et traînant. Kaël trottinait à ses côtés, lui donnant la main de temps en temps, ou réclamant les bras d'Elac ou de Naé quand il était trop fatigué.

Elac avait essayé de délester au maximum sa compagne, voyant bien qu'elle avait du mal à avancer au rythme de la tribu, mais lui aussi avait les bras bien chargés : sagaies, outils en pierre, peaux pour la tente familiale, vêtements.

Il restait maintenant à côté d'elle, l'encourageant, ou discutant pour lui faire penser à autre chose qu'à sa fatigue.

La journée de marche était épuisante pour tout le monde, les enfants commençaient à pleurer, les pieds souffraient, les discussions se raréfiaient.

Lorsqu'enfin arriva le moment tant attendu de s'arrêter pour la nuit, près d'une petite rivière, il fallut encore monter les tentes, aller ramasser du bois et faire du feu pour cuire la viande rapportée et préparée par les chasseurs, nourrir les petits et refaire provision d'eau pour le lendemain. Épuisée, Meyda s'écroula alors sur une couverture et tenta, les deux mains posées sur le ventre, de faire passer les contractions qui l'assaillaient par de légers massages du bout des doigts. Elac se sentait impuissant en la regardant ainsi grimacer de douleur. N'y tenant plus, il alla chercher Savi, trouvant que cela durait trop longtemps. La vieille femme revint avec lui, apportant une tisane aux vertus décontractantes.

« Bois Meyda, lui dit-elle, un pli inquiet au coin des yeux. Et repose-toi. Demain, Elac, il faudra qu'elle ne porte aucune charge, pas même le petit. Je vais demander aux autres qu'on vous aide. »

Le couple hocha la tête, sans discuter.

Meyda sentait qu'elle puisait loin dans ses réserves pour réussir à suivre et si on pouvait la soulager un peu ce serait peut-être plus facile. Petit à petit, les crampes s'espacèrent et elle tomba de sommeil. Lorsque Towen pleura en pleine nuit, parce qu'il avait faim, Elac se débrouilla pour le mettre sur le sein de sa compagne et le petit put téter sans même qu'elle ne se réveille.

Le lendemain, elle sembla avoir bien récupéré. Elle était reposée et prête à repartir, doucement. Plusieurs membres de la tribu vinrent gentiment proposer leur aide, bienvenue. Mais tous étaient bien chargés aussi, ça ne pouvait être que provisoire. Naé porta le petit Towen. En sentant la chaleur de ce petit corps tout contre elle, la jeune femme ressentit une bouffée de joie l'irradier tout entière. Il était si beau, si petit, on ne pouvait que l'aimer.

Elac s'occupa de Kaël toute la journée, l'amenant à sa mère seulement lorsque celle-ci pouvait s'asseoir. Il voyait son épuisement, qu'elle était gênée dans ses mouvements et l'encourageait du mieux qu'il le pouvait.

Meyda avait l'impression de se traîner, sa démarche était lourde, elle peinait à lever ses pieds gonflés, tenait son ventre douloureux, sentait son dos qui tirait. Profitant d'une halte du groupe près d'une rivière, elle vint s'asseoir sur la rive bordée d'herbe épaisse et plongea ses pieds dans l'onde fraîche avec un profond soupir d'aise. Ses enfants s'étaient endormis, chacun dans les bras qui les portaient, et elle avait maintenant un peu de répit. Fermant les yeux sous la tiède caresse du soleil, elle sentit que tous ses muscles se détendaient peu à peu. Elle aurait voulu rester à cet endroit pour toujours.

« Comment te sens-tu Meyda ?

Elle sursauta et rouvrit les yeux. Oran s'était approché d'elle, silencieusement et avait pris place à ses côtés, les pieds dans l'eau lui aussi.

— Comme un énorme mammouth qui traînerait laborieusement derrière un troupeau de rennes, soupira-t-elle en posant sa tête sur l'épaule du jeune homme.

Il éclata de rire et l'embrassa sur le front.

— Mais quelle idée ! Tu es la plus jolie femme, enceinte ou pas, de cette tribu. C'est normal d'être fatiguée dans ton état.

— Tu es vraiment un ami, Oran, mais tu ne dis pas la vérité, s'amusa-t-elle, retrouvant un peu d'allant et regardant ses pieds dans l'eau.

— Regarde, lui dit-il alors, la forçant à relever la tête vers lui. Je l'ai faite pour toi, pour qu'elle vous protège, toi et ton enfant.

La main tendue vers elle, il lui montrait une magnifique statuette en ivoire de mammouth représentant une femme sans visage.

L'accent avait été porté sur ses formes généreuses qui laissaient supposer, tant elles étaient amplifiées, que la dame était enceinte.

— Oh ! s'écria Meyda stupéfaite, elle est magnifique ! C'est toi qui l'as faite ?

— Oui, cette statuette te représente, précisa-t-il en rougissant, c'est pour te protéger jusqu'à ton accouchement, et pendant aussi.

— Oran, je ne savais pas que tu étais si doué ! Tu es un sculpteur incroyable ! Merci !

— Et tu avais raison, tu ressembles à un mammouth. C'est pour cela que je l'ai faite en ivoire… de mammouth ! » ajouta-t-il avec un large sourire.

Elle fit semblant de se fâcher.

Elle appréciait beaucoup ces moments où il la taquinait et les deux amis rirent aux éclats.

Regardant à nouveau la statuette qui avait la taille exacte de sa main ouverte, elle remit sa tête contre l'épaule d'Oran et continua à se reposer.

Le jeune homme, heureux, profita de l'instant magique qu'elle lui accordait sans s'en douter.

XV

Ils trouvèrent une rivière le lendemain. Elle n'allait pas tout à fait dans leur direction, mais Némi pensa qu'il valait mieux perdre un peu de temps en la suivant sur une courte distance, puis reprendre leur chemin normalement un peu plus loin, plutôt que de risquer qu'Ourel ne les retrouve. Ils défirent donc les lanières de cuir qui fermaient leurs chaussures en cuir de vache et, pieds nus, entrèrent dans le petit cours d'eau. En restant juste au bord, la profondeur était faible et l'eau ne montait pas au-dessus des chevilles. Elle était fraîche et il fallait faire attention de ne pas glisser sur les nombreux cailloux qui tapissaient le fond.

Ils marchèrent ainsi pendant de longues minutes, sans parler. Chacun repensait aux événements des derniers jours. Némi et Toar se remémoraient la prise de conscience de leurs sentiments respectifs, la mort de Savi, soudaine, même si l'on se doutait bien que la vieille femme ne vivrait pas toujours. Towen revoyait Ourel, jubilant en annonçant sa nouvelle fonction et le nom de sa future compagne, sa mère s'effondrant, dévastée, dans les bras d'Oran. Et puis Karwen, prenant la décision déchirante qui s'imposait. Enfin Némi regarda la statuette qu'elle tenait dans sa main et qui désormais ne la quittait plus. Juste avant de partir, sa mère la lui avait offerte, cherchant du regard l'appui d'Oran. Celui-ci avait souri et opiné de la tête.

Tiens Némi, lui avait-elle dit, *prends cette statuette en ivoire de mammouth. C'est Oran qui me l'a offerte il y a bien longtemps, pour me protéger. Elle représente une femme enceinte. Un jour, toi aussi tu auras certainement un enfant. Je ne serai peut-être pas là pour le voir, ma fille, mais je peux au moins t'aider à vivre cette expérience en te protégeant à mon tour. Garde-la précieusement, elle a toujours veillé sur moi.*

Les deux femmes avaient eu beaucoup de mal à s'arracher l'une à l'autre et d'autres larmes avaient coulé. Puis il avait fallu partir.

Maintenant, tout cela semblait irréel, loin d'eux.

Pourtant le danger n'était pas totalement écarté, ils devaient rester méfiants.

Ce fut Towen qui, le premier, demanda grâce.

« Némi, j'ai les pieds glacés ! Tu ne crois pas que ça ira comme ça ? On n'est même pas sûrs qu'Ourel nous suive. On peut ressortir de l'eau ? »

Némi estima la distance parcourue. Elle aurait bien continué encore un peu, pour plus de tranquillité d'esprit, mais elle aussi commençait à avoir vraiment froid aux pieds. Elle acquiesça. Ils sortirent du ruisseau, enfilèrent leurs chaussures, appréciant la douceur et la chaleur de la peau fourrée sur leurs pieds refroidis. Ils se remirent en marche, retrouvant les herbes hautes d'une prairie, les sous-bois tapissés de feuilles d'une forêt ou les plaines d'herbe rase ponctuées de rochers, au fur et à mesure de leur cheminement. Némi chassait de temps à autre, Toar avait réussi à pêcher plusieurs beaux poissons grâce à ses harpons en os et Towen s'émerveillait de nouvelles pierres qu'il découvrait, imaginant aussitôt de nouveaux coloris pour ses futures œuvres. Il ne savait où ils allaient, mais il était sûr que n'importe où il pourrait continuer à exercer sa passion.

Ils venaient d'émerger de l'ombre rafraîchissante d'une petite forêt et étaient légèrement éblouis par les rayons que le soleil dardait sur eux, quand soudain, alors qu'elle cheminait toujours en tête, ses armes prêtes à servir à la main, Némi s'immobilisa et leva le bras pour indiquer à ses amis de s'arrêter aussi.

Regardant au-dessus de sa tête dans la direction qu'elle leur indiquait, les deux garçons ouvrirent la bouche en grand et leurs yeux s'écarquillèrent. À quelques mètres d'eux, semblant ne pas les avoir remarqués, une longue file de mammouths s'étirait dans la prairie. Les pachydermes marchaient les uns derrière les autres, tranquillement. L'un d'eux fit tout à coup retentir un barrissement sonore qui fit sursauter les trois amis, aussitôt imité par plusieurs autres. Les jeunes gens ne bougeaient plus et osaient à peine respirer. Ils étaient très impressionnés. C'était la première fois qu'ils en voyaient autant d'un coup et de si près ! Ils avaient l'air tellement puissants mais si paisibles en même temps. C'était un spectacle incroyable et ils les regardèrent jusqu'à ce qu'ils se soient éloignés.

Quand ils furent loin, Némi se retourna, souriant jusqu'aux oreilles, les yeux brillant d'une joie qu'elle vit partagée sur les visages de son frère et Toar. Quelles belles surprises ce voyage vécu au départ comme une épreuve terrible allait-il encore leur réserver ?

Ourel, parti très tôt le matin, avait perdu beaucoup de temps à retrouver la trace initiale, celle qui lui permettrait de connaître la direction des fuyards.

Cherchant méthodiquement à partir de la tente de la jeune Némi, il finit par trouver trois sortes d'empreintes, de tailles différentes, se dirigeant du même côté, relativement fraîches.

C'est forcément eux, s'était-il dit. *Trois traces de pas dont une plus petite que les autres, ils sont donc partis par là !*

Suivant leur piste, les traquant comme du gibier, il avait longuement réfléchi. Prendraient-ils le risque de partir complètement au hasard de leurs pas ou avaient-ils été conseillés sur une possible destination ? Plus il y pensait, plus il se disait que leurs familles les avaient forcément renseignés. Les traîtres ! Son propre frère, qui n'avait pas supporté l'idée que ce fils d'une compagne décédée coure le moindre danger. Et cette Meyda, toujours en travers de son chemin, elle avait aidé sa fille à fuir, il ne pouvait en être autrement. Alors vers qui les avaient-ils envoyés ?

Quelle tribu, connue de Karwen ou Meyda, vivait dans cette direction même lointaine ?

Plusieurs voyageurs avaient croisé leur route, au gré de leur itinérance ces dernières années, mais un seul avait dit venir de par ici. Zérec. Le chef de la tribu de Dunn, un clan ami.

Persuadé qu'il avait vu juste, se rappelant plus ou moins les explications entendues lors du repas pris ensemble, Ourel accéléra le pas. Il trouva d'autres empreintes qui le confortèrent dans le choix de la direction prise. Les fuyards ne prenaient même la peine d'être discrets ! Pour un chasseur, ce n'était pas très gratifiant de suivre sa proie si facilement, mais Ourel était pressé et pensait à l'issue, heureuse pour lui, de sa traque. Soudain, un détail lui traversa l'esprit : et en plus cette petite idiote était muette ! Il pourrait régler leur compte à ses amis, elle ne pourrait rien répéter même s'il le faisait sous ses yeux. Cette pensée le fit jubiler.

Bien sûr, il se trompait lourdement, mais comme il n'avait jamais prêté attention à elle, il ignorait tout de son langage par signes, très élaboré maintenant. Némi était aujourd'hui capable d'exprimer par gestes à peu près tout ce qu'elle voulait et surtout, ses proches la comprenaient.

Ourel continua son chemin, retrouvant ça ou là de nouvelles empreintes qui le conduisaient dans la bonne direction. Il fallait quand même admettre que ces jeunes gens étaient assez courageux de partir comme ça, tous les trois, vers un horizon qu'ils ne connaissaient pas. Il devait au moins leur reconnaître cette qualité.

Lorsque le soleil commença à décliner dans le ciel, Ourel hésita. Devait-il continuer, pour profiter d'une halte plus que probable des fuyards pour la nuit, pour diminuer l'avance qu'ils avaient sur lui ? Ou était-il plus raisonnable de s'arrêter lui aussi ?

Tandis qu'il réfléchissait, un gros lièvre détala devant lui. Ourel arma son bras et visa l'animal avec sa sagaie. Au moins, il ferait un bon repas ce soir. Ramassant le cadavre du lièvre, il remarqua, en se relevant, un petit promontoire rocheux qui semblait présenter un abri. Il décida d'aller voir si cela pouvait lui convenir pour passer la nuit.

Il commença à grimper et arriva rapidement à l'endroit repéré d'en bas. C'était exactement ce qu'il lui fallait ! Ce n'était pas grand mais abrité de la pluie éventuelle et du vent. En s'approchant, il se dit qu'il était vraiment un chamane béni des esprits de la nature. À ses pieds, dans un cercle de pierres, se trouvaient les restes d'un feu très récent. Il éclata de rire.

Je vous tiens !

Il se servit des morceaux de bois laissés là par les fuyards pour rallumer un feu et faire cuire son appétissant lièvre. Pendant que sa viande, embrochée sur un bâton rôtissait au-dessus des flammes, il réfléchit à la suite à donner aux événements. Il lui faudrait peut-être plus d'une journée pour les rattraper. Il était possible aussi que les jeunes gens atteignent le campement de Zérec, s'ils le trouvaient, avant que lui ne les trouve. Qu'allait-il dire au chef pour que celui-ci le laisse emmener la jeune fille ? Qu'elle était sa promise et qu'elle s'était enfuie ? Qu'elle avait désobéi aux esprits ? Il fallait absolument qu'il se débarrasse d'abord des garçons. Seule, Némi ne pourrait pas le contredire.

Il mangea de bon appétit, confiant, certain que les esprits allaient à nouveau l'aider dans sa quête. Il regrettait d'être parti un peu précipitamment, sans couverture pour la nuit qui pouvait être fraîche, mais dormir à proximité du feu serait suffisant. Il remit quelques branches dessus et regarda un instant les flammes danser devant ses yeux.

La seule chose qu'il avait pensé à emmener en plus de ses armes était le vieux sac en cuir de vache très épais qu'il avait récupéré dans les affaires de sa mère. Avec toutes les feuilles dont il avait besoin à l'intérieur.

Remerciant silencieusement la chamane, il en jeta, satisfait, une belle poignée bien sèche dans le feu.

Toar, Némi et Towen avaient continué à marcher encore longtemps après le spectacle imprévu des mammouths. Ils avaient cherché un abri pour la nuit et fini par trouver l'entrée d'une grotte. Némi voulut d'abord vérifier qu'elle n'était pas occupée par un animal et qu'ils pouvaient s'y installer. Sortant de son sac en peau la lampe à graisse confiée par sa mère, elle en alluma la mèche à une flamme du feu que venait de faire son frère. Elle la tendit à Toar, lui faisant comprendre qu'elle souhaitait qu'il la tienne pour l'éclairer, tandis qu'elle avancerait sa sagaie prête à fuser à la main. Laissant Towen s'occuper du repas, un couple de lagopèdes, ils avancèrent tous les deux, collés l'un à l'autre, dans l'obscurité de la grotte. Au bout de quelques pas à peine, ils sentirent l'air se rafraîchir et de l'humidité se déposer sur leur peau. Toar frissonna. Il avait hâte de retourner auprès du feu. Némi, concentrée, avançait prudemment. Elle regardait à la fois où elle posait les pieds et devant elle, aussi loin que la faible portée de la lampe le lui permettait. Le boyau étroit qui s'enfonçait dans la grotte s'élargit peu à peu et ils purent cheminer côte à côte. Ils débouchèrent ensuite un peu plus loin dans une salle immense, très haute et ils eurent le souffle coupé par ce qui apparut devant leurs yeux. Partout dans la salle, des sortes de colonnes de pierre blanche descendaient gracieusement du plafond et rejoignaient le sol, scintillant légèrement. On aurait dit que les pierres coulaient mais sans bouger, telles des cascades pétrifiées qui se succéderaient les unes au-dessus des autres. En approchant la lampe, ils virent que c'était de l'eau qui faisait scintiller les pierres comme cela. Elles en étaient recouvertes. Ailleurs, d'autres colonnes semblaient partir du sol et s'élancer vers le plafond, sans l'avoir atteint encore, également scintillantes.

Les deux jeunes gens étaient bouche bée, continuant leur progression, émerveillés par la beauté de ces pierres que l'on pouvait croire sculptées par une main experte mais invisible.

« C'est magnifique, souffla Toar, levant un peu plus la lampe d'une main, enserrant la taille de Némi de l'autre. Je n'ai jamais rien vu d'aussi beau. On dirait... on dirait que la pierre est vivante. »

La jeune fille était d'accord avec lui. C'était d'une beauté fabuleuse. Elle ressentait une atmosphère magique en ce lieu figé dans le temps. Elle se sentit soudain plus proche de sa mère encore, qui passait de longues heures dans les grottes. Avait-elle déjà pu observer de telles merveilles ? Elle ne lui en avait jamais parlé. Némi aurait aimé partager ce moment avec elle. Des étoiles plein les yeux, ayant oublié ce qu'ils étaient venus faire au départ, ils traversèrent à nouveau la salle extraordinaire pour aller retrouver Towen. Il fallait qu'il voie cela !

Le jeune artiste fut subjugué à son tour.

Il resta longtemps à tout regarder, à s'imprégner de la magie du lieu.

Au bout d'un long moment, les trois jeunes gens se décidèrent enfin à retourner à l'entrée de la grotte, où la température était plus agréable. Ils se blottirent les uns contre les autres devant le feu et purent se régaler des lagopèdes dodus et goûteux chassés par Némi et préparés par Towen.

Aucun d'entre eux n'avait imaginé qu'en quittant la tribu ils verraient de telles merveilles.

Ce voyage s'avérait vraiment riche en découvertes et pour le moment se déroulait plutôt bien.

Toar, grâce aux explications de Karwen, estimait qu'ils avaient parcouru à peu près la moitié de leur périple.

La fatigue commençait à se faire sentir un peu, surtout vers la fin de la journée, mais ils étaient jeunes et ils récupéraient vite. Ils étaient issus d'un peuple nomade et les longues marches leur étaient coutumières.

XVI

Au soir du troisième jour de marche, quelques chasseurs partis en éclaireurs revinrent au campement prévenir le chef que le troupeau de rennes avait été repéré un peu plus loin et faisait halte pour la nuit.

Karwen décida d'organiser une grande chasse pour le lendemain, avant que les animaux ne se remettent en route et d'établir un campement provisoire.

Tandis que se tenaient sous la tente du chef les derniers préparatifs pour la chasse, Meyda luttait contre la fatigue, Towen hurlant dans ses bras.

Quelques petites dents avaient commencé à faire leur apparition, ce qui le faisait terriblement souffrir et il ne cessait de pleurer.

Heureusement, Kaël ne semblait pas entendre les cris de son frère et dormait comme un bienheureux, les bras et les jambes écartés.

La pauvre Meyda faisait les cent pas dans sa tente, berçant le petit, chantonnant pour l'apaiser, lui donnant son doigt à mâchouiller, mais rien ne le soulageait.

Elle était épuisée, elle avait mal partout et ne rêvait que de pouvoir s'allonger et dormir. Elle décida de s'asseoir sur une couverture, le dos calé contre un des piquets, et mit Towen sur son sein, espérant qu'il allait téter un peu et s'endormir. Ce fut elle qui capitula la première.

Lorsqu'Elac rentra, la tactique de chasse au point, il trouva le petit, enfin apaisé, sur le ventre de sa mère vaincue par la fatigue.

Il le lui enleva des bras délicatement et l'allongea sur la couverture. L'enfant s'endormit rapidement. Elac n'essaya pas de faire la même chose avec Meyda, ayant trop peur de la réveiller, mais il la recouvrit d'une autre couverture pour qu'elle n'ait pas froid. Puis, lui aussi à bout de forces, il s'endormit à côté d'elle.

Un hurlement strident le tira violemment de son sommeil. Mal réveillé, il bondit sur ses pieds, cherchant le danger autour de lui. Il se rendit alors compte que c'était sa compagne qui avait crié et qu'elle haletait maintenant en tenant son ventre.

« Meyda ! Meyda ! Qu'est-ce que tu as ?

— Le... Le bébé... Savi...

— Le bébé ? Le bébé arrive ? Maintenant ? Je... Oui ! Je vais chercher Savi ! Courage mon amour ! »

Il prit un enfant dans chaque bras et se dépêcha de rejoindre la tente de Daïr et Naé pour une première étape. Leur expliquant la situation, il leur demanda s'ils pouvaient garder les enfants le temps de l'accouchement. Naé accepta avec une joie un peu ensommeillée et coucha les petits près d'elle. Elac repartit en courant, en direction de la tente de la chamane cette fois.

Réveillée en sursaut par les appels désespérés du jeune homme, Savi ne mit qu'une minute à se préparer et se hâta, aussi vite que lui permettaient ses vieilles jambes déjà fatiguées par la journée de marche, de le suivre sur le chemin inverse. Lorsqu'elle pénétra dans la tente, Meyda tenait un minuscule bébé dans ses bras et pleurait toutes les larmes de son corps.

« Meyda ! Que se passe-t-il ? Il... Il est... ? » s'inquiéta la chamane.

Mais un petit vagissement la rassura. L'enfant vivait. En s'approchant, elle découvrit ce qui effrayait et attristait la jeune femme : le bébé, né prématurément, était si petit, si chétif, qu'on pouvait se demander s'il allait survivre. Savi choisit ses mots avec précaution.

« Eh bien, quel beau bébé, Meyda ! Encore un garçon à ce que je vois ! Il est bien vivant, ne pleure pas.

— Mais il est arrivé trop tôt Savi ! Regarde-le ! On dirait qu'il va se briser tellement il est minuscule...

— Nourris-le dès maintenant, il a besoin de prendre des forces. Il va grossir, ne t'inquiète pas. Et il rattrapera son retard.

— Tu crois vraiment ? l'interrogea-t-elle, le regard noyé de larmes.

— Bien sûr ! l'assura Savi, qui n'avait pas le cœur à lui répondre autre chose.

Elle s'occupa de tout, vérifia que tout allait bien, tant pour la mère que pour l'enfant, qui s'était mis à téter doucement.

— Je peux entrer ? entendirent-elles alors depuis l'extérieur.

— Oui Elac, entre, lui répondit la vieille femme. Ta compagne a maintenant un nouveau fils. Comment veux-tu le nommer, Meyda ?

— Andal. Oui, je vais l'appeler Andal. »

Savi s'éclipsa, se dépêchant de retourner se recoucher avant que le soleil ne fasse son apparition.

Espérons que l'hiver ne sera pas trop rude, se dit-elle en soupirant.

Sous sa tente, tenant son tout petit contre elle d'une main, Meyda serrait convulsivement la statuette offerte par Oran dans l'autre, entourée par la chaleur réconfortante des bras d'Elac.

Le lendemain, une partie de la journée serait dédiée à la chasse et les jours qui suivraient consacrés à la préparation et à la récupération des différentes parties du corps des rennes. On allait déjà dépecer les animaux, nettoyer leurs peaux si douces et chaudes, les faire sécher, les tanner, les couper, les coudre afin de faire de nouveaux vêtements. La viande, coupée en fines tranches, serait fumée pour être conservée plus longtemps. Les os, lavés eux aussi, seraient pour les sculpteurs, qui les transformeraient en perçoir, aiguilles à chas, assiette ou cuillère. Les tendons une fois séchés serviraient à faire des liens, les vessies et les estomacs, des outres. On garderait pour un grand festin, le soir, le foie, le cœur, les poumons, les rognons, la langue, la cervelle et la moelle extraite des os que l'on ajouterait à un bouillon. Du fait de toutes ces occupations, il n'y aurait pas de déplacement pendant plusieurs jours.

Meyda put donc dormir une bonne partie de la matinée, après la nuit épuisante, physiquement et émotionnellement, qu'elle venait de vivre. Savi et Naé réussirent à la convaincre d'arrêter d'allaiter son fils aîné, ayant maintenant deux bébés à nourrir. Kaël mangeait déjà des fruits, des graines, buvait des bouillons. On pouvait commencer à lui donner un peu de viande, préalablement mâchée et du poisson.
Le garçonnet fit bien quelques grimaces au début, mais apprécia assez vite le changement de menu. Naé l'emmena avec elle, le tenant par la main, tandis qu'elle portait le petit Towen contre sa poitrine, afin de laisser Meyda au calme avec Andal. Son amie était épuisée, inquiète pour son enfant si frêle et Naé souhaitait vraiment qu'elle puisse se reposer, sinon elle serait incapable de reprendre la marche dans quelques jours.

Allongée sur le côté, les yeux maintenant grands ouverts et braqués sur Andal, la jeune maman n'osait pas faire un seul mouvement ni un seul bruit, de peur de réveiller son petit, qui dormait à côté d'elle.

« Il est si petit, ne cessait-elle de se répéter. Il a l'air tellement fragile. Et pourtant il est là, il dort comme un bienheureux. Il ne se soucie de rien. J'ose à peine le prendre dans mes bras, j'ai peur de le blesser, de lui faire mal.

Pourquoi es-tu arrivé si vite petit bonhomme ? Tu n'étais pas bien dans mon ventre ? Tu étais pressé de sortir ? De voir tes frères ou ta maman ? Je te promets de faire très attention à toi, de te protéger, mon petit, mon tout petit garçon. »

Elle lui caressa doucement la main, d'un seul doigt. Il remua dans son sommeil et elle suspendit son geste. Même les bruits qu'il faisait étaient plus petits. Il gémissait plus qu'il ne criait, couinait plus qu'il ne pleurait, chuchotait plus qu'il ne babillait. Mais Meyda sentait son cœur se gonfler d'autant d'amour que pour ses deux premiers fils. Cet enfant, comme les deux autres, était un rayon de soleil, même si les nuages des inévitables angoisses parentales venaient pour le moment obscurcir quelque peu son ciel.

Les quelques jours qui suivirent furent des moments vraiment réparateurs pour Meyda et sa famille désormais nombreuse. Elac et elle passèrent tout leur temps ensemble avec les enfants, parfois libérés des plus grands par Naé, parfois tous les cinq, heureux.

La veille du départ, alors que la nuit tombait, Meyda alla rendre visite à Oran. Le jeune homme, seul devant sa tente, alimentait un feu qui maintiendrait éloignées d'éventuelles bêtes rôdant autour du campement pendant toute la nuit. À la vue de Meyda, il se leva.

« Meyda ! Comment vas-tu ? Et ton bébé ? »

Il remarqua qu'elle avait les lèvres qui tremblaient. Pour toute réponse, la jeune femme s'approcha, noua ses bras autour de son cou et posa sa tête contre le torse de son ami. Elle se mit à pleurer doucement. Surpris, Oran la serra dans ses bras et lui caressa silencieusement le dos pour la réconforter, pendant plusieurs minutes.

Lorsqu'elle s'écarta de lui, il osa lui demander la raison de ce chagrin en effaçant de son pouce une larme qui lui coulait sur la joue.

« Qu'est-ce que tu as Meyda ? Ça ne va pas ?

— Oh Oran... sanglota-t-elle. Je suis si heureuse de t'avoir près de moi ! C'est grâce à toi qu'il a survécu, c'est grâce à ta statuette. Elle nous a protégés tous les deux. Merci... Merci de tout mon cœur ! »

Ses larmes séchées et son calme retrouvé, Meyda s'assit devant le feu à côté d'Oran.

Elle renouvela ses remerciements après lui avoir expliqué que le bébé était arrivé plus tôt que prévu, sûrement à cause de toute cette marche fatigante, et qu'il était si chétif qu'elle avait vraiment craint pour sa survie. Elle était persuadée au plus profond d'elle-même que le porte-bonheur de son ami avait un réel pouvoir protecteur. Et elle lui en serait éternellement reconnaissante.

Une fois la jeune femme partie, Oran poussa un profond soupir.

Que la vie était mal faite ! Lui se consumait d'amour pour elle et elle ne voyait qu'un ami en lui ! Il aurait donné sa vie pour elle. Elle était tellement belle, lumineuse, talentueuse. Parfois, quand elle s'approchait de lui comme ce soir et le touchait, innocemment, cherchant du réconfort, de l'écoute, elle n'imaginait pas à quel point il était au supplice. Il aurait voulu l'embrasser, tendrement, lui apporter toute la chaleur humaine réconfortante dont il était capable, la tenir dans ses bras et la caresser longuement. Mais elle n'était que son amie, ce n'était pas à lui de faire cela. Il avait quand même la chance de pouvoir la voir, discuter avec elle, la tenir dans ses bras, quelquefois. C'était déjà beaucoup pour lui.

Peut-être que s'il trouvait une compagne il réussirait à l'éloigner de ses pensées ? Mais dans la tribu aucune autre femme ne l'intéressait, aucune ne faisait battre son cœur comme elle, aucune ! Il n'avait même pas envie d'y songer. Il décida qu'il était temps d'aller se coucher et rentra sous sa tente.

Pendant ce temps, à l'autre bout du camp, dans une tente un peu à l'écart des autres, Ourel venait de faire brûler ses feuilles maudites et une fumée opaque commençait à se répandre dans la tente. Il sentait déjà son effet dans tout son organisme.

Il se détendait, oubliait toutes ses préoccupations, se sentait plus léger.

Lia n'était plus que l'ombre d'elle-même. Ourel ne savait plus quoi faire avec elle et cherchait comment il allait pouvoir se débarrasser de cette encombrante compagne qui n'était même pas capable d'avoir un seul enfant vivant. Chaque grossesse s'était soldée par une fausse couche ou un enfant mort-né.

Alors que Meyda venait d'avoir son troisième fils ! Et qu'elle était toujours aussi belle ! Ourel fit la grimace en reportant son regard sur Lia. Il s'en contenterait comme d'habitude.

Il voulut lui enlever ses vêtements, comptant sur les vapeurs pour détendre la jeune femme et la rendre docile.

Lia, semblant déjà flotter dans un ailleurs, l'ignora superbement et se retourna, faisant mine d'aller se coucher. Ourel se dit qu'il n'avait peut-être pas mis assez de feuilles dans le feu, parce que d'ordinaire sa compagne était plus réactive.

Il pensa alors à la tisane et se dit qu'il allait lui en faire boire une, en plus de la fumée qu'elle inhalait. Pressé, sa perception de la réalité déjà altérée, il mit une double dose de feuilles dans l'eau. Quand la tisane fut prête, il lui fit boire d'un trait. Il n'avait même pas pris le temps de retirer les feuilles qui infusaient au fond de son gobelet et Lia, sans s'en rendre compte, les avala en même temps que le liquide chaud.

Voyant qu'elle refusait toujours de venir sur lui, dépité après tous les efforts qu'il estimait avoir faits et aussi un peu assommé par les vapeurs qui continuaient à émaner du feu, il sortit dehors prendre un peu l'air et en profita pour aller uriner. Il en avait assez de cette fille. Si même les herbes ne la déridaient plus, elle ne lui servait plus à rien. Une fois dehors, la fraîcheur de la nuit le sortit un peu de sa torpeur. Il tituba, réussit à se soulager derrière la tente et regarda les étoiles qui remplissaient le ciel d'innombrables petits points lumineux. Songeant qu'il aurait aimé regarder ce spectacle avec Meyda, il soupira et retourna sous sa tente. La fumée lui piqua les yeux. Il y en avait vraiment beaucoup cette fois. Il avait eu la main leste. Il décida de laisser l'ouverture de la tente grande ouverte pour aérer un peu et que la fumée s'évacue à l'extérieur. Il ne tirerait rien de Lia ce soir, autant dormir et se reposer avant la longue marche de demain. Quand il se retourna, il vit que quelque chose n'allait pas. Lia avait les yeux exorbités, son corps tout entier semblait tétanisé dans une pose qui n'avait rien de naturelle. Sa bouche, grande ouverte, semblait chercher de l'air sans y parvenir. Mais Lia n'inspirerait plus jamais ni l'air frais ni aucune vapeur. Elle était morte.

XVII

Ourel réussit sans encombre à suivre la piste des trois fuyards jusqu'à la rivière qu'ils avaient ensuite remontée en marchant dans l'eau.

Surpris, il nota que les traces s'arrêtaient là.

Mais c'est impossible... Par où sont-ils partis ? Il n'y a plus aucune trace, ni d'un côté ni de l'autre.

Ourel chercha méthodiquement, les yeux rivés au sol à la recherche du moindre signe de passage humain, de la moindre empreinte récente. Il n'avait pas plu depuis plusieurs jours. On ne voyait pas non plus de traces de pattes, ce qui aurait signifié que des animaux étaient venus s'abreuver à la rivière. D'aucune manière, les empreintes n'avaient pu être effacées.

Ne comprenant pas, il s'assit dans l'herbe et essaya de réfléchir. Il allait falloir prendre une décision. Devait-il continuer à l'aveugle, prenant le risque élevé de suivre une mauvaise direction, ou abandonner sa traque et accepter sa défaite ?

Il serra les poings. Pas question de renoncer !

Il pouvait se permettre de perdre du temps, de suivre une fausse piste et de revenir sur ses pas jusqu'ici pour en essayer une autre. Il finirait par les retrouver.

Apercevant un léger mouvement à sa gauche, il s'interrompit dans sa réflexion, tourna la tête et se figea soudain. Une magnifique jument suivie de son poulain s'approchait sans méfiance de la rivière à quelques dizaines de mètres de lui. Ils ne l'avaient pas repéré. Ourel retint son souffle et, par réflexe, attrapa une de ses sagaies du bout des doigts, remuant le moins possible. Les deux animaux entrèrent dans la rivière peu profonde et commencèrent à boire. Ourel bondit sur ses pieds et se prépara à tirer, visant le plus jeune. Mais il glissa sur des cailloux et perdit l'équilibre, sans pouvoir lancer son arme. Les chevaux, aussitôt alertés, détalèrent en suivant le cours de la rivière. Se relevant prestement et rétablissant son équilibre en jurant, Ourel leva à nouveau son bras. Soudain, stupéfait, il suspendit son geste et resta alors à fixer ses proies qui s'enfuyaient. Au bout de quelques instants, la jument bifurqua nerveusement hors de l'eau, toujours suivie de son petit et les animaux reprirent leur galop dans la plaine.

« Mais qu'elle est maligne ! s'exclama-t-il en comprenant le stratagème qui émanait forcément de la jeune chasseuse. Bien sûr ! Ils ont marché dans l'eau pour ne plus laisser d'empreintes ! Ils pensent qu'ils vont pouvoir me semer aussi facilement ! »

À la fois furieux mais aussi admiratif, il dut convenir que la jeune fille avait eu une idée intéressante. Sans la présence inopinée des chevaux, il aurait perdu beaucoup de temps avant de retrouver leur trace.

Longeant la rivière doucement, il se mit à guetter sur presque deux kilomètres l'endroit où émergeraient inévitablement à nouveau les trois paires d'empreintes. Lorsqu'il les trouva, il poussa un cri triomphant et continua à suivre la trace que les jeunes gens laissaient bien involontairement derrière eux.

Par précaution, Némi avait voulu renouveler sa stratégie d'effacement de leurs traces dans une autre rivière. Elle n'avait aucune idée du degré d'obstination d'Ourel, mais elle se méfiait de lui et préférait assurer leur sécurité. Ils avaient donc à nouveau suivi un cours d'eau peu profond, marchant dans l'eau sur plusieurs kilomètres et étaient ressortis sur l'herbe épaisse, les pieds glacés. Ils en étaient au cinquième jour de marche et n'avaient toujours pas trouvé le campement de la tribu de Dunn ni son chef Zérec.

Le paysage autour d'eux s'était transformé peu à peu. Ils évoluaient maintenant dans des terres plus inhospitalières, un peu marécageuses et s'étendant à perte de vue sans offrir le moindre abri contre un vent désagréable et une pluie battante. Trempés, frigorifiés, ils continuaient d'avancer péniblement, espérant trouver rapidement un endroit où ils pourraient allumer un bon feu et se réchauffer de ces intempéries qui semblaient ne pas vouloir s'arrêter.

Alors qu'ils marchaient la tête baissée, pour se protéger le visage du mur d'eau qui tombait du ciel, Némi la releva brusquement et tendit l'oreille. Les deux garçons, l'imitant aussitôt, s'arrêtèrent et attendirent.

« Des loups ! fit comprendre la jeune fille par gestes à ses amis. Une meute de loups ! Ils viennent par ici. Il faut s'enfuir, je ne pourrai pas tous les tuer. Vite ! »

Ils se mirent à courir dans la direction opposée aux hurlements que l'on entendait maintenant distinctement. Les loups, probablement affamés, se rapprochaient. Les trois amis avaient en tout six sagaies. Les garçons n'étaient pas particulièrement bons tireurs, surtout en situation de stress et Némi ne pourrait pas lancer les six assez rapidement. Sans compter que la meute était peut-être plus nombreuse. L'affrontement, inégal, était inenvisageable. Mais même à la course les loups étaient plus forts. Némi pouvait presque entendre leurs pattes toucher le sol derrière elle. À travers le rideau de pluie qui continuait à s'abattre sur eux, elle distingua un peu plus loin de grands arbres avec des branches suffisamment basses pour pouvoir y grimper. Elle les montra du doigt aux garçons et ils se dépêchèrent de les atteindre, jetant toutes leurs forces dans un dernier sprint. La meute les avait rattrapés et les talonnait. Lâchant tout ce qui encombrait leurs mains, ils sautèrent pour attraper la première branche et réussirent tous les trois à se hisser hors de portée des mâchoires acérées qui claquèrent furieusement dans le vide. Ils laissèrent échapper ensemble un soupir de soulagement.

« Mes amis, nous l'avons échappé belle... souffla Towen, en essayant de se caler contre le tronc de l'arbre.

— Mais les loups sont toujours là », observa son ami, voyant les canidés tournant autour des arbres en grognant.

Et Némi leur fit remarquer en pointant son index vers le sol que si eux étaient maintenant à l'abri en hauteur dans les arbres, toutes les sagaies et le propulseur se trouvaient en bas avec les loups. Ils étaient coincés et n'avaient plus rien pour se défendre. La seule chose positive était que grâce à l'épaisseur du feuillage, ils étaient également protégés de la pluie battante. Ils essayèrent de rester les uns contre les autres pour se réchauffer un peu, toujours trempés, en se demandant avec angoisse qui d'eux ou des loups résisterait le plus longtemps.

Au bout d'une heure, les jeunes gens commencèrent à trouver leur position inconfortable et essayèrent de bouger un peu. Les loups, qui s'étaient allongés sur le sol, se relevèrent immédiatement, grondant, prêts à accueillir dignement tout ce qui voudrait bien tomber de l'arbre.

« Ils ne vont jamais partir ! soupira Toar, dépité. Et le soleil est en train de disparaître...

— Il va falloir passer la nuit ici j'en ai bien peur », ajouta Towen.

Némi mit un doigt sur ses lèvres et les incita au silence en remarquant qu'un des loups avait dressé ses oreilles et semblait écouter quelque chose.

Au bout de quelques secondes, un long hurlement se fit entendre dans le lointain. Un hurlement de loup. Tous les autres se dressèrent brusquement en l'entendant. C'était comme un appel du fin fond des ténèbres. Ils y répondirent aussitôt tous en même temps, d'un long *houhouhou* collectif qui glaça d'effroi les jeunes gens et faillit les faire tomber de leur branche. Et aussi subitement qu'ils étaient apparus, les canidés repartirent comme des flèches, abandonnant leurs proies libérées et soulagées.

Némi sauta aussitôt de l'arbre et courut reprendre ses sagaies et son propulseur. Elle respira mieux une fois qu'elle les eut en main. La pluie s'était arrêtée, ils allaient pouvoir chercher un abri pour la nuit plus facilement. Elle s'apprêtait à suggérer aux deux garçons de ne pas traîner dans les environs, au cas où les loups reviendraient, lorsqu'un cri retentit. Toar, encore sous le coup du stress causé par les loups venait de sauter de l'arbre et semblait s'être mal réceptionné. Il agrippait sa cheville droite en grimaçant de douleur.

Némi se précipita vers lui, tandis que Towen, descendant à son tour de l'arbre, venait les rejoindre.

« Toar ! Ça va ? s'inquiéta le jeune homme devant la soudaine pâleur de son ami.

— Ma cheville... Aaaah... » gémissait Toar.

Némi lui demanda par gestes s'il pensait pouvoir marcher. Aidé des deux autres, il essaya de se relever mais hurla quand son pied se posa par terre. Ils le rallongèrent sur le sol. C'était la catastrophe.

Si Toar ne pouvait plus avancer, le trio était coincé. Il n'était pas question de l'abandonner, mais on ne pouvait pas non plus le porter toute une journée de marche. En plus il souffrait atrocement et ils n'avaient rien qui puisse le soulager. Soucieux, Towen réfléchissait pendant que sa sœur essayait de réconforter son amoureux. Il regarda autour de lui, cherchant une solution, quand tout à coup il lui sembla apercevoir dans la pénombre qui s'installait une lueur au loin. Il poussa un cri.

« Némi, regarde ! Là-bas, la lumière, c'est certainement un feu ! C'est certainement un campement ! Peut-être celui que nous cherchons ?

Némi évalua la distance qui les séparait de la lumière et regarda Toar, puis son frère, levant ses deux mains vers le ciel, l'air interrogateur, pour lui signifier :

— Comment faire pour aller jusque-là avec Toar qui ne peut pas marcher ?

— Nous allons lui faire un brancard, petite sœur. Te rappelles-tu la fois où Daïr et Karwen avaient ramené Almen, blessé, de la chasse ?

Les yeux de Némi brillèrent. Elle avait compris. Le frère et la sœur se mirent d'abord en quête de deux longues branches solides et droites, qu'ils coupèrent de la même taille. Ils prirent ensuite leur plus longue couverture et attachèrent solidement ses quatre extrémités aux branches ainsi préparées. Puis ils aidèrent Toar à s'allonger dessus, et ajoutèrent à ses côtés tout le matériel et les armes que le groupe portait jusqu'ici à la main. Il fallut enfin soulever l'ensemble. Serrant les dents sous l'effort, Némi se chargea de l'avant, du côté des jambes, plus légères que le haut du corps, à l'arrière, pris en charge par Towen.

À un rythme qu'elle trouvait désespérément lent, ils avancèrent péniblement dans la direction de la lumière.

Il leur fallut un bon moment pour y arriver, s'arrêtant plusieurs fois pour reprendre leur souffle, évitant des obstacles qu'ils ne voyaient surgir qu'au dernier moment dans le crépuscule naissant.

À bout de forces, ils arrivèrent effectivement devant un campement. Un grand feu central, autour duquel plusieurs personnes étaient rassemblées, l'éclairait. C'était sa lueur qui avait guidé les trois jeunes gens jusque-là.

Sentant leur présence, toutes les têtes pivotèrent vers eux. Plusieurs hommes se levèrent d'un bond, se saisirent d'une sagaie et firent quelques pas dans leur direction, suspicieux et menaçants.

Némi et Towen se baissèrent pour poser la civière au sol et levèrent ensuite leurs deux mains devant eux, espérant faire comprendre leur geste d'apaisement.

« Nous venons en amis ! s'écria le jeune homme.

— Qui êtes-vous et d'où venez-vous ? » gronda alors une voix caverneuse.

Les trois amis sursautèrent. Némi et Towen firent un pas en arrière.

Apparaissant derrière les hommes qui s'étaient levés précipitamment, un colosse aux muscles impressionnants s'était adressé à eux dans une langue très similaire à la leur. Vêtu d'une peau d'ours magnifiquement décorée de centaines de petits coquillages cousus dessus, l'homme portait également un collier composé d'une multitude de dents d'animaux divers. Il dépassait tous les autres d'une bonne tête et les hommes s'effacèrent pour le laisser s'approcher de l'étrange trio qui venait d'arriver et de perturber leur repas. Il les détailla en attendant la réponse : trois jeunes gens, dont un allongé, certainement blessé, trempés et l'air épuisés. Il n'y avait certainement aucun danger. Il remarqua alors que l'unique fille du groupe s'était rapidement remise de la surprise que son apparition leur avait causée, qu'elle tenait elle aussi fermement une sagaie à la main, prête à réagir en cas d'attaque et que ses yeux flamboyaient malgré la fatigue qui semblaient peser sur ses épaules il y a seulement quelques instants. Il apprécia la réaction et sourit, trouvant qu'elle ne manquait pas de cran.

« N'ayez pas peur, dit-il en baissant un peu le ton de sa voix, pour ne pas les effrayer. Je me présente, Zérec, chef de la tribu de Dunn. Et...

Il s'interrompit, surpris de voir les jeunes soupirer de soulagement et se laisser glisser sur le sol. Toar, que presque personne n'avait remarqué jusque-là, se releva sur un coude et répondit alors au chef qu'ils recherchaient anxieusement depuis cinq jours.

— Nous sommes de la tribu de Galek. Je suis Toar, le fils de la compagne de Karwen, le chef, qui est aussi ton ami, Zérec. C'est lui qui nous envoie auprès de toi, dit-il d'une voix qu'il voulait assurée, montrant le collier avec la dent de lion pour prouver ce qu'il disait.

— Karwen... souffla Zérec, interdit, reconnaissant le bijou qu'il avait voulu échanger autrefois. Mon vieil ami Karwen ! Les gens de la tribu de Galek sont toujours les bienvenus chez nous ! Venez, vous autres et occupez-vous bien d'eux. Nous devons leur offrir notre hospitalité comme Karwen l'a fait pour moi il y a bien longtemps. Mais dis-moi, jeune Toar, pourquoi es-tu ainsi allongé ? T'es-tu blessé ?

— Oui, à la cheville, en sautant. C'est une longue histoire.

— Notre chamane, Jabé, va s'occuper de toi. Nous allons vous donner des vêtements secs. Ensuite, vous viendrez vous restaurer avec nous.

— Merci, Zérec », répondit Toar.

Tandis que ses amis se laissaient entraîner par un jeune couple, Toar fut pris en charge par plusieurs hommes qui portèrent la civière jusqu'à la tente du chamane, un vieil homme au moins aussi vieux que l'était Savi. Celui-ci lui fit échanger ses vêtements trempés contre des habits secs. Seulement après, il examina la cheville du jeune sculpteur. Il la recouvrit d'une espèce de bouillie de feuilles et l'enveloppa ensuite avec une bande de peau de renne qu'il maintint en l'attachant avec un tendon. Il lui recommanda de ménager son pied pendant plusieurs jours et le laissa repartir dans sa civière pour rejoindre Zérec autour du feu.

Une fois assis à côté de l'imposant chef de la tribu de Dunn, Toar remarqua que ses amis étaient déjà revenus, eux aussi changés et secs. On leur apporta de grandes écuelles pleines de nourritures délicieuses et Zérec les encouragea à manger d'abord, s'expliquer ensuite. Puis, une fois rassasié, Toar reprit la parole et présenta en premier lieu ses compagnons de voyage.

« Lors de ta venue dans notre tribu, te souviens-tu d'une jeune femme, Meyda, peintre, à qui tu as offert des coquillages ? Eh bien, continua-t-il devant le hochement de tête de Zérec, Towen et Némi sont ses enfants. Et Némi doit devenir ma compagne.

— C'est formidable ! Je me rappelle très bien votre mère, quelle beauté ! Quelle artiste aussi ! Mais dites-moi, mes amis, pourquoi Karwen vous envoie-t-il vers moi ? »

À tour de rôle, Towen et Toar expliquèrent longuement comment Ourel avait selon eux usurpé la place de chamane et prêté aux esprits des demandes qui en fait ne venaient que de son cerveau torturé. Ils racontèrent la pénible décision de la fuite, les jours de marche, la fatigue, la poursuite par les loups et enfin le feu, qui les avait guidés jusqu'ici.

« Ourel vous a privé de votre union mes enfants, si je comprends bien, remarqua alors le chef en se tournant vers Némi - notant qu'elle acquiesçait seulement avec la tête, il décida de la taquiner un peu. - Tu n'es pas très loquace, jeune Némi, tu sembles plus à l'aise avec ta sagaie ! Veux-tu t'unir avec cet homme ? Parle à voix haute, n'aie pas peur.

Némi, comprenant que le chef n'avait aucune mauvaise pensée, sourit et toucha sa bouche en faisant non avec la tête. Toar expliqua, voyant l'incrédulité de Zérec.

— Némi ne peut pas parler. Depuis sa naissance. Elle communique avec nous par des gestes uniquement. Nous avons inventé ensemble tout un tas de signes avec les mains pour remplacer les mots qu'elle ne peut pas prononcer. Et tu as raison, elle est la plus forte d'entre nous avec une sagaie ! dit-il en riant.

— Et bien elle me montrera cela demain, avec grand plaisir, conclut le chef. Allez maintenant vous reposer. »

Pendant qu'ils mangeaient, des membres de la tribu avaient préparé une tente pour eux et ils se laissèrent tomber avec gratitude et bonheur sur les épaisses couvertures mises à leur disposition. Ils s'endormirent aussitôt, vaincus par la fatigue et les émotions de la journée, en pensant à leurs parents qu'ils auraient tant aimé rassurer.

Après avoir dormi lui aussi à l'entrée de la grotte aux mille concrétions naturelles, Ourel avait à nouveau perdu la trace des jeunes gens. Il lui avait fallu revenir en arrière, chercher, tester des itinéraires, pour finalement reprendre une piste qui le menait une fois de plus à une rivière. Comprenant qu'ils avaient tenté le même stratagème, le chasseur avait suivi le cours d'eau jusqu'à retrouver les nouvelles empreintes qui en émergeaient. Mais quand il arriva dans la région des terres marécageuses il dut se rendre à l'évidence : vu la quantité de pluie qui était tombée ces derniers jours, toutes les traces avaient été effacées. À partir d'ici, il n'avait plus de piste.

À plusieurs jours de marche de là, regardant les étoiles en suppliant les esprits d'aider leurs enfants, trois parents tremblaient d'inquiétude. Ourel n'était pas revenu. Il les traquait.

XVIII

Le matin du départ, semblant au désespoir, Ourel fit constater à sa mère le décès de sa compagne. Lorsqu'elle remarqua les yeux rouges, cernés de noir, de son fils, le cœur meurtri, Savi se dit que les esprits étaient décidément bien cruels de lui arracher une compagne qu'il aimait tant.

Tous les préparatifs furent stoppés et l'on chercha un endroit pour enterrer la jeune femme.

Meyda et Naé, qui avaient toutes deux côtoyé la jeune fille par le passé, furent très émues de sa disparition soudaine.

Et pour l'avoir vue à de rares occasions ces derniers temps, elles convenaient toutes les deux, comme tout le monde, que Lia devait certainement être malade car son apparence s'était vraiment dégradée.

Savi décida de repousser à nouveau le départ.

Elle était inquiète pour son fils qu'elle trouvait amaigri et extrêmement fatigué.

Voulant à tout prix l'aider et espérant que la probable maladie de sa compagne ne l'avait pas lui-même atteint, elle partit dans les bois très tôt le lendemain matin, à la recherche d'une plante bien précise. Elle poussait un peu partout, sous forme de buisson aux multiples feuilles biseautées, avec de magnifiques fleurs blanches au cœur violacé s'ouvrant en corolles. Elle ne l'utilisait que rarement car c'était une médication très puissante, qu'il fallait doser avec justesse. La consommation de ces feuilles devait rester très ponctuelle. Elle s'en servait pour soigner des blessés très graves, qu'il fallait soulager immédiatement en leur faisant perdre provisoirement connaissance. Utilisée en quantité moindre, elle permettait également de sombrer dans un sommeil profond de plusieurs heures, que rien ni personne ne pouvait interrompre.

Idéal pour Ourel qui avait besoin de bonnes nuits récupératrices pour l'aider à surmonter son deuil !

La chamane trouva facilement ce qu'elle était venue chercher, cueillit plusieurs feuilles et les rangea bien au fond de son sac en cuir.

Elle retourna ensuite au campement et mit les feuilles à sécher dans sa tente, bien à l'écart des autres.

Karwen et ses chasseurs partirent en quête de gibier.

Lorsqu'ils revinrent les mains vides mais souriants, Savi comprit aussitôt qu'ils avaient découvert un nouveau sanctuaire.

Son fils lui expliqua que tout près du campement, nichée en plein cœur d'une colline dominant deux vallées, une immense grotte n'attendait plus que les magnifiques peintures de Meyda. Savi était surprise. Depuis son plus jeune âge, suivant sa tribu dans ses divers déplacements, elle avait dû venir des dizaines de fois dans la région, sans que jamais personne ne voit l'entrée de cette grotte inconnue. Elle informa alors le chef que leur campement provisoire allait devenir permanent jusqu'à la migration de l'automne. Il fallait qu'elle aille visiter cette cavité sans plus tarder pour décider ensuite, suivant les injonctions des esprits bien sûr, des dessins dont Meyda devrait l'orner.

Son choix se porta d'abord sur des chevaux. Elle savait de plus que c'étaient les animaux préférés de la jeune peintre. Celle-ci aimait beaucoup aller les observer puis les reproduire fidèlement sur la paroi. Savi, en les regardant ainsi fixés sur le mur, avait parfois l'impression qu'ils allaient partir au galop devant elle. Et Meyda apprécierait sûrement le fait de ne pas repartir pour de longues marches épuisantes avec son nouveau-né si fragile avant plusieurs mois.

La jeune femme ne quittait pas le petit Andal, même pour aller peindre dans la grotte. Il était bien au chaud contre elle en permanence. Savi lui avait expliqué que ce contact constant avec la chaleur dégagée par son corps allait aider le petit à se renforcer.

Déambulant dans la grotte, chantonnant pour bercer le bébé qui s'endormait, elle trouva immédiatement la paroi qui l'intéressait. La nature avait fait son œuvre et le hasard, ou les esprits, avait donné à son extrémité droite une forme qui rappelait la tête d'un cheval. C'était un signe ! Elle commença par dessiner un premier équidé qui regardait de ce côté, s'appliquant à restituer fidèlement les détails de la tête, bien dressée, le dos, droit, la croupe, relevée, les pattes, gracieuses, la queue, très fine, le ventre, arrondi. Puis elle choisit d'en faire un deuxième, identique, qui lui tournait le dos et regardait dans la direction opposée, les deux animaux se superposant au niveau de l'arrière-train. Leurs deux têtes ainsi que les encolures furent entièrement peintes en noir. Lorsqu'elle recula pour examiner son œuvre, à la lueur tremblante de ses lampes à graisse, Meyda sourit. Ils étaient parfaits. Elle pouvait maintenant faire venir Elac.

Savi s'approcha d'Ourel et posa sa main ridée de vieille femme sur son épaule.

« Je suis tellement navrée pour toi, mon enfant. Quelle tristesse !

— Ne t'inquiète pas pour moi, Mère, dit faiblement Ourel en baissant la tête.

— Si, Ourel, justement, je m'inquiète. Je pense que la perte de ta compagne t'empêche de dormir la nuit. Je vois bien que tu es excessivement fatigué, tu as mauvaise mine. Il faut que tu parviennes à te reposer, c'est très important. Alors, prends ceci, mon fils, ajouta-t-elle en tendant les mains vers lui.

Elle lui avait apportée un gobelet fumant contenant une infusion faite avec une première feuille de sa cueillette matinale. Dans son autre main se trouvait simplement une deuxième feuille.

— Qu'est-ce que c'est ?

— Ces feuilles sont des médications très puissantes. Je t'ai préparé une infusion légère avec une seule de ces feuilles, elle te permettra de t'endormir en très peu de temps, pour une nuit entière. Rien ne pourrait te réveiller, même si je venais te secouer ! Tu pourras en refaire le jour suivant avec cette autre feuille. Je pense que deux tisanes suffiront à te faire retrouver un sommeil normal. Ce n'est pas une plante dont il faut abuser.

— C'est... parfait ! s'écria Ourel, ravi. Merci Mère ! »

Et pour lui montrer sa reconnaissance, Ourel but la tasse entièrement devant elle. La chamane regarda son fils avec tendresse et lui sourit. Il irait rapidement mieux, elle en était sûre. Elle lui souhaita une bonne nuit et retourna à sa tente, sereine. Ourel rangea précieusement sa deuxième feuille dans une sacoche en peau et alla s'allonger aussitôt, commençant à sentir les effets de la plante et son esprit s'enfoncer dans le néant.

Ils en avaient fait une sorte de rituel. Quand Meyda terminait une commande de la chamane, elle faisait venir discrètement Elac dans la grotte la nuit venue. Elle souhaitait lui montrer ses réalisations, voir son visage exprimer toute une cohorte d'émotions devant ces animaux figés mais tellement réalistes en même temps.

Profitant alors de cette montée émotionnelle, elle choisissait d'honorer les esprits en s'unissant à lui face aux peintures. Seulement alors, elle ressentait la satisfaction du travail bien accompli et se laissait doucement envahir par un profond sentiment de plénitude.

Cette fois, Andal était là également, mais il dormait à poings fermés, posé sur une chaude couverture et bien emmitouflé dans une autre, à quelques pas de celle où sa mère attendait, nue et frissonnante, son bel amant.

Elle le regardait détailler ses peintures avec intérêt, reculer, observer un détail, tendre la main pour effleurer la paroi, comme s'il voulait caresser l'encolure du cheval.

Elle sentit monter en elle une vague de désir que lui seul pouvait lui inspirer.

Lorsqu'il arriva enfin jusqu'à elle, Meyda vit se refléter dans ses yeux les flammes des lampes posées sur le sol.

Il l'enveloppa d'un regard brûlant, appréciant en connaisseur le tableau qu'il avait devant lui.

Il la trouvait toujours aussi belle, toujours aussi désirable que la première fois.

Il pensait qu'il ne se lasserait jamais de ce corps pour lui si parfait dans ses rondeurs, ses générosités, ses voluptés.

Il l'embrassa tendrement, puis avec un peu plus de fougue, la sentant réagir immédiatement.

Passionnément amoureuse, elle lui rendit ses baisers et parcourut tout son corps de ses lèvres aventureuses et de ses mains caressantes, lui arrachant quelques petits gémissements de plaisir.

Ils s'aimèrent longtemps, oubliés du temps et des autres, dans ce lieu sacré, aussi beau que secret, sous le regard détourné de deux chevaux.

XIX

Towen fut réveillé à la fois par la lumière du jour, par les conversations de plusieurs personnes s'activant à leurs tâches et par une délicieuse odeur. Il sortit de la tente et découvrit un foyer au-dessus duquel mijotait une sorte de ragoût qui répandait une odeur alléchante.

« Bonjour ! lui cria une voix chantante. Tu peux te servir, je l'ai préparé pour vous.

Il se retourna et aperçut la jeune femme qui les avait accompagnés la veille pour se changer, Némi et lui. C'était une jolie brune avec de longs cheveux tressés qui lui descendaient jusqu'à la taille, à la peau claire et aux yeux bleus comme le ciel d'été. Elle était en train de suspendre leurs vêtements trempés sur une espèce de longue liane horizontale, elle-même attachée à chaque extrémité à un tronc d'arbre.

— Bonjour, répondit Towen, abritant ses yeux du soleil pour pouvoir la regarder. Merci beaucoup pour le repas, ça sent vraiment très bon !

— Avec plaisir ! Les invités de mon père méritent ce qu'il y a de mieux. J'ai lavé vos vêtements et avec ce vent, ils vont vite sécher !

— C'est vraiment très gentil... Mais tu as dit... ton père ?

— Oui, je suis la fille de Zérec, je m'appelle Sylla. Et toi, c'est bien Towen ? J'ai écouté lorsque ton ami parlait.

— C'est ça ! Mais, excuse-moi, je crois que je ne comprends toujours pas ce que tu veux dire par mon père...

— Comment ça ?

— Nous sommes le fils ou la fille d'une mère, mais qu'est-ce qu'un père ?

Sylla éclata d'un grand rire.

— Et comment crois-tu qu'une femme pourrait être mère sans un homme ? demanda-t-elle, taquine - devant la mine ahurie du jeune homme, elle cessa de rire et le regarda dans les yeux - ça alors ? Vous ne savez pas que les enfants ont deux parents dans votre tribu ? Lorsque les hommes et les femmes s'unissent ensemble, expliqua-t-elle alors, parfois, un bébé pousse ensuite dans le ventre de la mère pendant plusieurs lunes. S'ils ne s'unissent pas, il n'y a pas d'enfant. A la naissance, l'enfant a donc une mère et un père.

— Mais comment savez-vous cela ?

— C'est notre chamane qui nous l'a enseigné. »

Towen n'en revenait pas.

Il pensa aussitôt à sa mère, à lui-même, son frère et sa sœur, à Oran. Oran était-il son père ? Non, sa mère leur avait raconté qu'à leur naissance, à lui et à Kaël, son compagnon était un chasseur, qui avait été tué par la suite. C'était donc lui leur père. Quelle incroyable découverte !

La jeune fille discuta encore un peu avec lui, puis s'excusa, elle avait du travail.

Lorsque Toar et Némi sortirent à leur tour de la tente, ravis de sentir eux aussi un fumet si délicat, ils trouvèrent le jeune homme en profonde réflexion. Towen se hâta de leur répéter ce que Sylla lui avait confié. Aussi abasourdis que lui, ils restèrent un moment à digérer l'information. Toar fut le premier à exprimer sa joie.

« Pour moi c'est simple, c'est Karwen mon père ! Il était le compagnon de ma mère à ma naissance.

— Donc mon père à moi c'est Oran, conclut Némi faisant de grands gestes enthousiastes pour s'exprimer, en mangeant de bon cœur l'excellent ragoût de la fille du chef. J'en suis heureuse !

— Pour toi je ne sais pas Némi, lui répondit son frère. Oran était le compagnon de notre mère lorsque tu es née, cela elle nous l'a dit. Mais comment savoir si elle ne t'a pas conçue avec Elac, son premier compagnon, avant qu'il ne meure ? »

Némi fut contrariée. Comment allait-elle savoir si elle ne pouvait pas poser la question à sa mère et Oran ? Et est-ce que sa mère le savait seulement elle-même ?

Une fois leur repas avalé, ils allèrent rincer à l'eau de la rivière toute proche leurs écuelles ainsi que les omoplates de renne qui leur avaient servi de cuillères. En revenant, ils croisèrent Zérec.

« Êtes-vous bien reposés mes amis ? leur demanda le chef.

— Oui, merci, Zérec. Et ta fille nous a régalés avec un délicieux ragoût, répondit Towen. Elle a dit qu'elle avait du travail, que fait-elle ?

— Tu vois ces coquillages sur ma tunique ? C'est elle qui les a cousus ainsi. Elle est une artiste, un peu comme ta mère et toi, Towen, elle réalise des parures extraordinaires. Tu peux aller la voir travailler, si tu le souhaites, elle est près de notre grotte.

— Vous avez une grotte sacrée ? Vous peignez aussi ? questionna Towen, très intéressé par cette information.

— Non, ce n'est pas une grotte sacrée avec des peintures, comme dans votre tribu, mais c'est l'endroit où nos sculpteurs travaillent les os et l'ivoire de mammouth.

Ce fut au tour de Toar de dresser l'oreille.

— Des sculpteurs ? Je peux…

— Allez-y tous les deux. Je vais demander à mes hommes de t'y amener avec la civière, Toar, moi je voudrais voir Némi chasser », sourit le chef, l'œil malicieux.

Némi lui rendit son sourire et alla chercher deux sagaies et son propulseur. S'il fut étonné en découvrant l'objet, Zérec ne dit rien et attendit la démonstration. Il prit lui aussi deux longues lances et ils partirent ensemble dans la forêt très vallonnée qui jouxtait le campement. Némi glissa le crochet du propulseur dans l'encoche de la sagaie et tout en continuant à marcher, se tint prête. Elle voulait impressionner le chef, voir cette surprise mêlée de joie dans ses yeux quand il découvrirait la performance de l'arme incroyable qu'avait conçue son cher Toar.

Après quelques minutes de marche seulement sur le versant d'une petite colline, Zérec toucha discrètement le bras de Némi et lui montra du doigt un jeune faon, légèrement plus bas qu'eux, qui se désaltérait à la rivière. Alors qu'il lui faisait signe de se rapprocher doucement, elle secoua la tête et lui montra son arme. Elle lui fit comprendre qu'elle allait tirer d'ici. De plus en plus surpris, Zérec la laissa faire. Il vit alors se transformer sous ses yeux la charmante jeune fille à l'air timide en une prédatrice déterminée. En une seconde, elle leva le bras, le déplia et la sagaie partit à la vitesse de l'éclair se ficher d'un coup net et précis dans la gorge de l'animal, qui s'effondra. Comme elle l'avait prédit, Zérec était bouche bée et son regard allait du bras de Némi au faon couché sur le sol.

« C'est extraordinaire ! s'écria-t-il, stupéfait. C'est toi qui as inventé ce... cet objet ? »

Némi, tout en descendant chercher sa proie, lui expliqua avec des gestes simples et sans équivoque que c'était Toar l'inventeur du propulseur. Zérec, ravi et conquis, rétorqua alors qu'il lui en fallait un pour chaque chasseur de la tribu.

Towen avait retrouvé la belle Sylla et la regardait avec admiration finir de créer une parure tout en coquillages.

« C'est pour mettre sur la tête, lui expliqua-t-elle. C'est une parure de fête, pour une femme, ça se pose sur les cheveux, comme cela. »

Et pour lui montrer, elle plaça la magnifique parure tout juste terminée sur sa propre tête. Il la trouva fabuleuse. La parure aussi.

Toar avait dépassé Towen et sa nouvelle amie, en grande discussion, pour s'approcher de la grotte où semblaient travailler plusieurs personnes. Il remarqua d'abord un homme qui sculptait une statuette de femme enceinte, un peu dans le style de celle faite par Oran, avec des attributs féminins surdéveloppés, dans une grosse défense de mammouth. À côté de lui, un jeune apprenti le regardait avec attention et essayait d'imiter son travail.

Enfin, derrière eux, deux hommes et une femme sculptaient des outils dans des os, tout en bavardant calmement. Remarquant le jeune homme sur la civière, ils engagèrent la conversation et furent ravis d'apprendre qu'il était lui-même sculpteur. Il demanda à s'asseoir sur le sol. On lui offrit un morceau d'ivoire et Toar, prenant ses outils, commença à sculpter, laissant son cœur parler.

À la fin de cette journée riche en découvertes pour tous, Toar avait promis de montrer aux sculpteurs comment réaliser des propulseurs, Némi à tous les chasseurs comment s'en servir et Towen à Sylla de lui apprendre à peindre sur les parois de la grotte. Le chef vint alors trouver les enfants de ses amis lointains et les prit par la main.

« Toar, fils de Karwen, et Némi, fille de Meyda, ce soir aura lieu la cérémonie au cours de laquelle vous allez devenir chacun le compagnon et la compagne de l'autre, afin de réparer l'offense qui a été faite aux esprits en vous privant de cette joie. Après ce soir, vous serez unis aux yeux de tous. »

Les deux jeunes gens se regardèrent, incrédules, puis se jetèrent au cou de Zérec, fous de joie.

Ils furent conduits chacun dans une tente différente pour se préparer à la cérémonie.

Sylla retrouva Némi et lui offrit une longue tunique en peau de renne, parfaitement ajustée à sa taille, brodée d'une multitude de coquillages colorés. Elle la coiffa, laissant ses cheveux libres sur les épaules, et déposa délicatement sur sa tête la merveilleuse parure, faite en petits coquillages nacrés serrés les uns contre les autres, qu'elle avait terminée l'après-midi même. Le bijou cachait une partie du front, recouvrait tout l'arrondi de la tête et descendait en cascades sur les côtés, cachant également les oreilles, et sur la nuque. Némi était parfaite.

De son côté, Toar fut secondé par Ilhan, le jeune fils du chef, l'apprenti sculpteur, excessivement fier d'aider celui qui était maintenant devenu un modèle. Il fit passer au jeune homme un pantalon et une tunique courte, tous les deux brodés d'une multitude de coquillages. Toar remit le collier à dent de lion de son père, essaya de discipliner son épaisse chevelure, en vain, puis sortit, toujours sur la civière, retrouver les membres de la tribu, rassemblés autour du grand feu comme chaque soir.

On le félicita sur sa tenue, mais lorsque Némi arriva, des exclamations admiratives retentirent de tous les côtés.

Elle était splendide et la parure de Sylla mettait particulièrement en valeur ses traits délicats : son cou long et fin, l'ovale de son visage, la profondeur de son regard couleur de noisette.

Némi vint s'asseoir à côté de son amoureux et frissonna quand Toar lui prit la main.

Elle trouvait qu'il était magnifique lui aussi, avec ce regard au bleu intense qui chaque fois semblait lire en elle, cette bouche gourmande qui appelait ses baisers.

Ils ne retinrent pas grand-chose des paroles prononcées ce soir-là par les autres, ne se souvinrent pas non plus de ce qu'ils avaient mangé et encore moins de comment ils s'étaient finalement retrouvés seuls tous les deux dans la tente.

Assis sur une couverture, le dos calé contre le poteau central, Toar regarda Némi approcher de lui en souriant. Elle avait retiré sa tunique mais gardé la parure sur ses cheveux, à la demande du jeune homme, qui la trouvait vraiment magnifique ainsi. Maladroitement, évitant de cogner son pied blessé, il retira son pantalon et sa tunique. Il s'empressa de les jeter un peu plus loin, pour accueillir dans ses bras le corps doux et chaud de celle qui était désormais sa compagne.

Il eut l'impression d'être frappé par la foudre quand leurs peaux se rencontrèrent, que leurs langues se mêlèrent et que leurs corps fusionnèrent dans un tourbillon de délices.

XX

Savi ne lui ayant pas encore donné d'indications pour d'autres peintures dans la grotte, Meyda avait tout le loisir de s'occuper de ses fils. Kaël, l'aîné, avait un peu plus de deux ans maintenant. Il courait partout, s'amusait de tout et vouait une adoration sans faille à Elac. Le chasseur aimait le porter sur son dos et entendre le rire du petit garçon cascader jusqu'à ses oreilles. Il l'emmenait parfois en forêt pour lui faire découvrir toute une faune que l'enfant trouvait extraordinaire, de la fourmi au cheval en passant par les oiseaux. Elac savait partager sa passion pour ces animaux volants. Il les montrait à Kaël, lui faisait observer les nids et écouter leur chant mélodieux. Le petit garçon était ravi de ces découvertes aussi bien que des moments de partage avec le compagnon de sa mère. Lorsqu'elle les voyait rentrer de leurs promenades ensemble, Meyda était heureuse et remerciait les esprits de tout ce bonheur qu'ils leur accordaient.

En ce début d'été, alors qu'il aurait seulement dû arriver maintenant, le petit Andal avait déjà presque deux mois, du fait de sa naissance prématurée. Et comme Towen, qui avait moins d'un an, ne marchait pas encore, Meyda se retrouvait parfois avec deux bébés à porter en même temps, un contre sa poitrine, le plus jeune, et l'autre dans le dos. Elle les nourrissait tous les deux au sein, ce qui, même si elle en avait l'habitude, la fatiguait beaucoup. Naé était toujours d'une aide précieuse et les jeunes femmes se voyaient souvent. Meyda venait la voir avec les enfants et la regardait coudre ses peaux avec patience et dextérité, discutant tranquillement pendant que les petits dormaient à côté d'elles.

« Daïr m'a parlé d'une chasse qui allait durer plusieurs jours, confia Naé à son amie.

— Oui, Elac l'a évoquée aussi. Ils vont partir aider la tribu de ce voyageur, Peo, qui nous a rendu visite avant l'été. Ils n'ont plus assez de chasseurs pour subvenir aux besoins en nourriture de leur clan. Karwen et les autres vont leur prêter main-forte. Ils ont repéré un troupeau de rennes et veulent en rapporter le maximum pour qu'ils puissent avoir des réserves et tenir tout l'hiver.

— Tous nos chasseurs partent ?

— Non, quelques-uns restent ici, comme Ourel... Mais j'aurais bien aimé qu'il aille avec eux, il continue de me regarder bizarrement. Il me fait froid dans le dos ! s'écria Meyda en frissonnant.

— Il t'ennuie toujours ? soupira Naé, qui aurait bien voulu que son amie et son frère s'entendent un peu mieux.

— Non, depuis que j'ai Elac et les enfants il ne m'adresse presque pas la parole et quand il le fait il est courtois. Je crois même qu'il essaie d'être gentil, mais son regard... Si tu le voyais, j'ai l'impression d'être déshabillée par ses yeux, il me met vraiment mal à l'aise.

— Le pauvre ne se remet pas bien de la perte de sa compagne, tu sais, il faut le comprendre.

— Oui... » répondit évasivement la jeune peintre.

Depuis le début, Elac et elle avaient trouvé suspect cette soudaine attirance d'Ourel pour une jeune fille comme Lia. Ils avaient été sidérés qu'elle devienne réellement sa compagne et désolés de voir sa lente déchéance à ses côtés. Il est vrai qu'Ourel avait mauvaise mine et semblait ronger par le chagrin. Mais quelque chose dans tout cela lui laissait une impression désagréable.

Les chasseurs, Karwen, Elac, Daïr et quelques autres, préparèrent leurs affaires pour le voyage, se munirent de leurs sagaies et embrassèrent leurs proches, promettant de revenir au bout de trois jours. Meyda sentit son cœur se serrer au moment où ses lèvres touchèrent celles d'Elac. Ils n'avaient jamais été séparés et il allait terriblement lui manquer. Naé, seule elle aussi, avait prévu de venir dormir dans la tente de son amie pour les deux nuits à venir afin de l'aider avec les enfants et leur permettre à toutes les deux d'être plus rassurées.

Meyda passa une première journée harassante sans son compagnon. Elle dut préparer un bouillon consistant pour Kaël et elle-même, en ajoutant quelques légumes et des morceaux de viande dans le liquide fumant, avant que les deux petits ne se réveillent. Servant son fils dans une petite écuelle qu'il pouvait tenir tout seul, elle se dépêcha d'aller nourrir ensuite Andal, toujours réveillé avant Towen.
Dès qu'elle eut fini, elle le reposa et le laissa gazouiller sur une couverture, pendant qu'elle nourrissait son frère qui venait lui aussi d'ouvrir les yeux en réclamant de façon intempestive son repas. Comme il faisait déjà assez chaud, elle partit en direction de la rivière, un bébé attaché devant, un bébé attaché derrière et tenant Kaël par la main. Une fois sur place et tout le monde déshabillé, elle fit asseoir son fils aîné dans le cours d'eau peu profond sur le bord et cala contre son ventre le petit Towen. Encerclé par les bras protecteurs de son grand frère, celui-ci, qui adorait le contact de l'eau, se mit à éclabousser tout autour de lui. Meyda prit Andal et s'assit juste en face d'eux, passant ses jambes de chaque côté de celles de Kaël. Si jamais l'un d'eux glissait, elle pourrait le rattraper. Autant les deux aînés s'amusaient comme des petits fous, autant le plus jeune semblait ne pas du tout apprécier la fraîcheur de l'onde et hurlait à pleins poumons son désaccord. Meyda ne s'attarda pas, ne voulant pas qu'il prenne froid. Une fois tout ce petit monde débarbouillé et décrotté, ils s'assirent sur l'herbe pour sécher au soleil avant de remettre leurs vêtements. Les

écoutant babiller et jouer, Meyda se leva pour bercer un peu Andal qui commençait à se rendormir, la sieste étant l'activité principale du nourrisson.

Elle sursauta en découvrant un pêcheur à une dizaine de mètres d'eux, qui regardait éhontément sa nudité. Elle grimaça en reconnaissant Ourel et en voyant qu'il ne détournait pas le regard comme il aurait dû le faire. Posant Andal doucement, elle attrapa sa tunique et s'en revêtit le plus vite possible. Lorsqu'elle releva la tête à nouveau, il avait disparu. Furieuse, elle reprit son bébé et essaya de se calmer en marchant le long de la rivière et en revenant sur ses pas plusieurs fois. Encore cet Ourel ! Elle avait très bien vu comment il la regardait, alors qu'elle était nue. Il ne manquait pas de culot ! Elle rhabilla les enfants et ils retournèrent au campement. Aucune trace d'Ourel. Elle soupira. Elle alla rejoindre Naé pour lui raconter ce qui venait de se passer mais la jeune femme n'était pas objective concernant son frère.

« Tu te fais des idées, Meyda. Tu vois bien qu'il était gêné puisqu'il est parti précipitamment. Il a dû vouloir venir pêcher sans savoir que tu étais déjà là. »

Meyda n'insista pas. Elle voyait bien que son amie ne se rendait pas compte de la vraie personnalité du jeune homme. Elles discutèrent encore un peu puis Meyda retourna vers sa tente, préparer un autre repas et donner le sein à ses deux petits ogres.

L'après-midi, ils retournèrent à la rivière avec Naé. Pendant que les enfants dormaient allongés sur la berge, les deux jeunes femmes nettoyaient les peaux qui faisaient office de protections pour les urines et les selles des bébés ainsi que les vêtements sales de toute la famille. Le tout fut mis à sécher sur l'herbe, au soleil et Meyda s'accorda une pause, avant que ses petits monstres ne repassent à l'attaque.

Le soir, épuisée, elle alla rejoindre Naé auprès du foyer installé devant sa tente. Son amie leur avait préparé une tisane à chacune, avec des herbes aux vertus apaisantes que Savi lui avait conseillé. Meyda faillit s'endormir devant les flammes qui dansaient doucement devant ses yeux. Elles décidèrent d'aller se coucher.

Le lendemain, le même rituel recommença. À la différence près que Kaël n'arrêtait pas de se gratter. Au début, Meyda ne fit pas attention. Et puis au bout d'un moment, le regardant plus attentivement, elle remarqua tout un tas de petits boutons rouges qui constellaient tout le corps et le visage de son fils. Elle harnacha tout le monde et courut trouver Savi.

« Ce n'est rien de grave, ne t'inquiète pas Meyda. Presque tous les enfants de l'âge de Kaël attrapent cette maladie qui repart comme elle est venue au bout de quelques jours. Par contre, il faut protéger tes petits, surtout Andal, qui ne seront pas assez forts s'ils l'attrapent. Je vais demander à Naé de te garder Kaël jusqu'à demain, il ne faut pas les laisser ensemble. Naé ne craint rien, elle a, comme toi d'ailleurs, eu cette maladie quand elle était enfant, sourit la chamane à ce souvenir.

— Merci Savi », soupira Meyda, soulagée.

Elle fit un petit signe de la main à Kaël pour lui dire au revoir et retourna vers sa tente avec les deux plus jeunes. Le reste de la journée se déroula doucement, avec son lot de tâches diverses et fatigantes. Le soir, Meyda nourrit ses garçons l'un après l'autre, leur murmura des mots doux pour qu'ils s'endorment, berça Andal qui résistait au sommeil, puis, quand enfin ils furent endormis tous les deux, elle put ressortir se poser un peu à l'extérieur. Son regard fut attiré par un petit bol fumant posé à côté du foyer.

Naé ! pensa-t-elle avec reconnaissance.

Son amie avait dû se faufiler jusqu'ici une fois Kaël endormi, pour lui déposer la même tisane que la veille. Elle prit le bol en pierre entre ses mains et en huma le contenu. C'était légèrement différent de celle de la veille. Elle en but une gorgée, appréciant la chaleur qui se répandait dans tout son corps, en pensant à son compagnon. Il lui manquait terriblement, surtout le soir, surtout après une journée exténuante comme celles qu'elle venait de passer. Elle sentit tous ses muscles se détendre et continua à boire le liquide réconfortant. Comme la veille, une douce torpeur commençait à l'envelopper et Meyda se dit qu'il fallait qu'elle aille se mettre au lit. Elle n'en eut pas le temps. Elle s'écroula sur le sol, profondément endormie.

À une cinquantaine de kilomètres de là, regardant les étoiles briller dans le ciel, Elac pensait à sa compagne. Pour la deuxième nuit, il allait dormir sans elle et la chaleur de ses bras lui manquait. Son beau visage lui manquait. Son corps affolant lui manquait. Et ses enfants lui manquaient aussi, ses trois petits filous qui le faisaient fondre de tendresse. La journée de chasse avait été excellente. De nombreux rennes avaient été abattus, dépecés, découpés. La viande avait été fumée, toutes les parties du corps récupérées pour divers usages. Ils pourraient rentrer chez eux après une bonne nuit de sommeil. Et si tout allait bien, demain soir il pourrait serrer sa compagne contre lui. Pour les remercier, la tribu qu'ils étaient venus aider leur avait offert des paniers tressés en osier et des colliers faits avec de toutes petites perles en os. Elac en ramenait un pour Meyda, il était sûr qu'il lui plairait. Avec un dernier regard pour les étoiles, envoyant un baiser à la jeune femme par la pensée, il rentra se coucher.

Le lendemain, Meyda se réveilla péniblement avec un fort mal à la tête. Les hurlements de ses deux bébés avaient fini par la sortir de sa léthargie. Elle vit qu'il faisait déjà bien jour dehors. Sans se lever, elle tendit les bras et prit Andal, couché juste à côté d'elle. Le bébé était rouge de colère et sa petite voix rauque laissait supposer qu'il criait ainsi depuis un moment.

« Je suis désolée mon bébé, dit Meyda en s'asseyant laborieusement contre un piquet. Tu n'as pas pleuré cette nuit ? Tu n'as pas eu faim ? Je ne t'ai pas entendu...
J'arrive Towen, attends un peu », continua-t-elle à l'adresse du second, qui criait aussi fort que son frère juste avant.

Elle ne se sentait vraiment pas en forme.

J'espère que Savi avait raison et que je n'ai pas attrapé cette maladie qu'a Kaël ! pensa-t-elle, inquiète à l'idée de la transmettre à son tour aux bébés.

Non, visiblement, je n'ai pas de boutons et mon corps ne me démange pas.

Pourtant, elle se sentait ankylosée, nauséeuse et ne comprenait rien à la nuit qui venait de se passer. Elle avait tellement mal à la tête ! N'en pouvant plus d'entendre Towen hurler, elle finit par lui donner une écuelle remplie de framboises qu'elle et Kaël avaient cueillies quelques jours avant dans les bois. Le petit, satisfait, se mit à piocher les fruits un par un et à les manger, sans plus faire un seul bruit. Meyda put continuer d'allaiter Andal dans le calme. Elle essaya de retrouver un peu ses esprits mais tout restait flou dans sa tête.

Je ne me souviens même pas m'être couchée, soupira-t-elle.

Songeant qu'Andal devait avoir particulièrement faim puisqu'il ne l'avait pas réveillée dans la nuit, elle lui donna ensuite l'autre sein, pour être sûre qu'il tétait suffisamment. Towen avait l'air de se contenter des framboises. S'il avait encore faim après, elle tenterait de lui donner un petit peu de bouillon, sans morceaux dedans.

Repu, Andal se rendormit assez vite.

Meyda se força à ne pas se recoucher. Elle se demandait comment allait Kaël, si les boutons avaient déjà disparu, quand une nausée plus violente que les autres l'obligea à sortir précipitamment de la tente et à se soulager dans l'herbe. Son ventre se contracta ainsi plusieurs fois, la laissant livide et sans force juste après. Elle sentait la sueur qui coulait sur ses tempes et dans son dos. Elle essaya de respirer tranquillement, retrouvant peu à peu son calme et un état normal. Elle alluma un feu, fit chauffer le reste de bouillon et en but quelques gorgées. Le liquide chaud lui fit du bien. Elle entendit Towen qui babillait et se releva.

En retournant à l'intérieur, elle le trouva toujours occupé avec ses framboises et sourit. Jetant un œil à Andal, elle se figea d'horreur : le petit avait visiblement vomi, comme elle, ses lèvres étaient bleues et tout son corps semblait raidi. Elle se précipita sur lui et voulut le prendre. C'est alors qu'elle comprit qu'il ne respirait plus.

Lorsqu'ils arrivèrent au campement, en fin de journée, Karwen et les chasseurs trouvèrent celui-ci anormalement calme.

La tête basse, Malia, la compagne du chef, vint à leur rencontre et expliqua en quelques phrases, en évitant de croiser le regard d'Elac, le drame qui venait de se jouer. Le tout-petit de Meyda, prématuré comme tous le savaient, trop fragile certainement, s'était éteint dans son sommeil ce matin.

Elac bondit sans lui laisser le temps de finir. Il courut comme un fou jusqu'à leur tente et entra pour trouver Savi auprès d'une Meyda rendue méconnaissable par le chagrin.

Lorsqu'elle le vit à travers le torrent de larmes qui coulait de ses yeux, elle tendit les bras et il se laissa tomber à genoux pour la serrer contre lui.

Agrippés l'un à l'autre, éperdus de chagrin, ils pleurèrent longtemps et ensemble le petit enfant disparu.

XXI

Lorsqu'elle se réveilla, avec l'impression de flotter sur un nuage, Némi vit le visage de Toar au-dessus du sien. Son compagnon, éperdu d'amour, la regardait. Il se pencha sur elle pour l'embrasser doucement. Elle l'attira vers elle, le sourire coquin, et ils s'aimèrent à nouveau avec passion.

Un peu plus tard, Toar montra à Némi ce qu'il avait fait pendant une partie de la nuit et de la matinée, pendant qu'elle dormait, entre deux joutes amoureuses. Les yeux de la jeune femme s'arrondirent, sa bouche s'ouvrit en grand et elle resta, quelques secondes, stupéfaite devant la beauté de ce qu'elle voyait.

Toar avait sculpté d'une manière incroyablement fidèle et précise les traits fins du visage de sa compagne dans un tout petit morceau d'ivoire de mammouth. Celui-ci, plus petit qu'un pouce, montrait un front bien dessiné, des arcades sourcilières nettement marquées descendant jusqu'à un nez fin et rectiligne, des pommettes hautes, un menton discret mais volontaire, au-dessus d'un cou gracile. Les cheveux étaient lâchés et recouverts de la parure de coquillages, réalisée par un quadrillage d'une régularité et d'une finesse remarquables. La jeune femme prit la sculpture entre ses doigts et la regarda attentivement. Elle montra l'emplacement des yeux, que l'on distinguait à peine.

« Je n'ai pas tout à fait terminé, expliqua Toar. J'ai simplement gravé tes pupilles pour le moment - elle désigna ensuite l'emplacement de la bouche. - ça c'est terminé, dit-il en souriant, c'est pour bien montrer ta singularité.

L'absence de bouche c'est pour expliquer que tu ne parles pas. Et tu vois, elle est magnifique même sans cela, comme toi. »

Toar avait réalisé un travail exceptionnel qui montrait sa maîtrise de plusieurs techniques. Le morceau d'ivoire avait été, selon les endroits et le rendu voulu, incisé, perforé, raclé et enfin longuement poli. Le résultat était l'incarnation même de la délicatesse et de la beauté. Il avait restitué à la perfection le visage gracieux de Némi. Et il comptait offrir cette minuscule mais admirable sculpture à Zérec, pour le remercier de son accueil chaleureux et pour leur avoir permis de vivre ces instants de bonheur. Ainsi, le chef n'oublierait jamais les enfants de ses vieux amis.

Comme promis, le jeune homme retourna à la grotte pour montrer aux autres sculpteurs la façon de fabriquer un propulseur. Il ne pouvait toujours pas marcher, aussi se déplaçait-il encore avec la civière improvisée de ses amis, grâce à ses deux porteurs attitrés, deux jeunes hommes sympathiques et très musclés.

Pendant ce temps, Némi et Towen suivaient Sylla et Zérec à l'autre bout du campement. Le chef tenait à leur montrer quelque chose. Ils dépassèrent la limite des dernières tentes et arrivèrent ensuite face à un vaste enclos fait de planches en bois, haut jusqu'à l'épaule. À l'intérieur, dociles, paissaient plusieurs chevaux. Le frère et la sœur se regardèrent, n'en croyant pas leurs yeux.

« Mais... vous avez... capturé des chevaux ? demanda Towen, interloqué. Mais pour quoi faire ?

— Regardez mes enfants ! Vas-y Sylla, montre-leur ! s'écria joyeusement le chef, pour toute réponse.

Sylla passa par-dessus la palissade en bois et se dirigea d'un pas décidé vers une jument grise. Lorsqu'elle l'aperçut, celle-ci sembla venir à sa rencontre et, sous les yeux incrédules de Némi et son frère, se laissa caresser et frotta même sa tête, de satisfaction, contre l'épaule de Sylla. La jeune fille lui murmura quelques mots et, la contournant, prit appui de ses deux mains sur son dos et se hissa dessus, levant la jambe pour l'enfourcher. Se tenant à la crinière de l'animal, à califourchon sur son dos, elle fit quelques pas et s'approcha de ses nouveaux amis, qui n'en revenaient toujours pas.

— Tu montes sur un cheval ? Et le cheval t'obéit ? C'est... c'est incroyable ! Incroyable ! ne cessait de répéter Towen.

Némi, plus réactive, fit comprendre qu'elle aimerait essayer, à la grande joie de Zérec, qui trouvait cette petite décidément assez intrépide. Laissant un Towen stupéfait, Némi sauta par-dessus la barrière à son tour. Sylla lui conseilla d'essayer d'abord un poulain presque aussi grand qu'elle. Elle lui expliqua comment gagner la confiance de l'animal, en le caressant, en ne faisant pas de gestes brusques et lui apprit à se hisser sur son dos. Rapidement, Némi se retrouva juchée sur le dos de l'animal, le sourire jusqu'aux oreilles. Elle sursauta quand il commença à avancer. Puis, elle s'habitua et suivit son amie qui continuait à faire marcher sa jument à l'intérieur de l'enclos.

— Tu devrais essayer Towen, lui dit Sylla en riant, regarde ta sœur !

— J'arrive ! dit alors le jeune homme, qui ne voulait pas passer pour un froussard.

Sylla lui conseilla un vieux cheval très calme qui n'opposa aucune résistance. Ravi, il suivit les deux jeunes femmes et ils en étaient là de leur apprentissage quand Toar arriva sur sa civière.

— Je ne peux pas vous laisser seuls deux minutes ! dit celui-ci en riant. Mais qu'est-ce que vous faites ?

Némi avait les yeux qui brillaient d'excitation. Elle fit signe à son compagnon de venir les rejoindre. Toar se fit aider par ses porteurs pour grimper sur le dos d'un beau cheval de couleur fauve et tous se retrouvèrent à tourner en rond dans l'enclos, les uns derrière les autres.

— Voulez-vous qu'on aille faire une petite promenade, en dehors de l'enclos ? » proposa alors Sylla.

À l'unanimité, ils acceptèrent et sortirent à la file indienne. Pour plus de sécurité, Zérec les accompagna et ferma la marche sur un solide cheval noir. Le petit groupe partit en direction d'une vaste plaine, bien dégagée, Sylla préférant éviter la forêt et ses branches basses, pièges pour les cavaliers, surtout débutants. Quand elle fut sûre que chacun réussissait à tenir sur le dos de sa monture, elle tenta un petit trot qui souleva des cris de surprise derrière elle. Cris qui se transformèrent bientôt en éclats de rire et en exclamations ravies.

La promenade était une découverte très agréable pour les jeunes cavaliers novices. Ils éprouvaient un sentiment de liberté extraordinaire, une grande connivence avec leur monture qu'ils n'auraient jamais imaginée possible avant. Némi et Towen pensaient à leur mère, qui avait beaucoup d'admiration pour les chevaux. Qu'elle aurait aimé être à leur place !

Sylla avait bien compris qu'elle plaisait beaucoup à Towen. Et le jeune homme ne la laissait pas indifférente non plus, il fallait bien le reconnaître. Ses magnifiques cheveux blonds et bouclés lui faisaient justement penser à la crinière d'un cheval. Sa sensibilité d'artiste l'avait émue quand il lui avait parlé avec passion de son art. Et elle adorait son petit air incrédule à chaque fois qu'elle lui apprenait quelque chose qu'il ne connaissait pas. Pour le taquiner, elle lui lança :

« On fait la course ? »

Et sous son regard à nouveau éberlué, elle talonna sa jument et partit au galop. Voyant cela, Towen fit la même chose, mais son vieux cheval eut quelques difficultés à démarrer et à suivre le rythme de la jument. Les montures de Toar et Némi, elles, partirent comme des flèches et rattrapèrent presque la cavalière expérimentée. Lorsqu'ils s'arrêtèrent enfin, fatigués par leur folle course, les trois jeunes gens éclatèrent de rire en voyant la tête consternée de Towen qui arriva longtemps après eux sur son cheval à l'âge vénérable, escorté par Zérec qui était resté avec lui.

Lorsqu'ils furent de retour au campement, un homme vint prévenir le chef qu'on avait aperçu un étranger qui rôdait aux alentours, cherchant visiblement quelque chose. Toar, Némi et Towen frémirent. Aucun doute possible, c'était Ourel, il les avait retrouvés !

« Il n'a pas encore vu nos tentes, expliquait l'homme, mais dès que le jour baissera il pourra repérer nos feux.

— C'est comme cela que nous vous avons trouvés, rappela Toar.

— Que devons-nous faire ? demanda Towen au chef. Nous ne voulons pas qu'Ourel vous cause des ennuis, mais il n'est pas question de lui remettre Némi !

— Ne t'inquiète pas, mon jeune ami, le rassura Zérec, nous savons nous défendre et cet Ourel est seul.

— Méfie-toi, c'est un bon chasseur, ajouta encore Toar. J'ai peut-être une idée, chef et un grand service à te demander.

— Tout ce que tu voudras, fils de Karwen.

— Je pense qu'il nous faut partir à nouveau, mais je ne peux pas marcher. Pourrions-nous prendre des chevaux ? En plus, cette fois, nous pourrions aller beaucoup plus vite qu'Ourel et le semer facilement.

— Bien sûr ! Je vais vous donner deux bons chevaux. Némi et toi pourrez monter le même, et Towen…

— Pourra monter avec moi sur ma jument ! le coupa Sylla, l'air décidé.

— Ma fille, tu veux partir avec eux ? s'étonna le chef.

— Oui Père, si Towen est d'accord.

Towen rougit jusqu'aux oreilles, mais prit la main de la jeune femme dans la sienne.

— Avec grand plaisir.

— Je pourrai ainsi vous aider avec les chevaux, dont vous n'avez pas l'habitude et vous guider dans cette région que vous ne connaissez pas, ajouta la fille du chef.

— Alors c'est entendu, si tel est ton choix ma fille. En route, mes enfants, prenez vos affaires et de quoi vous abriter pour la nuit et partez le plus vite possible.

— Merci pour tout Zérec, commença Towen, pour ton accueil, pour...

— Pour ma fille ? demanda le chef, qui éclata d'un rire tonitruant devant l'air gêné du jeune homme. Si elle t'a choisi, c'est que tu le mérites, mon garçon, alors prends bien soin d'elle, c'est tout ce que je te demande. Adieu, ma fille, dit-il en la serrant dans ses bras, sois heureuse.

Puis il souhaita bonne chance aux deux garçons. Quand Némi vint devant lui et le remercia par gestes, Zérec la prit par les épaules.

— Courage, jeune Némi, des épreuves t'attendent certainement, mais tu sauras les affronter. Tu as l'étoffe d'une chasseuse et peut-être même plus... dit-il, songeur. J'ai été honoré de te rencontrer.

Némi serra ses mains dans les siennes. Elle n'oublierait jamais cet homme.

Toar s'approcha ensuite de lui et lui glissa quelque chose dans la main.

— Ne regarde que lorsque nous serons partis, lui dit-il, d'un air mystérieux. Merci pour tout, Zérec. »

Ils se dépêchèrent de ramasser les quelques affaires qu'ils avaient en arrivant et Sylla insista pour que Némi emmène sa jolie parure de coquillages. Elle lui appartenait, elle pouvait la garder. La fille du chef prit une large besace qu'elle remplit de grandes peaux roulées et les cavaliers, avec un dernier signe de la main, lancèrent leurs montures au trot. Ourel arrivant du nord, ils choisirent de partir à l'est, en direction d'un autre peuple ami, que les chasseurs de leur tribu avaient autrefois aidé à faire des réserves de nourriture. Ils espéraient que les liens entre les deux peuples avaient perduré et qu'ils seraient aussi bien accueillis qu'ici. Lorsqu'ils ne furent plus que des points à l'horizon, Zérec, curieux, ouvrit sa main pour regarder le présent de Toar. Le visage de Némi apparut dans sa paume. La taille et la finesse de la sculpture l'émerveillèrent aussitôt. Elle était vraiment ressemblante et réussie et sa parure de coquillages lui faisait une sorte de capuche.

« La petite chasseuse… Prends soin de toi petite dame à la capuche… » dit le chef dans un souffle.

Caché derrière un bosquet d'arbres, Ourel peinait à retrouver une respiration normale. Il tremblait, transpirait et avait une irrépressible envie de respirer les vapeurs apaisantes qui savaient si bien le détendre. Mais il se demandait aussi, inquiet pour son esprit, si elles ne commençaient pas à lui donner des hallucinations.

La scène qui venait de se dérouler devant lui était tellement incroyable ! Il n'en revenait toujours pas. Il croyait avoir vu passer, à quelques mètres de lui seulement, juchés sur des chevaux, les trois fuyards qu'il poursuivait depuis maintenant plusieurs jours. Cela lui semblait impossible et pourtant, cela ne pouvait pas être une hallucination. Tout ce qu'il voyait autour de lui avait l'air réel, il n'y avait aucune autre bizarrerie. Il avait remarqué une autre femme avec eux, qu'il ne connaissait pas, peut-être une puissante chamane qui commandait les animaux ? Cette femme ne sortait pas de nulle part, il y avait donc forcément un campement dans les environs.

Il décida de continuer ses recherches, discrètement. S'il y avait un campement, il y avait certainement aussi des chasseurs, il fallait être méfiant. Les jeunes gens avaient dû parler de lui, il ne serait peut-être pas très bien accueilli. Sur ses gardes, il continua d'avancer, à couvert des arbres et arriva bientôt devant ce qui semblait être une barrière en bois. Il s'aperçut que cette barrière avait la forme d'un grand rectangle. C'était un enclos. Derrière, il aperçut plus loin, comme il s'y attendait, un petit campement composé de quelques tentes. Dans l'enclos, un jeune homme était en train de caresser un cheval et de lui parler doucement à l'oreille. Stupéfait, Ourel resta caché, mais ne perdit pas une miette de la scène. Il vit le garçon ouvrir la barrière, monter sur le cheval, comme si c'était naturel et quitter doucement l'enclos avec sa monture au pas.

Il réfléchit rapidement, se rappela sa vision de Némi et des garçons, partant eux aussi sur le dos de chevaux. S'il voulait avoir une chance de les rattraper, il fallait qu'il en prenne un lui aussi. Et si les autres y arrivaient, il n'y avait pas de raison que lui n'y parvienne pas.

Il essaya de reproduire ce que le garçon avait fait juste avant. Il accrocha ses sagaies dans son dos avec une longue lanière de cuir, afin de libérer ses deux mains.

Le cœur battant, il chercha du regard parmi les animaux restants lequel il allait choisir. Il se décida pour un bel étalon noir et s'approcha de lui, tout doucement. Le cheval montra quelques signes de nervosité, mais Ourel lui parla à voix basse et lui flatta l'encolure, terrorisé au fond de lui-même. Mais cela fonctionna, le cheval coopéra, il semblait avoir l'habitude, et il put monter maladroitement sur lui.

Il décida d'y aller doucement, se familiarisant d'abord avec le déplacement de l'animal, s'accrochant à sa crinière et serrant les jambes de chaque côté.

Au bout de quelques instants, voyant que tout se passait bien et qu'il réussissait à rester en place, il essaya de se repérer et de prendre la même direction que les fuyards, à une allure moindre cependant. Heureusement pour lui, les animaux laissaient derrière eux des empreintes bien plus marquées et profondes que les jeunes gens.

XXII

Meyda et Elac étaient dévastés.

Ils avaient l'impression qu'ils ne savaient même plus comment faire pour vivre, pour respirer, pour accomplir les gestes de la vie quotidienne. Dans leur chagrin, ils prenaient conscience qu'autour d'eux la vie continuait, que chacun vaquait à ses occupations alors que pour eux le temps semblait s'être suspendu.

C'était comme si une immense vague avait submergé le campement, mais n'avait noyé qu'eux deux. S'occuper des deux autres petits les avaient obligés à sortir de la torpeur dans laquelle la douleur voulait les maintenir. Apprenant progressivement à vivre désormais avec cette omniprésente compagne, plus unis que jamais, chacun avait guéri peu à peu la blessure de l'autre par sa simple présence, sa tendresse quotidienne et son soutien indéfectible.

Un autre drame vint toucher la tribu de Galek en plein cœur, au milieu de l'été.

Malia, la douce compagne du chef, s'éteint une nuit en mettant au monde son premier enfant. L'accouchement, difficile, n'avait pas permis de sauver la jeune maman, mais le bébé vivait. C'était un petit garçon que Savi, palliant l'absence de la mère, décida de prénommer Toar. Afin de le nourrir, elle avait fait appel à une femme de la tribu qui allaitait toujours son petit, Nowilé. Celle-ci avait perdu son compagnon soudainement pendant l'été précédent et se retrouvait seule pour s'occuper de cinq enfants encore jeunes. Elle accepta bien volontiers de prendre en charge ce petit supplémentaire et toute la tribu essaya de venir en aide, comme elle le pouvait, à ses membres endeuillés.

La chamane avait dû consoler son fils aîné, à son tour, de la perte de sa compagne.

Karwen était profondément attristé, mais la présence du bébé semblait lui apporter un peu de réconfort. Il s'attacha fortement au petit, demandant à le voir tous les jours, le tenant dans ses bras, le regardant dormir.

Et comme le petit Toar avait besoin de l'indispensable présence de Nowilé, Karwen se rapprocha d'elle lui aussi. Savi n'eut pas à insister beaucoup pour que le couple se forme. Karwen et Nowilé avaient, tous les deux, besoin de chaleur humaine et de tendresse pour se remettre de leurs drames respectifs et ils tombèrent assez vite dans les bras l'un de l'autre. Le petit Toar eut donc bien une véritable famille dès ses premiers jours.

Au début de l'automne, comme prévu, Savi et Karwen annoncèrent que le moment était arrivé de quitter ce lieu pour repartir vers le campement que tous les membres de la tribu préféraient aux autres, celui sur la colline surplombant la rivière, à côté de la grotte sacrée ornée des gigantesques aurochs de Meyda, là où Elac et elle s'étaient unis pour la première fois.

Les préparatifs n'avaient pas pris beaucoup de temps et le convoi s'élança alors que le soleil était encore bas dans le ciel. Meyda portait Towen dans son dos, ce qui lui laissait les mains libres pour transporter leurs affaires et Elac avait juché Kaël sur ses épaules, au grand bonheur de l'enfant.

La jeune femme était beaucoup plus à l'aise qu'à l'aller de leur périple. Mais quand elle comprit pourquoi, repenser à son ventre énorme de l'époque lui rappela douloureusement son enfant perdu. Des larmes silencieuses roulèrent sur ses joues. Croisant le regard d'Elac, elle y lut une tendresse réconfortante et un encouragement muet.

Il savait. Il comprenait. Et il la soutenait.

Elle chassa ses sombres pensées, essaya de se concentrer sur ses souvenirs de la grotte sacrée.

Elle était contente de pouvoir y retourner, de revoir bientôt les aurochs qui lui avaient demandé tant de travail, mais qu'elle était fière d'avoir réalisés. Recommencer à peindre, dans le silence et l'espace protecteur de la grotte lui ferait le plus grand bien, occuperait son esprit et l'aiderait à se reconstruire après cette épreuve difficile.

Savi cheminait non loin de la tête de la colonne humaine qui s'étirait de plus en plus au fur et à mesure de la journée. À ses côtés marchaient à tour de rôle ses trois enfants, Karwen, Ourel et Naé, qui se relayaient pour porter ses affaires et vérifier qu'elle parvenait à avancer sans difficulté, vu son grand âge.

C'était au tour d'Ourel qui, la chamane l'avait remarqué, avait bien meilleure mine.

Elle était persuadée qu'il s'était remis maintenant de la disparition de Lia, qu'il dormait mieux, en partie grâce aux tisanes qu'elle lui avait préconisées. Elle hésitait à lui soumettre l'idée de prendre une nouvelle compagne, ne sachant pas s'il était vraiment prêt, passant en revue mentalement les possibilités existantes dans la tribu. Plusieurs mois s'étaient écoulés, mais elle sentait toujours chez lui cette fragilité, ce je ne sais quoi qui le rendait vulnérable. Ourel n'aurait jamais cette solidité qui caractérisait son frère, cette force intérieure sereine, il ne pourrait jamais être chef. Il ne possédait pas non plus la sensibilité suffisante pour devenir chamane, il y avait trop d'agressivité en lui. Savi soupira et se demanda ensuite qui pourrait alors succéder à Karwen et à elle-même, le jour où ils ne seraient plus là. Le fils de Malia, Toar, aurait peut-être les qualités requises pour l'une ou l'autre fonction. S'il était bien le fils de Karwen aussi, comme la chamane le supposait, il avait peut-être hérité du caractère de son père ou de sa grand-mère ? L'avenir le dirait. Savi continua à réfléchir, son regard se posant successivement sur les différents enfants de la tribu, puis sur Eléa, une toute jeune femme, enceinte depuis maintenant quelques mois. Est-ce que l'un d'eux aura les qualités nécessaires ? Une autre femme du clan était enceinte également, mais à un stade si peu avancé qu'elle ne semblait pas s'en être rendu compte, malgré le léger arrondi de son ventre.

« *Ou alors*, songea Savi en la voyant passer à côté d'elle, *c'est que son esprit encore rongé par la peine ne veut pas le voir*... Comment vas-tu, Meyda ? Towen n'est pas trop lourd maintenant ?

– Non non, ça va, répondit Meyda en esquissant un sourire triste, je le sens à peine. Et puis, il est sage, il ne bouge pas trop. »

J'espère de tout cœur que cet enfant saura lui redonner cette joie qui l'animait, pensa la chamane, une fois que Meyda l'eut dépassée. *Ces enfants sont l'avenir de notre tribu.*

Au bout de plusieurs jours d'une marche intensive et épuisante, la tribu arriva au but fixé par Savi.

Tout le monde put prendre un repos bien mérité et réorganiser progressivement tout le campement. Les tentes des différentes familles, relativement regroupées, jouxtaient différents espaces à l'utilisation bien définie : il y avait le coin des tailleurs de pierre, qui extrayaient de lourds blocs de silex les outils de la vie quotidienne, celui des sculpteurs qui eux, les réalisaient à partir des divers os des animaux, puis près de la rivière celui où l'on nettoyait, tannait et cousait les peaux, et enfin la grotte sacrée.

Meyda y retourna un soir, seule, ayant laissé à Elac le soin de garder les enfants. Se retrouver à nouveau dans cette grotte lui apportait un véritable réconfort, après le drame qu'elle venait de vivre. Elle posa sa main sur la paroi et caressa ses grands aurochs, émue et apaisée de les retrouver toujours aussi majestueux. Elle les regarda longtemps, se remplissant de la force qu'ils lui envoyaient et se forçant à penser aux merveilleux êtres qui restaient encore auprès d'elle et qu'elle aimait plus que tout. Alors, avec une ultime larme, elle dit au revoir à son tout-petit pour la dernière fois et reprit sereinement le chemin de sa tente et de sa famille.

Le lendemain, Savi venait la trouver pour lui exposer sa nouvelle idée concernant la grotte. Elle souhaitait que Meyda rajoute, vers l'entrée, deux gros bisons, dos à dos, un peu dans l'idée des chevaux qu'elle avait peints dans la caverne qu'ils venaient de quitter.

« Bien sûr Savi, je vais m'en occuper, promit-elle. Je vais demander à Elac de m'emmener avec lui lors d'une prochaine chasse. Il faut que j'aille à nouveau observer des bisons de près, ce sont des animaux difficiles à reproduire. »

Savi repartit vers sa tente, soulagée.

Se remettre à peindre ferait du bien à Meyda, l'aiderait à surmonter son chagrin. Et accompagner Elac à la chasse permettrait au couple de passer du temps ensemble et d'oublier sa peine.

XXIII

Ils avaient chevauché pendant près d'une demi-journée, la plupart du temps au trot, s'autorisant quelques galops dans les endroits bien dégagés. Sylla avait veillé à ce qu'ils fassent quand même des arrêts réguliers, sachant que pour des novices la posture pouvait vite devenir douloureuse.

En effet, à la fin de la journée, fourbus, ils s'arrêtèrent pour établir un campement. Towen et Toar partirent en quête de bois, pour faire du feu, et cherchèrent aussi de longues branches qui, assemblées solidement les unes contre les autres par le haut, constitueraient l'armature de leur tente. Il suffirait ensuite de les recouvrir avec les peaux apportées par Sylla. Celle-ci proposa à Némi d'aller à la chasse avec les chevaux.

La jeune fille comprit immédiatement les avantages qu'il y avait à utiliser l'animal et entrevit l'énorme potentiel de cette façon de faire. Entre la vitesse d'approche du cheval et l'efficacité du propulseur, plus aucune proie ne pourrait lui résister !

Elles s'éloignèrent donc ensemble, chacune sur sa monture.

Némi agrippa d'une main l'encolure du bel étalon bai avec lequel elle avait voyagé, tenant de l'autre sa sagaie enfoncée sur le crochet du propulseur.

Les chevaux avançaient au pas, leurs cavalières voulant éviter que des mouvements brusques fassent fuir d'éventuelles proies. Elles évoluaient ainsi tranquillement, dans un paysage dépourvu d'arbres et seulement parsemé de quelques buissons, ponctué de petites collines, lorsqu'elles aperçurent en même temps un troupeau d'une vingtaine de saïgas, ces cousins des antilopes à la rapidité légendaire.

« Vas-y Némi ! s'écria Sylla, donne un petit coup de talon dans les flancs de ton cheval et il comprendra que tu veux qu'il galope !

Némi s'exécuta et son étalon partit comme une flèche. Suivant les conseils donnés auparavant par sa nouvelle amie, elle réussit à orienter sa monture dans la direction souhaitée. Mais les saïgas avaient bien évidemment vu le danger arriver de loin, et ils avaient eux-mêmes filé à vive allure. Némi, grisée par la vitesse de son cheval, ne quittait pas sa cible des yeux, un jeune qui ne courait pas tout à fait aussi vite que les autres. Faisant corps avec sa monture, comme si elle montait à cheval depuis toujours, elle la fit accélérer davantage. Elle se rapprochait peu à peu, sa proie commençant certainement à fatiguer. Lorsqu'elle estima être à la bonne distance, serrant bien les jambes sur les flancs de l'animal, elle poussa sur ses cuisses et se leva doucement de sa position assise. S'élevant ainsi de plusieurs centimètres au-dessus de la tête de son cheval, elle avait une vue plus dégagée et un angle de tir plus important pour son bras. La sagaie, propulsée à toute vitesse, traversa tout l'espace qui séparait le cheval du saïga en sifflant et vint stopper net ce dernier dans sa fuite éperdue. Il s'écroula sur le sol, foudroyé. Toujours debout sur sa monture, la faisant ralentir progressivement, Némi lâcha l'encolure et leva ses deux mains vers le ciel, poings serrés, dans un signe de victoire triomphal.

Sylla, plus loin derrière elle, n'en revenait pas.

Quelle incroyable chasseuse ! pensa-t-elle. *Et dire qu'elle est montée sur un cheval pour la première fois ce matin !*

Elle rejoignit son amie et la félicita chaleureusement. Elles mirent pied à terre toutes les deux, réussirent à hisser le cadavre du saïga sur le cheval de Némi et repartirent au pas en direction de leur campement pour la nuit. Quand elles y arrivèrent, elles purent constater que les garçons avaient bien travaillé : la tente était prête, le feu allumé et de l'eau chauffait au-dessus pour faire un bouillon ou une soupe. Towen et Toar poussèrent des exclamations ravies en apercevant le saïga et tous les quatre se mirent à l'œuvre pour pouvoir manger et aller rapidement se reposer ensuite. Le soleil était à peine couché qu'ils étaient déjà tous allongés sous la tente, le ventre bien rempli et au chaud sous les couvertures. Sylla leur avait assuré que les chevaux, habitués, ne s'échapperaient pas et ceux-ci paissaient tranquillement non loin de la tente. Les jeunes gens, épuisés par leur nouveau mode de déplacement, s'endormirent en un instant.

Ourel, lui, ne bénéficiait pas des conseils avisés de Sylla et ne se sentait pas totalement en confiance sur son cheval. Il avançait donc bien moins vite que le groupe qu'il suivait et était souvent obligé de s'arrêter pour repérer leurs traces.

Il s'arrêta un peu avant la nuit pour prendre du repos, dans une vaste prairie, près d'un bosquet d'arbres.

Il descendit assez difficilement de sa monture, mais veilla à la caresser et à lui parler, car il en avait encore éperdument besoin.

Voyant que le cheval s'éloignait à peine et broutait tranquillement l'herbe environnante, il partit en quête de nourriture. Une rivière proche lui permit d'attraper une belle carpe.

Après avoir allumé un feu et fait cuire son poisson, Ourel put enfin en apprécier la chair délicieuse et se détendre. Cette journée l'avait épuisé ! Il fallait qu'il dorme, la traque reprendrait dès le lever du soleil pour ne pas prendre trop de retard sur les fuyards. Il s'endormit devant le feu qu'il avait pris soin d'alimenter pour la nuit de nombreuses grosses branches de bois sec.

Comme presque chaque nuit, son sommeil fut peuplé de rêves étranges, où tout se mélangeait, et qui le laissaient en sueur et mal à l'aise.

Il y voyait aussi bien Meyda, Lia, Rayna ou Némi, parfois les quatre en même temps, qui semblaient se moquer de lui. Meyda, son amour inaccessible et éternel, Lia, sa compagne pendant presque trois ans, qu'il avait complètement manipulée et détruite, Rayna, celle qui était restée sa compagne pendant près de quatorze ans, discrète, docile, aimante, la seule qui l'avait compris finalement et pour qui il éprouvait un minimum de respect. Némi enfin, la fière chasseuse, sa prochaine conquête à n'en pas douter.

Il se réveilla au premier rayon du soleil le lendemain matin, déterminé. Cajolant son cheval, il réussit à remonter dessus et repartit dans la direction indiquée par les empreintes de ses prédécesseurs.

Lorsque Sylla ouvrit un œil, réveillée par le jour, elle constata, amusée, que Towen était tout contre son dos et avait passé un bras protecteur autour de ses épaules. Elle se retourna doucement vers lui et l'embrassa tout doucement sur les lèvres pour le réveiller. Surpris dans son sommeil, il ouvrit tout de suite les yeux pour découvrir, l'esprit encore embrumé, le visage mutin de celle qui avait tout quitté pour lui. Il lui rendit son baiser avec tout autant de douceur. Némi et Toar ne leur laissèrent pas le temps de renouveler l'expérience, il fallait ramasser les affaires et se remettre en route sans tarder. Ils finirent le reste de bouillon de la veille et se hâtèrent d'enfourcher à nouveau leurs montures. Ils devaient mettre le plus de distance possible, à nouveau, entre eux et Ourel. Chacun avait les muscles des jambes et des fesses un peu endoloris, mais personne n'osa protester. Ils n'avaient pas le choix.

Les deux jours suivants, chevauchant pratiquement toute la journée, ils réussirent à parcourir une distance importante, se sentant de plus en plus à l'aise sur les

chevaux. Ils étaient réellement impressionnés de voir les paysages défiler et changer si vite autour d'eux. Ils se rappelaient tous les déplacements à pied de leur tribu, les bras chargés, ils se souvenaient de leur état de fatigue, chaque soir et du temps qu'il leur fallait à chaque fois avant d'arriver à leur destination finale. Grâce aux chevaux, la distance était avalée tellement plus vite, sans fatigue pratiquement, hormis celle des muscles fessiers peut-être.
Ils avaient l'impression que cela allait complètement changer leur façon de se déplacer maintenant. Et cela leur permettrait peut-être aussi de retourner un jour dans leur tribu. Revoir leurs familles, leurs proches était ce qu'ils espéraient le plus au fond d'eux.

C'est en pensant ainsi à sa mère que, passant la boucle d'une large rivière, Towen reconnut un lieu fréquenté par le passé.

« Vous ne vous rappelez pas cet endroit ? Némi, nous sommes tout près de la grotte où notre mère a peint ces deux splendides chevaux que nous admirions tant !

— Oh, mais oui, moi aussi je reconnais ! s'écria Toar, alors que Némi acquiesçait comme lui. Nous sommes venus plusieurs fois ici, la grotte ne doit d'ailleurs pas être loin ! Et le campement de nos amis n'est qu'à deux jours de marche !

— Si vous parvenez à retrouver cette grotte, nous pourrons nous y abriter, intervint Sylla en regardant le ciel tout gris. Il va certainement pleuvoir et nous y serions mieux que sous la tente.

— Je pense que je vais retrouver le chemin, affirma Towen, il suffit de suivre les méandres de la rivière jusqu'à apercevoir au loin une belle colline. C'est elle qui cache la grotte dans son ventre ».

Et effectivement, au bout d'une heure supplémentaire de chevauchée au pas, ils arrivèrent devant l'entrée de la grotte. Elle était suffisamment vaste pour leur permettre d'y dormir tous les quatre, même les chevaux pourraient s'y abriter.

Toar, qui parvenait maintenant à marcher presque normalement, se mit en quête de bois pour le feu.

Némi sortit de sa besace les restes du saïga de la veille, précieusement conservés pour leur repas de ce soir.

Towen, lui, entreprit d'allumer un feu à l'intérieur d'un cercle de galets que Sylla avait trouvés non loin de la grotte. Il enflamma ensuite l'extrémité d'une longue branche, s'en servant comme d'une torche. Puis il prit la main de Sylla et l'entraîna vers les profondeurs obscures et inquiétantes de la caverne. Il tenait à lui montrer les magnifiques peintures de sa mère. En les revoyant à la flamme dansante de son éclairage improvisé, une émotion le fit frissonner.

Sylla regardait les chevaux, subjuguée. Elle qui avait une si grande habitude de ces animaux trouvait qu'ils étaient tout à fait ressemblants, qu'ils avaient presque l'air vivants et elle en fut également très émue. Croisant le regard brûlant de Towen, elle vint enrouler ses bras autour de son cou et l'embrassa avec fougue. Alors, sans savoir qu'il reproduisait les gestes de sa mère quelques années plus tôt, touché à la fois par les peintures si réalistes et la jeune femme si désirable devant lui, Towen aima longuement celle qu'il considérait maintenant comme sa compagne dans l'intimité de la grotte sacrée.

Lorsqu'ils ressortirent un peu plus tard, radieux tous les deux, ils trouvèrent Némi et Toar qui les attendaient en souriant, complices. Une soupe avec des morceaux de viande mijotait, au chaud au-dessus du feu et, affamés, ils se dépêchèrent de les rejoindre pour manger. Tous les quatre allèrent ensuite se coucher, à nouveau bien fatigués de leur journée, et s'endormirent très vite.

Depuis son poste d'observation, Ourel patienta encore un long moment, pour être sûr que les jeunes gens dormaient tous bien profondément. Après avoir chevauché sans relâche pendant trois jours, il avait finalement réussi à les rattraper. Restant à une distance prudente d'eux, il les avait suivis jusqu'à la grotte, reconnaissant lui aussi le lieu de campement souvent choisi par sa mère lors des déplacements de la tribu. Il s'était aussitôt dit qu'il fallait qu'il tente sa chance cette nuit. Il saurait ensuite parfaitement rentrer jusqu'au campement actuel de sa tribu, ce qui ne prendrait pas beaucoup de temps grâce à son cheval.

Se glissant hors de sa cachette, un épais buisson depuis lequel il les avait épiés, il avança doucement vers l'entrée de la caverne. La lueur du feu des fuyards lui confirma que tous dormaient. À son approche, les chevaux avaient tourné la tête vers lui, mais habitués aux hommes, n'avaient pas bougé, ne se sentant pas en danger. Il marcha tout doucement jusqu'à l'outre contenant les restes de leur dîner et sortit de son sac la précieuse feuille, la même que lui avait donné autrefois mère, qu'il avait appris à reconnaître et à récolter. Et comme la fois précédente, afin de parvenir à ses fins, il la jeta dans le liquide encore tiède. Toujours sur la pointe des pieds, il repartit tranquillement vers sa cachette, ignorant la pluie qui tombait maintenant, satisfait à l'idée que sa quête soit presque terminée.

Le lendemain matin, réveillée la première, Sylla alla rallumer le feu pour réchauffer la soupe. Ils pourraient ainsi à nouveau prendre des forces avant de partir.

Constatant que ses compagnons de voyage dormaient encore profondément, elle décida de descendre jusqu'à la rivière pour se laver un peu et remplir son outre d'eau fraîche. Le ciel était bleu pâle, le soleil commençait à se lever, les nuages gris et la pluie de la veille semblaient être définitivement partis.

La jeune femme s'éloigna tranquillement, passant sans le savoir juste devant Ourel, caché, qui dormait également. Arrivée près de la rivière, elle s'accroupit pour remplir l'outre et la referma soigneusement avec une fine lanière de cuir. Elle dénoua ensuite ses longs cheveux tressés, retira sa tunique en peau ornée de petits coquillages aux extrémités et descendit frileusement dans l'eau fraîche du petit cours d'eau.

Pendant ce temps, les trois autres s'étaient réveillés.

Constatant que leur amie s'était absentée, ils la remercièrent par la pensée en trouvant la soupe chaude et se servirent. Prenant soin de lui en laisser un peu, ils se mirent ensuite à ranger leurs affaires pour pouvoir repartir au plus vite. Ce fut Toar qui le premier s'écroula sur le sol. Némi se précipita vers lui, affolée et s'aperçut qu'il semblait dormir profondément. Elle essaya de le secouer, de lui claquer un peu les joues, rien n'y fit. Elle mit sa main sur son front, sentant subitement un vertige la faire chanceler. Elle eut juste le temps de voir que Towen s'effondrait lui aussi avant de perdre connaissance à son tour.

Ourel, qui n'attendait que ce moment, bondit depuis son buisson et se précipita vers Némi. Il se dépêcha de lui ligoter les poignets et les chevilles avec deux solides lanières de cuir qu'il serra fortement. Mieux valait prendre ses précautions, il ne savait pas précisément combien de temps durerait l'effet sédatif de la feuille et il se doutait que la jeune chasseuse serait furieuse à son réveil et se débattrait autant qu'elle pourrait. Il la jeta sur son épaule, avança jusqu'à son cheval et la fit basculer sur le dos de l'animal, les bras et la tête pendant d'un côté, les jambes de l'autre. Et maintenant, il fallait éliminer les deux autres. Il ne voulait pas de témoin.

Ourel eut un moment d'hésitation. C'était la première fois qu'il allait devoir lui-même tuer des êtres humains. Il avait parfois aidé le destin à le faire, mais là c'était à lui de trancher les gorges des deux garçons. La fille n'était plus là, il ignorait pourquoi, mais sans le savoir elle allait avoir la vie sauve. Il prit un long silex tranchant qui lui servait habituellement à découper la viande et retourna vers la grotte, accomplir sa désagréable besogne.

Il s'approcha de Towen d'abord, s'agenouilla devant lui, marmonna quelques excuses à l'égard de Meyda et leva son bras. Alors qu'il s'apprêtait à le baisser d'un coup sec vers le cou du jeune homme, une douleur fulgurante à la tête l'arrêta. Il venait de recevoir une pierre en plein sur la tempe et se trouva déséquilibré. Il lâcha le silex.

Sylla, revenant de sa baignade matinale, l'avait aperçu de loin mettre Némi sur le cheval et revenir vers la grotte, et avait réussi in extremis à arrêter son geste meurtrier.

Terrorisée, mais folle de rage, elle arrivait vers lui en courant, se saisissant d'une autre pierre pour lui jeter. Ourel couvrit son visage avec ses bras pour se protéger du deuxième tir, mais le choc fut tout de même brutal. Sylla ne lui laissa pas le temps de réagir et sauta sur lui, le tapant, le griffant, hurlant autant qu'elle le pouvait. S'il fut surpris par l'attaque dans un premier temps, Ourel reprit ses esprits et se défendit. Il était manifestement plus fort qu'elle et devrait réussir à la maîtriser. Tant pis pour elle, elle allait mourir également. D'un coup de reins, il bascula sur elle et lui immobilisa les bras, une main autour de chacun de ses poignets, essayant en même temps de maintenir ses jambes sous les siennes pour éviter les nombreux coups de pied qu'elle lui distribuait. Mais la force de Sylla était décuplée par la colère et la peur de perdre son nouvel amour. Elle réussit à dégager une de ses jambes et lui administra un terrible coup de genou entre les cuisses. Ourel hurla et porta une main à son entrejambe meurtri, relâchant par la même occasion une des mains de la jeune femme. Sylla en profita pour attraper une autre pierre, toute proche et le cogna de toutes ses forces en plein visage. Ourel crut que son nez éclatait en mille morceaux et roula sur le côté.

Alors qu'il commençait à sentir la situation se retourner contre lui, sa main effleura alors le silex qu'il avait laissé tomber par terre. Il l'agrippa fermement. Voyant que la jeune femme se tournait pour attraper encore une pierre, il s'assit brusquement en pivotant son bras vers elle et la poignarda sur le flanc droit, juste au-dessus de la hanche. Elle cria de douleur à son tour en sentant la lame entrer puis ressortir de son corps.

Suffoquant, mais refusant de capituler, elle serra les dents et essaya de reculer, assise sur les fesses, en prenant appui sur ses deux mains pour s'éloigner de l'arme terrible.

Ourel se releva, le visage en sang, titubant un peu à cause des différents coups reçus de cette maudite femme qui lui donnait du fil à retordre. Il commença à avancer vers elle, tandis qu'elle se rapprochait de la paroi de la grotte.

Son dos sentit le mur derrière elle et elle se dit que c'était la fin.

Mais au sol, sa main rencontra les longues sagaies de Némi. Sylla baissa les yeux, en attrapa une dans chaque main, et visa aussitôt Ourel, haletant de douleur et de terreur.

Le chasseur n'hésita pas longtemps.

Voyant qu'elle prenait maintenant clairement l'avantage, il se résolut à l'abandonner là, sans finir la tâche qu'il s'était assignée. Vu la blessure qu'il lui avait infligée, elle ne survivrait peut-être pas, mais pour le moment elle était encore capable de le transpercer.

Il fit demi-tour aussi vite que possible et repartit vers le cheval, où l'attendait, inconsciente, sa future compagne.

Il réussit à se hisser douloureusement sur le dos de sa monture, qui s'éloigna au pas. Il était en piteux état, mais il avait réussi la partie la plus importante de la mission qu'il s'était fixée.

Il fallait rentrer au campement maintenant.

XXIV

Maintenant qu'il réussissait à marcher tout seul, Towen n'avait plus du tout envie d'être porté et de rester contre le dos de sa mère. Il fallait donc constamment le surveiller et le suivre, afin d'éviter tout risque de blessure ou de bêtise. Meyda était donc souvent épuisée à la fin de la journée et ne réussissait pas à faire grand-chose d'autre que lui courir après. Kaël était encore petit lui aussi et avait également besoin de beaucoup d'attention.

C'est donc avec énormément de reconnaissance que Meyda accepta une fois de plus l'aide de Naé. La jeune femme vint un matin voir son amie et lui assura qu'elle allait garder les petits toute la journée, elle pouvait vaquer à ses occupations. Elle savait comment les nourrir. Towen, depuis la mort de son petit frère, devait se passer du lait de sa mère, car, sous le coup du chagrin, son lait s'était brusquement tari. Meyda n'avait plus d'appétit et son corps refusait maintenant de fabriquer le précieux liquide nourricier. Elle avait dû trouver une alternative, le faisant parfois profiter de la poitrine généreuse d'une autre maman de la tribu, lui donnant du bouillon, des légumes écrasés ou de la viande prémâchée.

Après avoir embrassé ses enfants et encore remercié son amie, Meyda se dirigea tranquillement vers la rivière. La journée était encore belle pour ce milieu d'automne, le soleil brillait, il faisait bon. La jeune femme eut envie de se baigner soudainement. Elle se déshabilla, détacha ses cheveux qu'elle portait maintenant souvent tressés de chaque côté de son visage et entra dans l'eau, appréciant son contact froid, mais revigorant. Alors qu'elle venait de s'immerger entièrement et ressortait la tête pour respirer, elle sentit deux bras s'enrouler autour de son ventre et hurla. Elle pivota aussitôt pour faire face à celui qui venait ainsi de la surprendre.

« Mon amour, c'est moi ! la rassura aussitôt Elac, désolé de l'avoir effrayée.

— Elac ! J'ai cru mourir de peur, souffla-t-elle en se lovant dans ses bras. Tu es déjà là ? Et la chasse ?

— Nous avons ramené deux chevaux, cela a été très vite. Et j'ai croisé Naé avec les enfants qui m'a dit que tu venais dans cette direction. Je n'ai pas hésité, lui dit-il en souriant et en nouant à nouveau ses bras sur son ventre - puis, reconnaissant le renflement familier sous ses mains, il l'écarta de lui et la regarda - Un autre enfant ?

— Oui, répondit-elle timidement, c'est ce que je pense aussi. Ça me fait un peu peur…

— Non, Meyda, il ne faut pas, regarde Kaël et Towen, ils se portent très bien. Tout ira pour le mieux maintenant.

— Tu en es sûr ? Tu me le promets, Elac ? »

Devant les yeux suppliants qui le regardaient, il promit, rassura et réussit à la convaincre. Ils sortirent de l'eau ensemble, main dans la main, et s'allongèrent sur l'herbe. Elac se pencha alors vers elle, l'embrassa langoureusement, caressant de sa langue celle de Meyda. Il la sentit frémir sous ses caresses, les sensations étant décuplées par leurs peaux encore mouillées. Frissonnante, elle le laissa avec délice parcourir de ses mains et de sa langue tout son corps offert et s'abandonna totalement à son étreinte. Peu à peu, elle sentait revenir vers elle ce bonheur qu'elle avait cru perdre à jamais. Enlacés l'un contre l'autre, exposés à la douce caresse du soleil, ils se reposaient maintenant en profitant du moment.

« Savi m'a demandé de peindre des bisons dans la grotte sacrée, expliqua Meyda à son compagnon. Si tu en vois lors de tes repérages, pourras-tu m'emmener avec toi, comme nous avions fait pour les aurochs ?

— Des bisons... réfléchit Elac, c'est plus dangereux. Il faudra que l'on soit plusieurs, on ne peut pas y aller que tous les deux. Mais oui, je vais les débusquer pour toi, ne t'inquiète pas ma belle.

— Si je suis avec toi je ne crains rien mon amour », conclut Meyda dans un soupir bienheureux.

De loin, Ourel observait discrètement le couple avec envie. Meyda était de plus en plus belle, même si l'on percevait maintenant un voile de tristesse dans son regard, et il aurait donné cher pour être à la place d'Elac.

Ces dernières années, il avait essayé de détourner, sans succès, ses pensées de la jolie peintre.

La part raisonnable de sa personnalité savait qu'il n'avait aucune chance de s'unir à elle. Elle avait un compagnon, qu'elle adorait visiblement, et lui s'était retrouvé coincé avec une compagne encombrante.

Mais maintenant c'était différent ! Lia n'était plus là pour pallier le manque, pour détourner son attention de Meyda.

Et si Elac disparaissait à son tour ? La jeune femme serait elle aussi libre de prendre un nouveau compagnon. Lui ?

Ourel se sentit tout excité à cette pensée. Bien sûr, elle ne faisait pas attention à lui parce qu'Elac prenait toute la place. Mais si elle n'avait plus son beau chasseur, elle verrait enfin qu'Ourel était là pour elle et qu'il l'aimait bien plus que ce qu'elle avait connu jusqu'à présent. Bien sûr, elle lui en avait beaucoup voulu lorsqu'il avait tenté de la prendre de force. Mais il était alors sous l'emprise de fumées qui lui avaient retourné l'esprit et il avait fait amende honorable depuis. Elle lui avait forcément pardonné.

Le problème restait Elac. Comment faire pour s'en débarrasser ?

Le lendemain, Elac consulta Karwen pour répondre à la demande de Meyda. Le chef accepta et il fut convenu qu'une dizaine de chasseurs accompagneraient la jeune femme lorsque les animaux auraient été repérés. Son compagnon se mit donc en quête des bisons. Il partait tous les jours de bonne heure, prenant une direction différente à chaque fois, élargissant peu à peu son périmètre de recherche autour du campement. Les animaux ne se montraient pas pour le moment.

XXV

Comprenant qu'Ourel s'enfuyait et n'allait pas revenir pour tenter de les tuer, Sylla laissa tomber les deux sagaies sur le sol et regarda sa blessure, inquiète. Elle saignait beaucoup. Reproduisant les gestes qu'elle avait vu faire par le chamane de son clan, quand les chasseurs revenaient avec des blessures, coup de corne, griffure ou morsure d'animaux, elle réussit à appuyer suffisamment fort sur sa plaie avec son vêtement pour faire cesser, momentanément, l'écoulement rouge et poisseux.

Épuisée par son affrontement avec Ourel et par sa blessure, elle sentit que la tête lui tournait. Elle avait soif et commençait à grelotter. Son outre ! Elle était revenue de la rivière avec son outre pleine, accrochée en bandoulière sur son épaule. Tournant la tête et tâtant de sa main libre en même temps, elle sentit l'objet juste à côté d'elle sur le sol. Elle la saisit, la posa en appui sur ses genoux pour pouvoir dénouer la lanière de cuir qui la maintenait fermée, et put enfin boire quelques petites gorgées. Elle se sentit un peu mieux, même si la douleur était tenace, mais elle avait toujours froid. Elle sentait à peine la chaleur du feu, trop éloigné de l'endroit de la grotte où elle s'était réfugiée pour échapper à Ourel.

Elle regarda les deux garçons, étendus sur le sol comme s'ils étaient brusquement tombés. Quelque chose les empêchait de se relever, les maintenait inconscients. Sylla se mit à grelotter et ressentit une envie soudaine de fermer les yeux. Elle essaya de lutter, mais c'était plus fort qu'elle. Le sommeil la gagna peu à peu et elle sombra.

Elle se réveilla presque une heure plus tard, transie de froid, la tête lourde, la gorge sèche à nouveau. Sa douleur s'était un peu calmée, mais son vêtement était rougi par le sang qui avait coulé de sa blessure. Elle attrapa l'outre posée par terre à côté d'elle et but à nouveau une gorgée. Les garçons n'avaient pas bougé. Soudain, saisie par une idée qui la fit sortir de sa torpeur, elle reprit son outre, encore presque pleine et d'un geste précis envoya tout son contenu en direction de Towen, qui était plus proche d'elle que Toar. Le jeune homme reçut tout le liquide froid en plein visage et sur le torse. L'effet fut immédiat : il se redressa d'un coup en criant et crachant, tiré des méandres de l'inconscience par le déluge glacé qui venait de s'abattre sur lui. Réveillé, mais se sentant quand même étrangement nauséeux et vaseux, le jeune homme mit plusieurs secondes avant de comprendre ce qu'il avait devant les yeux. Quand il réalisa que Sylla était blessée, cela lui donna un véritable coup de fouet. Il bondit sur ses pieds, vacilla, rétablit péniblement son équilibre et se précipita vers elle.

« Sylla ! Tu es blessée ! Mais que s'est-il passé ? Je me rappelle juste que tu n'étais pas là à mon réveil...

— J'étais à la rivière, répondit la jeune femme, grimaçant en appuyant de nouveau sur sa blessure. Lorsque je suis revenue, un homme était sur le point de te tuer Towen !

— Ourel ! Il nous a retrouvés ! Me tuer tu dis... Mais il est devenu complètement fou !

— Il a aussi enlevé Némi ! s'écria soudain Sylla, comme si elle venait de s'en souvenir. Elle dormait comme vous, il l'a mise sur son cheval et il est parti avec elle !

— Némi ! Ah ! Le sale... Quel... fulminait Towen, ne trouvant pas les mots pour décrire tout le dégoût que lui inspirait le frère du chef.

— Je ne sais pas ce qu'il vous a fait, regarde Toar, il est toujours inconscient.

— Toar ! s'inquiéta alors Towen, en découvrant son ami sur le sol.

Voyant que le secouer ne changeait rien, Towen chercha des yeux une autre outre pleine, en découvrit une et lui administra le même traitement qu'il venait de recevoir de Sylla, une pluie torrentielle en plein visage. Toar eut une réaction similaire et se remit progressivement sur pied. Sa première pensée fut pour sa compagne.

— Où est Némi ? demanda-t-il brusquement, se tenant la tête, en remarquant l'absence de la jeune femme.

— Toar, il faut que tu la sauves, lui expliqua Towen, doucement. Ourel l'a emmenée avec lui.

Toar serra les poings. Towen posa ses deux mains sur les épaules de son ami pour lui faire comprendre qu'il fallait agir vite.

— Il va sûrement retourner au campement, tu sauras t'y rendre seul ? Moi je dois rester avec Sylla, elle est blessée et ne pourra pas chevaucher tout de suite.

— Oui ! Bien sûr ! Je me rappelle les endroits que nous traversions autrefois ! Je saurai le retrouver ! Mais laisse-moi regarder ta blessure, Sylla », dit-il en attrapant sa besace.

Sylla, très pâle, releva sa tunique imbibée de sang pour laisser apparaître une large plaie sur son flanc droit. Toar fouilla rapidement dans le sac en peau qui contenait diverses plantes. Savi lui avait plusieurs fois montré, expliqué comment guérir, soigner, apaiser les divers maux de la vie quotidienne. Il trouva les feuilles qu'il cherchait, les mit aussitôt dans sa bouche et commença à les mâcher énergiquement. Lorsqu'elles furent complètement réduites en bouillie, il les reprit et les déposa précautionneusement sur la blessure. Il posa dessus une bande de peau de renne propre et chercha plusieurs autres feuilles dans le sac.

« Tu as vu comment j'ai fait ? demanda-t-il à son ami, qui acquiesça. Il faudra le laisser en place toute la journée et tu recommenceras avec ces nouvelles feuilles demain. Il faut qu'elle s'allonge et qu'elle ait bien chaud. Fais également infuser cette plante-là dans de l'eau chaude, ajouta-t-il en lui en tendant une autre. Il faut qu'elle en boive plusieurs fois par jour. Attendez deux jours pour remonter à cheval et rentrer vous aussi. Mais ne touchez plus à la soupe qui est là, je pense qu'Ourel a mis quelque chose dedans qui nous a fait dormir tous les trois. Sylla n'en a pas pris ce matin et elle ne s'est pas endormie, fort heureusement pour nous... conclut-il, en adressant un regard reconnaissant à la jeune femme.

— Merci Toar. Mais fais vite, mon ami lui dit Towen en le regardant droit dans les yeux, elle est en danger. »

Toar acquiesça, ramassa deux sagaies et le propulseur de Némi, et courut enfourcher le cheval sur lequel il avait voyagé jusqu'ici. L'animal, vif et rapide, partit à belle allure et se mit rapidement au galop lorsqu'il sentit son cavalier le talonner un peu plus énergiquement que d'habitude. Furieux, Toar se disait que l'heure de l'affrontement était arrivée. Il ne pouvait pas laisser cet Ourel continuer à mettre en péril leurs vies et il ne supporterait pas qu'il touche ne serait-ce qu'un cheveu de sa belle compagne. Némi ne se laisserait pas faire, elle était forte, déterminée. Et il espérait également que toute la tribu interviendrait et s'opposerait aux agissements d'Ourel, tout chamane qu'il était devenu ! Il fallait que cette comédie cesse.

Ourel avait tout d'abord fait galoper son cheval, par précaution, ne sachant pas combien de temps les garçons allaient rester inconscients.

Il plaça la feuille responsable de leur évanouissement soudain dans le grand récipient qui contenait leur soupe, les effets dureraient alors certainement moins longtemps que lorsqu'il avait fait la même chose dans un bol, beaucoup plus petit. Il se doutait que la fille ne pourrait pas le poursuivre, mais il se méfiait des deux autres. Il regrettait vraiment de ne pas avoir pu les réduire au silence. Ils allaient le suivre, à un moment ou à un autre, ils allaient deviner qu'il n'avait pas d'autre endroit où aller et revenir au campement. Qu'allaient-ils dire aux autres ? Il en était là de ses réflexions lorsqu'il vit Némi commencer à remuer sur le dos du cheval. Il le fit ralentir et décida de continuer à un rythme plus calme.

Retrouvant petit à petit ses esprits, un peu trop tôt au goût d'Ourel, la jeune femme sentit rapidement que ses poignets et ses chevilles étaient entravés. Elle entendit alors la voix qu'elle détestait maintenant plus que tout.

« Bien dormi ma chère compagne ? C'est vrai, tu ne peux pas parler. Au moins, ta conversation ne me fatiguera pas ! Arrête de gigoter, cela ne sert à rien. Je te ramène à notre campement, ainsi que l'ont voulu les esprits, et cette fois tu seras à moi. »

Némi se mit à remuer frénétiquement autant qu'elle pouvait, lançant ses bras et ses jambes, espérant que le cheval allait s'arrêter peut-être. Craignant lui aussi que leur monture se montre perturbée par cette furie, Ourel chercha un moyen de la calmer. Avec un petit sourire cruel, il formula l'idée qui allait lui permettre d'y arriver.

« Au fait, désolé de te l'apprendre, mais les deux idiots et la fille qui t'accompagnaient sont tous morts. Je les ai égorgés dans la grotte pendant qu'ils dormaient. Personne ne viendra à ton secours, jolie Némi, alors calme-toi ! »

Némi fut frappée en plein cœur. Towen, Sylla et... Toar, tous les trois morts, tués par cet immonde criminel, ce fou ? Non ce n'était pas possible...

Une douleur immense la submergea et elle se mit à pleurer. Tout ça à cause d'elle, ils étaient morts parce qu'elle avait refusé de devenir la compagne de ce monstre. Son cher frère, qu'elle adorait, sa nouvelle amie, qui avait tout abandonné pour les suivre, et son amour depuis toujours, Toar, son âme sœur, celui qui lui apportait équilibre et sérénité, celui qui lui avait fait découvrir des émotions et des sensations si délicieuses, celui qui était à ses côtés à chaque instant de sa vie. Comment allait-elle pouvoir vivre sans lui ? Elle avait l'impression qu'on lui avait arraché le cœur. La douleur était partout, insupportable, irradiant tout son corps. Elle se laissa aller tout entière à sa peine et ne bougea plus, écrasée par le chagrin. Ourel soupira de soulagement. Le trajet serait plus facile comme cela.

Au bout d'un long moment, il décida de faire halte au bord d'une large rivière, pour laisser boire sa monture. Il reconnaissait l'endroit et savait qu'il ne leur restait plus beaucoup de trajet à effectuer. Il aspergea son visage pour faire disparaître les traînées rouges qui avaient coulé de son nez et séché sur ses joues et son menton. Il grimaça sous la douleur, son nez le faisait atrocement souffrir. Ensuite, il laissa Némi se pencher au-dessus de l'eau pour boire elle aussi, mais refusa de la détacher. Il lui accorda seulement de s'asseoir sur le cheval, devant lui, ses deux jambes liées tournées du même côté.

Ils repartirent au trot. Némi faisait très attention de ne surtout pas s'appuyer contre lui. Son simple contact la rebutait et elle serrait fort la crinière du cheval.

Ourel sentait son estomac protester, il n'avait pas mangé depuis la veille, mais il ne voulait pas courir le risque d'un trop long arrêt pour chasser. Il réfléchissait à toute allure à la stratégie qu'il allait adopter en arrivant au campement et dans son cerveau malade émergeait peu à peu une idée satisfaisante.

« Écoute-moi bien, Némi, dit-il d'une voix étonnamment calme, qui la rendait effrayante. Nous allons arriver au campement. Nous allons nous unir puisque c'est la volonté des esprits. Si tu résistes, si tu t'enfuis, ou que tu tentes quoi que ce soit contre moi, j'irai immédiatement égorger ta mère et Oran, comme je l'ai fait pour ton frère et Toar. Si tu fais comprendre à qui que ce soit ce qui s'est passé, je les tue. Karwen va te demander si tu es d'accord pour t'unir avec moi, tu devras acquiescer. Est-ce que tu as bien compris ? »

Némi, anesthésiée par la douleur, avait l'impression de s'enfoncer de plus en plus loin dans l'horreur et la folie de cet homme. Elle avait déjà perdu son amour et son frère, elle ne pouvait pas en plus perdre sa mère et celui qu'elle pensait maintenant être son père.

Elle hocha la tête douloureusement, avec un sentiment d'irréalité, les larmes inondant ses joues.

Le cheval de Toar galopait depuis un long moment déjà et commençait à montrer des signes de fatigue. Le jeune homme, terriblement angoissé pour sa compagne, fut obligé de s'arrêter un peu pour laisser à sa monture le temps de se reposer. Il avait l'impression de devenir fou. Il imaginait les pires scénarios, un affrontement entre les deux qui tournait à l'avantage d'Ourel, celui-ci violant la jeune femme encore inconsciente, ou pire, ayant repris connaissance... Il s'obligea à plus d'optimisme : Ourel était en route pour le campement, son but était de s'unir officiellement à Némi, pas de la blesser ni de la tuer. Regardant autour de lui, il hésita. Il n'était plus tout à fait sûr de reconnaître le paysage. Se serait il égaré ? Avait-il dévié du trajet autrefois emprunté par la tribu ? Il fallait qu'il se calme et qu'il réfléchisse posément. Némi comptait sur lui, il fallait qu'il la retrouve. Et vite.

Ourel et Némi firent une entrée très remarquée dans le campement. Au début, stupéfaits par l'arrivée de ce cheval portant deux êtres humains, les membres de la tribu furent ébahis quand ils les reconnurent. Tout le monde se précipita à leur rencontre, sans oser s'approcher trop près. Meyda, Oran et Karwen accoururent aussitôt, inquiets de constater la seule présence de Némi auprès d'Ourel. Avec un mélange de crainte et de suspicion, ils écoutèrent dans un silence de plomb leur chamane raconter son histoire.

« Comme vous le savez, commença-t-il en parlant bien fort, les esprits m'ont demandé de m'unir à cette jeune femme. Mais elle a voulu désobéir et s'est enfuie avec son frère et le protégé du chef. Les esprits m'ont alors ordonné de partir à sa recherche et de la convaincre que c'était leur volonté. Pour cela, ils m'ont offert le pouvoir de commander ce cheval. Némi a alors compris qu'elle devait être raisonnable et elle a accepté de devenir ma compagne.

Un cri retentit alors dans l'assemblée silencieuse. Meyda, tremblante de rage, regardait sa fille qu'elle ne reconnaissait plus. La jeune femme, la tête baissée, évitait de la regarder. Elle n'avait même pas essayé de communiquer avec sa mère et ne réagissait pas à l'annonce d'Ourel. Elle ne pouvait pas avoir accepté de devenir sa compagne, ce n'était pas possible ! Et où étaient les deux garçons partis avec elle ?

Karwen prit à son tour la parole.

— Est-ce exact Némi ? Es-tu bien d'accord pour t'unir à Ourel ? demanda-t-il, un tremblement dans la voix.

Némi ravala ses larmes, repensa aux menaces du chamane. Elle releva la tête, le visage défait, et opina doucement de la tête, à la surprise de tous.

« Où sont Toar et Towen, Ourel ? continua le chef, essayant manifestement de contenir son inquiétude. Pourquoi ne sont-ils pas avec vous ?

— Towen et Toar ont également reconnu que j'étais le seul compagnon légitime de Némi. Ils nous rejoindront très bientôt. Nous allons maintenant prendre un peu de repos, ma compagne et moi-même, nous sommes fatigués par notre voyage.

Meyda voulut s'approcher de sa fille, la serrer dans ses bras, lui demander des explications, mais Némi la regarda avec une telle supplique dans le regard qu'elle se figea. Par un discret signe de tête, elle fit comprendre à sa mère de ne pas intervenir.

Prenant la jeune fille complètement apathique par le bras, Ourel partit immédiatement en direction de sa tente, sans lui laisser l'opportunité de s'approcher de sa famille. Karwen surgit alors devant son frère, lui barrant le passage.

– Mon frère, dit-il en lui donnant l'accolade, je suis heureux de te revoir ! Tu as pu retrouver ta compagne, me voilà rassuré. »

Ourel, méfiant, se laissa faire, mais ne s'éternisa pas. Au moment où le chef redescendait les bras le long de son corps, sa main effleura celle de Némi. La jeune femme sursauta en sentant qu'il lui glissait quelque chose dans la main. Son regard rencontra celui de Karwen, pénétrant et déterminé, l'espace d'une seconde. L'échange fut intense et Némi, ayant reconnu sous ses doigts le tranchant d'un silex taillé, comprit que Karwen venait de lui tendre une main secourable. Elle se demanda pourtant l'espace d'un instant vers qui elle allait diriger la lame affûtée quand viendrait le moment tant redouté. Ourel, ou elle-même ? Elle était terriblement angoissée, mais essaya de n'en rien montrer et se laissa entraîner sans broncher.

Ourel ne voulait visiblement pas perdre un seul instant. Il comptait sur l'effet de surprise de son arrivée à cheval, sur son discours qui semblait avoir provisoirement convaincu tout le monde, même son frère, et sur l'accablement de Némi qui ne durerait peut-être pas. Il savait la jeune femme combative et voulait à tout prix la posséder avant qu'elle ne retrouve son allant et sa force de caractère.

Parvenu à l'intérieur de sa tente, il se débarrassa rapidement de ses affaires et sagaies, de son outre d'eau, de sa besace et se tourna vers sa promise. Remarquant qu'elle frissonnait, il décida de faire un feu, voulant quand même profiter du moment dans des conditions agréables. En quelques minutes, une douce chaleur commença à se faire sentir et Ourel entreprit de se dévêtir le premier, devant une Némi dégoûtée, le cœur au bord des lèvres. Alors qu'il avançait lentement vers elle, son membre viril dressé, le regard brillant d'un désir longtemps refoulé, la jeune femme commença à paniquer. Le silex toujours caché derrière son dos, elle le regardait se rapprocher, incapable de décider quoi que ce soit, toujours anesthésiée par la douleur de la perte de Toar.

C'est alors qu'un long cri se fit entendre. Déchirant le silence et l'épais brouillard qui empêchait Némi de réagir, quelqu'un hurlait son prénom. Quelqu'un qui avait la voix de Toar. Elle écarquilla les yeux. C'était Toar ! Il n'était pas mort ! Ourel lui avait menti et elle l'avait cru.

Quelque part en elle, une petite étincelle rougeoya, une flamme se ralluma. C'était comme si à nouveau le sang coulait dans ses veines, l'air entrait dans ses poumons et les rouages de son cerveau se remettaient en marche. Comme si son esprit reprenait le contrôle de tout son corps. Ourel avait pivoté instinctivement dans la direction d'où venait le cri. Lui aussi avait reconnu la voix.

« Non ! hurla-t-il, pas déjà ! Ce n'est pas possible ! »

Toar est vivant... Toar est vivant... ne cessait de se répéter Némi, qui commençait à ressentir à la fois une joie immense et une colère terrible contre celui qui lui avait menti.

Ils entendirent alors un immense remue-ménage à l'extérieur. Les cris de Toar avaient alerté tout le monde.

Le bruit de son arrivée fracassante, à cheval lui aussi, avait fait jaillir tous les membres de la tribu en-dehors de leur tente, Karwen et Meyda également. Un rassemblement s'était formé autour de lui, une fois qu'il fut descendu de cheval. Le chef vint le serrer dans ses bras, mais Toar l'écarta sans ménagement.

« Où est Némi ? demanda-t-il la voix vibrante de colère et d'inquiétude.

— Ourel l'a amenée dans sa tente, répondit Karwen, il veut faire d'elle sa compagne. Je ne sais pas ce qu'il lui a fait, mais elle a assuré devant tout le monde qu'elle était d'accord ! Mais j'ai senti que quelque chose n'allait pas, je lui ai donné de quoi se défendre... Dépêchons-nous ! »

Toar eut une lueur reconnaissante dans le regard, à l'adresse de celui qu'il savait désormais être son père, et songea qu'ils allaient avoir une foule de choses à se dire quand tout serait rentré dans l'ordre, puisqu'il ne pouvait en être autrement. Il était animé par une certitude inébranlable. Quelque chose tout au fond de lui le confortait dans sa conviction que Némi et lui ne pouvaient pas être séparés, que rien ni personne ne se mettrait en travers de leur chemin. Était-ce un signe des esprits ? Avait-il vraiment un don comme le lui avait si souvent répété Savi ? Il l'ignorait. Tout ce qui comptait à cet instant était Némi. Il allait la retrouver et mettre hors d'état de nuire ce malade d'Ourel.

XXVI

Ourel avait eu vent du nouveau projet de peinture pour la grotte sacrée. Il savait que sa mère avait demandé à Meyda de dessiner des bisons et que la jeune femme voulait d'abord aller en observer avant de commencer. Il se mit donc lui aussi en quête des animaux, pour être le premier à proposer à la peintre de lui montrer ce qu'elle recherchait. Il repéra un troupeau, qui venait visiblement d'arriver, dans une prairie avoisinante. Parfait ! Il y avait quelques mâles, des femelles avec leurs petits et l'herbe étant abondante il y avait fort à parier que les animaux allaient rester ici un long moment.

Ourel était en train de les observer, caché dans les hautes herbes de la prairie, lorsqu'il remarqua un mouvement discret sur sa gauche, en direction d'un bosquet d'arbres. Stupéfait, il aperçut Elac qui se rapprochait doucement des animaux. Le chasseur ne l'avait visiblement pas remarqué. Le sang d'Ourel ne fit qu'un tour.

Encore lui ! grinça-t-il intérieurement. *Il va se précipiter pour prévenir Meyda alors que je les avais repérés le premier ! Cet Elac de malheur, toujours devant moi !*

Ourel fulminait. Il regarda ses mains qui commençaient à trembler de rage. La première tenait une longue sagaie, qu'il avait emportée pour se défendre au cas où. Il fut tenté de la lancer sur Elac, de perforer de part en part le corps de son éternel rival, pour être enfin débarrassé de lui. Meyda pourrait ainsi être à lui. Mais si on retrouvait le chasseur transpercé par une arme, tout le monde comprendrait assez vite qui était le coupable. Dans sa deuxième main, le frère du chef tenait une fronde. À ses pieds, il vit plusieurs pierres. Ourel se débrouillait plutôt bien avec une fronde.

Levant les yeux, il vit qu'Elac était sur le point de s'en aller. Il avait fait demi-tour, accroupi et commençait à repartir discrètement pour ne pas se faire remarquer par les bisons.

Saisi par une impulsion, Ourel ramassa une pierre, la plaça dans sa fronde, fit tournoyer son bras et la pierre vint cogner à pleine vitesse la bosse pleine de graisse du bison situé le plus près d'Elac.

L'animal beugla intensément sous le choc, ce qui fit sursauter le chasseur qui s'éloignait.

Grognant de mécontentement, il quitta rapidement son emplacement, mais dans la direction opposée à celle d'Elac.

Ourel soupira, dépité. Il avait espéré que le bison se mettrait à charger aveuglément vers Elac et que celui-ci, de dos, n'aurait pas le temps de se protéger.

Il resta accroupi de longues secondes, imaginant son rival scrutant les alentours pour comprendre ce qui avait dérangé le bison, très calme jusque-là.

Lorsqu'il releva la tête, le chasseur était parti.

Elac retourna au campement et alla aussitôt trouver Karwen, pour lui annoncer sa découverte.

Le chef était avec sa compagne et le petit Toar.

Elac remarqua toute l'affection qu'il portait à l'enfant. Il était doux dans ses gestes, lui parlait d'une voix calme et apaisante. Nowilé les regardait avec tendresse. Le chef, avec sa carrure impressionnante et son autorité naturelle, était malgré tout un homme sensible, capable de se laisser attendrir par un nourrisson.

« Karwen, j'ai trouvé les bisons, dit-il simplement en venant s'asseoir à côté de lui. Ils sont tout près d'ici, dans une prairie.

— Très bien. Nous allons réunir tous les chasseurs ce soir. Nous partirons à la chasse demain matin, dès l'aube, pour surprendre les bisons au petit jour. Nous allons pouvoir faire quelques réserves de viande, c'est une très bonne chose. Tu peux prévenir Meyda, elle pourra nous accompagner.

— Entendu, je vais le lui dire. »

Quand son compagnon vint lui annoncer la nouvelle, le sourire de Meyda lui réchauffa le cœur. La jeune femme était ravie. Elle savait que retourner peindre dans la grotte serait une thérapie efficace contre son chagrin.

Elac aussi l'avait compris et il faisait tout pour qu'elle puisse recommencer rapidement.

Meyda alla trouver Naé pour lui demander de garder ses enfants le lendemain. Elle était heureuse, la vie reprenait.

Elle n'imaginait pas alors à quel point elle se trompait.

XXVII

Toar et Karwen coururent jusqu'à la tente du chamane, suivis par pratiquement toute la tribu.

Les entendant approcher, Ourel se dépêcha de repasser sa tunique et sortit, l'air très contrarié. Toar se précipita vers lui et, à la surprise de tous, lui décocha un coup de poing magistral qui l'envoya rouler sur le sol.

Sans un regard pour lui, il se rua ensuite sous la tente. Némi était là, devant lui, tremblante de soulagement, incapable de bouger. Il fondit vers elle et l'enveloppa dans ses bras, l'appelant par son prénom, la couvrant de baisers, la serrant contre lui.

Laissant la joie l'envahir, Némi réussit enfin à réagir.

Elle saisit le visage de Toar dans ses mains et l'embrassa fougueusement. Elle avait une telle soif de sa bouche, de sa peau, de ses mains, qu'elle n'arrivait plus à s'écarter de lui. Toar s'obligea à retrouver un certain calme et, la repoussant délicatement, posa les questions qui lui brûlaient les lèvres.

« T'a-t-il fait du mal ? Es-tu blessée ? »

Némi, par gestes un peu nerveux, le rassura en tout point. Elle lui expliqua l'odieux mensonge d'Ourel.

Soulagé, il put la serrer à nouveau contre lui et lui apprendre que Towen était en vie et que Sylla allait certainement se remettre de sa blessure.

Dehors, le ton montait. Toar et Némi, toujours accrochés l'un à l'autre, sortirent de la tente. Le temps des explications et de la chute d'Ourel était venu.

« Ourel a voulu nous tuer ! s'exclama le jeune homme à l'attention de tous. Il a mis dans notre soupe une plante qui nous a fait dormir et il s'apprêtait à nous égorger Towen et moi ! C'est la nouvelle compagne de Towen qui nous a sauvés, mais Ourel l'a blessée en la poignardant ! Towen est resté avec elle, ils nous rejoindront dès qu'elle pourra voyager.

— C'est faux ! hurla Ourel, qui avait été relevé et était maintenant solidement tenu par Karwen et Daïr.

— Il a enlevé, contre sa volonté, Némi, qui est ma compagne. Zérec a organisé pour nous une cérémonie officielle et plus personne ne peut aller contre cette décision.

— Vous avez donc trouvé Zérec et son clan ? demanda le chef, qui découvrait progressivement les détails de leur périple.

— Oui, ce sont eux qui nous ont donné les chevaux. Ils les ont dressés et maintenant les animaux leur obéissent. On peut chevaucher sur leur dos, ils se laissent faire. Et cela permet de parcourir de très longues distances en un temps record ! Nous étions ce matin encore dans la grotte sacrée avec les deux chevaux peints par Meyda.

Tout le monde poussa une exclamation impressionnée. Chacun connaissait de mémoire la distance entre les deux campements et savait qu'il fallait plusieurs jours à pied pour y parvenir.

— Ourel, ce que tu as fait est impardonnable, déclara le chef. Tu ne causes que des problèmes à ce clan depuis toujours. Nous avons essayé de te laisser ta chance, mais là tu deviens un danger pour tous. Tu n'as plus ta place parmi nous ! Tu devras partir dès demain matin et ne jamais plus revenir. Désormais, tu n'appartiens plus à cette tribu.

Face au murmure d'approbation collective, Ourel sut qu'il était inutile de protester. Il fit même mine de coopérer et baissa la tête.

— Je vous demande pardon à tous. Je ne suis plus moi-même par instant, vous avez déjà pu le constater. C'est plus fort que moi, je n'y peux rien... C'est comme si les esprits commandaient mes actions. »

Mais personne ne fut dupe cette fois. Ourel dépassait les bornes.

Karwen et Daïr cependant le relâchèrent, voyant qu'il ne contestait pas la décision. Karwen lui fit signe de rentrer sous sa tente et conseilla à chacun de retourner chez lui, la nuit tombait.

Meyda s'approcha alors enfin de sa fille qui se jeta dans ses bras. Elle était tellement soulagée.

Tout semblait s'arranger.

Ourel allait quitter le campement, Némi était revenue saine et sauve et allait pouvoir être avec Toar, Towen avait trouvé à son tour une compagne et était sur le point de revenir lui aussi.

Ils allaient tous retrouver une quiétude bien méritée.

Elle regarda Toar et Oran qui encadraient chacun Némi, commençant à repartir tranquillement, et sourit, apaisée.

Elle allait leur emboîter le pas, quand Ourel ressortit d'un bond de sa tente et lui attrapa le bras fermement.

« Ne crie pas Meyda, dit-il doucement, je ne te veux aucun mal.

— Lâche-moi Ourel, rétorqua-t-elle agacée, c'est terminé.

— Oui c'est terminé, soupira-t-il, demain je partirai et nous ne nous verrons plus jamais. Je t'ai tellement aimée... Je te dois la vérité avant de partir. Retrouve-moi dans la grotte sacrée quand tout le monde sera endormi.

— Quoi ? s'indigna Meyda, certainement pas ! Laisse-moi maintenant, Ourel ! De quelle vérité parles-tu ?

— De la vérité sur la mort d'Elac par exemple... - Meyda porta une main à sa bouche, retenant une exclamation. - ou sur notre nuit d'amour si tu préfères...

Sa tête se mit à tourner. De quoi parlait-il encore ? Il était prêt à tout pour se retrouver avec elle. Mais quelque chose au fond d'elle lui donnait la désagréable sensation qu'il y avait une part de vérité dans ses paroles. Elle essaya de voir de la sincérité dans son regard, mais elle n'y vit qu'une détermination glaçante et une absence de sentiment qui lui fit froid dans le dos.

— Tu racontes n'importe quoi ! »

Mais à sa voix, il comprit qu'il avait réussi à jeter le trouble dans son esprit. Elle viendrait. Il la laissa comme ça, le cœur ravagé de doutes et d'inquiétudes et rentra dans sa tente.

Meyda, péniblement, rattrapa sa famille et essaya de donner le change.

Némi et Toar étaient le centre de l'attention, personne ne sembla remarquer son émoi.

Quand tout le monde fut profondément endormi, tremblante, Meyda se leva discrètement et sortit de la tente, une lampe à graisse à la main, un silex bien tranchant dans l'autre.

Je suis complètement folle, se disait-elle, essayant de se convaincre de ne pas y aller. *C'est un menteur, il dirait n'importe quoi pour me faire venir. C'est un piège, c'est certain !*

Malgré tout, elle était incapable de résister aux phrases énigmatiques de tout à l'heure. Ourel savait-il quelque chose sur la mort d'Elac qu'elle ignorait ? Elle y était, elle avait tout vu, c'était un terrible accident. Qu'y aurait-il pu avoir d'autre ? Et qu'est-ce que c'était que cette histoire de nuit d'amour avec lui ?

Elle se retrouva sans savoir comment devant l'entrée de la grotte. Hésitante, elle attendit quelques instants avant de pénétrer dans son endroit préféré, qui aujourd'hui lui inspirait plus de crainte que de joie. Elle avança à la faible lueur de sa lampe, connaissant l'endroit parfaitement et se dirigeant facilement. Elle aperçut une lumière qui venait de la salle des aurochs comme elle aimait à l'appeler. La boule au ventre, elle continua sa progression. Elle trouva Ourel en pleine contemplation des animaux majestueux.

« Je n'étais jamais venu ici, dit-il sans tourner la tête vers elle, lorsqu'il l'entendit approcher. C'est magnifique, tu es réellement douée, Meyda !

— Je suis là, Ourel, alors maintenant dis-moi ce que tu as à me dire et finissons-en ! s'écria-t-elle, espérant que sa voix était assez ferme et assurée.

— Ah ! Meyda... Tout cela c'est à cause de toi. Si tu m'avais laissé t'aimer, cela aurait évité beaucoup de souffrances à tout le monde.

— Ne rejette pas la faute sur moi, Ourel, je ne suis coupable de rien, seulement de ne pas t'aimer comme tu l'aurais voulu. Explique-toi !

— Comme je te l'ai dit, je pense que je te dois la vérité. Alors je vais t'apprendre quelques petites choses que tu ignores, parce qu'il n'y a pas de raison que je sois le seul à souffrir. Alors voilà, ma belle, voilà ce qu'il s'est passé le fameux jour de la chasse aux bisons... »

XXVIII

Tous les chasseurs du clan avaient accompagné Meyda et allaient chasser les bisons pendant qu'elle les observerait. Tous, sauf Ourel, qui avait prétexté se sentir malade et avait préféré rester se reposer. Personne n'avait insisté, surtout pas Elac ni Meyda.

Le petit groupe d'une dizaine de personnes s'était mis en marche dès l'aube et avait atteint assez rapidement la prairie où paissaient les animaux.

« Ils sont vraiment magnifiques ! chuchota la jeune peintre, admirative devant les imposants ruminants.

— Chut, Meyda, il ne faut plus faire de bruit maintenant, lui recommanda Elac.

— Nous sommes contre le vent, c'est idéal, ajouta Karwen, allons nous positionner. Meyda, tu restes bien en retrait au milieu du groupe.

Elle hocha la tête. Tout le monde prit position.

Elac, avant d'y aller, s'approcha d'elle et l'embrassa avec gourmandise.

— Je t'aime, ma jolie peintre. Observe bien, à tout à l'heure. »

Elle sourit et caressa sa joue. Il alla se placer à son tour, accroupi dans les hautes herbes de la prairie. Les bisons étaient calmes, ne se doutaient de rien. Deux d'entre eux s'étaient un peu écartés vers la gauche, à côté d'un bosquet d'arbre. Meyda eut l'impression de voir un mouvement dans le bosquet, mais son attention fut détournée par Elac qui lui faisait signe de la main et lui envoyait un baiser du bout des doigts.

Moi aussi je t'aime, mon beau chasseur, pensa-t-elle, le cœur gonflé d'amour. *Allez, il faut que je me concentre sur ces splendides animaux...*

Ourel n'était ni malade ni fatigué. Dès que le groupe de chasseurs fut parti avec Meyda, il prit un chemin à peu près parallèle et courut pour arriver le premier à la prairie. Les bisons étaient là, tranquilles. Celui à qui il avait envoyé une pierre la veille était un peu à l'écart avec un autre. On voyait l'impact de la pierre sur sa bosse, Ourel l'avait légèrement blessé. À côté des bisons se trouvaient quelques arbres derrière lesquels il se cacha, comme l'avait fait Elac la veille.

Parfait, pensa-t-il, *maintenant il va falloir être précis !*

Il attendit patiemment que les chasseurs arrivent et se mettent en place et jubila quand il vit que c'était Elac qui se plaçait le plus près de lui. Meyda était assez loin, cela l'arrangeait aussi. Cet idiot était en train de lui envoyer des baisers avec sa main.

Si tu n'es pas plus attentif, cela va même être trop facile !

De sa cachette, Ourel voyait tous les chasseurs. Il profita du moment où, sur un signe de Karwen, chacun baissait les yeux pour saisir sa sagaie. Il visa du mieux qu'il put et lança une nouvelle pierre sur le bison, en plein sur sa blessure ! L'animal beugla brusquement et se mit à charger droit devant lui, ne comprenant pas d'où venait le danger. Surpris par la charge soudaine du bison, Karwen et ses hommes se dépêchèrent de lancer une sagaie, trop précipitamment sans doute, et seul Elac le toucha, mais ne fit que le blesser. Tous les autres bisons, maintenant alertés, prirent également la fuite, de façon désordonnée, courant en tous sens, certains se rapprochant des hommes. Ils lancèrent alors leur deuxième arme dans l'herbe, obligeant les animaux à faire demi-tour. Seul le bison blessé arrivant de la gauche continua sa course, forçant les chasseurs à se disperser à leur tour.

Ourel s'apprêtait à utiliser à nouveau sa fronde quand son front se couvrit subitement de sueur. Le bison blessé se dirigeait tout droit vers Meyda ! Et la jeune femme semblait pétrifiée de peur et ne bougeait pas.

Ourel faillit sortir en hurlant hors de son buisson, prêt à tout pour sauver celle qu'il aimait, lorsqu'il vit Elac et Karwen tirer une nouvelle sagaie et abattre l'animal.

Pivotant vers le deuxième bison isolé, qui n'avait pas fui et s'était seulement décalé un peu vers lui, Ourel lança une série de trois pierres sur le pauvre animal. Terrorisé, il partit en trombe. Ourel, continuant à lui tirer des pierres dessus tant qu'il était à sa portée, orienta ainsi la course de l'animal vers Elac, qui ne faisait absolument plus attention à lui, tout à son soulagement de voir Meyda saine et sauve.

Se dépêchant alors, Ourel mit toute sa force pour lancer une dernière pierre.

Elle fusa à toute vitesse, dépassa le bison qui courait comme un fou, pour aller rencontrer violemment le front d'Elac. Celui-ci tituba, porta la main à sa tête, sonné.

C'est seulement à ce moment que tout le monde se rendit compte de l'imminence de la collision entre le bison et le chasseur. En une fraction de seconde, celui-ci fut heurté et soufflé comme une simple feuille par le vent.

Personne ne comprit pourquoi Elac n'avait pas essayé de s'enfuir, mais ils étaient tellement choqués par la violence de l'impact et la vue du corps de leur ami se soulevant en l'air, qu'ils ne purent raisonner clairement.

Dans sa cachette, Ourel tremblait et jubilait en même temps. Le choc avait été terrible. Elac ne pourrait pas survivre à cela. La pierre qu'il lui avait envoyée avait déjà dû le blesser sérieusement.

Il s'obligea à ne pas bouger, ne pas crier.

Ça y est ! Meyda était libre comme lui ! Enfin ils allaient pouvoir être ensemble... Mais il ne devait pas la brusquer, elle allait être terriblement malheureuse, il savait qu'elle était très amoureuse d'Elac.

C'est alors qu'il l'entendit hurler de douleur. Son sang se glaça. Il aurait tellement aimé pouvoir aller la consoler.

XXIX

Meyda écoutait Ourel lui raconter comment il avait tué Elac. Elle avait l'impression de revoir la scène, mais sous un autre angle. Elle repensait au mouvement dans le bosquet, c'était lui ! Elle avait aussi une vision fugitive d'Elac se touchant le front juste avant d'être percuté par le bison, la main déjà en sang... C'est pour ça qu'il n'avait pas bougé pour essayer d'éviter le choc ! Il ne pouvait pas. À cause d'Ourel ! À cause d'elle !

La folie d'Ourel était entièrement de sa faute à elle.

Elle sentait les larmes qui coulaient sur ses joues. Elle était anéantie. Quel gâchis !

Ourel s'approcha d'elle doucement. Il avait raconté son histoire sans prétention, simplement pour lui expliquer comment les faits s'étaient déroulés. Et il avait l'air de quelqu'un qui était désolé d'apprendre une mauvaise nouvelle à un ami. Il lui toucha la joue avec sa main. Il essuya ses larmes, tendrement.

« Ne pleure plus Meyda. C'est fini tout cela. Tu vois comme j'aurais pu te consoler à l'époque, tout l'amour que j'aurais pu te donner... Je t'ai laissé du temps, pour te remettre, j'ai été patient. Et tu m'as poignardé dans le dos ! hurla-t-il soudain, la faisant sursauter. Tu as choisi cet imbécile, ce minable petit tailleur de pierre ! Comment as-tu pu me faire ça ?

Il lui prit le visage entre ses mains, se radoucissant subitement. Il se pencha et l'embrassa sur le front, tout doucement, ne voulant pas l'effrayer.

Meyda se mit à trembler. Elle avait la nausée.

— Ne me touche pas... gronda-t-elle en serrant le silex dans sa main.

— Tu me dis cela à chaque fois, soupira Ourel, dépité. Nous avons pourtant eu une nuit d'amour exceptionnelle tous les deux, tu ne te souviens pas ?

— Tu dis n'importe quoi !

— Bien sûr que si, mon amour. Tu te rappelles quand ton pauvre petit bébé est mort ? Tu ne t'es pas sentie bizarre ce matin-là ? Il n'y avait rien d'inhabituel ? Tu te rappelles t'être couchée sous ta tente ?

Meyda le regarda en écarquillant les yeux, horrifiée. Ce jour funeste resterait à jamais gravé dans sa mémoire, donc oui elle se souvenait ! Comment pouvait-il savoir tout cela ?

— Qu'est-ce que tu as fait ? commença-t-elle, de plus en plus nauséeuse.

— Disons que je t'ai préparé une petite tisane qui t'a fait dormir toute la nuit d'une traite, comme j'ai fait dormir Némi, Toar et Towen ce matin ! Mais le pot était beaucoup plus petit, l'effet a duré bien plus longtemps. J'ai pu profiter de toi toute la nuit ma belle...

Meyda tomba à genoux et son estomac se souleva. Elle vomit tout le dégoût que lui inspiraient les révélations d'Ourel. Ce n'était pas possible, il n'avait pas pu faire ça... C'est donc pour ça qu'elle ne s'était pas réveillée de toute la nuit ! Qu'elle ne se rappelait pas s'être couchée ! Et dire qu'elle avait cru que la tisane venait de Naé ! Elle se figea soudain. Une conversation avec Savi lui revint à l'instant en mémoire : *ce que tu manges et ce que tu bois se retrouvent dans ton lait, Meyda, tu aurais empoisonné ton bébé sans le savoir,* lui avait dit la chamane, un jour où Meyda avait mélangé par erreur des feuilles comestibles et des feuilles toxiques pour faire une infusion. Elle avait allaité le petit Andal directement le lendemain matin, et quelques minutes seulement après il était mort.

— Qu'est-ce que tu as mis dans la tisane ? réussit-elle à demander, tremblante, s'essuyant la bouche de la main. Qu'est-ce que... »

Cela faisait trop d'un seul coup. Le cerveau de Meyda ne put en supporter davantage. Tout vacilla autour d'elle et elle s'écroula sur le sol, évanouie.

Némi furieusement agrippée à Toar, s'était endormie dans ses bras. Elle avait eu tellement peur, tellement mal en croyant qu'il était mort, qu'elle avait envie de profiter de lui à chaque seconde qui passait. Elle ne voulait plus jamais être séparée de lui. Elle sentait son souffle chaud et régulier sur son épaule, elle profitait de la chaleur agréable de son corps collé au sien. Elle récupérait peu à peu après tous ces bouleversements.

Pourtant, alors qu'on était encore au beau milieu de la nuit, elle ne parvenait plus à dormir. Trop d'émotions justement, elle n'arrivait pas à se détendre complètement. Elle fut donc la seule à remarquer l'ombre qui se levait furtivement et sortait de la tente sans aucun bruit. Peut-être une envie de se soulager ? Elle voulut en avoir le cœur net, pressentant quelque chose d'autre, réussit à se dégager délicatement de l'étreinte de son compagnon sans le réveiller et sortit, elle aussi, dehors dans le noir.

Elle vit alors sa mère allumer une lampe à graisse à l'aide des braises encore chaudes du foyer devant la tente et se diriger en direction de la grotte sacrée.

Elle ne va quand même pas aller peindre en pleine nuit ! pensa Némi étonnée.

Elle la suivit discrètement jusqu'à l'entrée, puis pénétra à son tour dans l'obscurité de la caverne. Au bout de quelques minutes de marche précautionneuse, suivant des yeux la faible lueur de la lampe de sa mère, elle entendit des voix. Elle reconnut celle de sa mère, irritée, mais inquiète, et celle... d'Ourel !

Elle regretta alors de ne pas avoir pris d'arme avec elle.

Elle continua à avancer, mais sans faire de bruit. Les voix se firent plus distinctes et elle put entendre elle aussi les confessions macabres d'Ourel.

Cet homme était vraiment un monstre !

Ainsi, il était responsable de la mort du père de Kaël et Towen, le premier compagnon de sa mère ! Celui qu'elle avait tant aimé, elle le savait maintenant. Et il avait abusé de Meyda alors qu'elle était inconsciente !

Elle frissonna de dégoût en pensant qu'il aurait pu faire la même chose avec elle ce matin.

Lorsqu'elle vit sa mère s'évanouir et Ourel se pencher sur elle, folle de rage, elle sortit comme une furie de sa cachette, lui faisant interrompre son geste. Et elle se jeta sur lui.

Ils roulèrent tous les deux sur le sol et Némi réussit à le plaquer sur le dos. Puis, profitant de l'effet de surprise, placée au-dessus de lui, elle le martela de ses poings, y mettant toute sa force. Ourel essaya d'esquiver cette pluie de coups qui n'en finissait pas. La rage semblait décupler les forces de la jeune femme maintenant déchaînée et il eut un mal fou à la renverser. Il la gifla aussi fort qu'il le put, ce qui la déstabilisa, mais elle se reprit très vite et l'empêcha de lui bloquer les poignets. Elle continua à le battre à un rythme frénétique, le gênant dans ses prises à tout prix, car elle se savait moins forte physiquement que lui.

Pourtant, elle commençait à sentir ses forces décliner et s'inquiétait de l'issue de l'affrontement, quand elle aperçut soudain sur le sol, juste à côté de sa mère, un silex taillé qui avait l'air très tranchant. Meyda avait été prudente, elle avait apporté de quoi se défendre. Némi tendit le bras pour essayer de l'attraper, dégageant imprudemment ainsi son cou.

Ourel sauta sur l'occasion et la saisit à la gorge. Il se mit à serrer. La jeune fille ramena aussitôt son bras et essaya de dégager son cou de la poigne qui commençait à l'empêcher de respirer.

« Qu'est-ce que tu voulais attraper comme ça ? la nargua Ourel, mauvais. C'est ça que tu voulais ? » lui dit-il en attrapant le silex de l'autre main et en lui mettant sous les yeux.

Némi suffoquait. Un vertige la saisit. Ses deux mains essayaient désespérément de décrocher les doigts, qui telles les serres d'un aigle, lui enserraient la trachée. Ses pieds battaient l'air rageusement, sans aucun effet. Son visage vira au rouge.

« Chère petite Némi, dis-toi bien que tu ne m'intéresses pas du tout en fait, celle que je veux c'est ta mère ! hurla-t-il, comme un dément. Une fois que je t'aurai tuée, je partirai d'ici à cheval avec Meyda et nous nous aimerons enfin. Rien ni personne ne pourra m'empêcher d'être avec elle ! »

Il relâcha la pression de ses doigts.

Némi aspira une énorme goulée d'air et se mit à tousser, massant d'une main sa gorge endolorie.

Ourel leva le silex, prêt à la frapper. Il abattit sa main avec violence. Contre toute attente, la pierre ne vint pas frapper la poitrine de la jeune fille, mais celle de Meyda, qui venait de s'interposer entre sa fille et le bras meurtrier.

Meyda écarquilla les yeux et ouvrit la bouche sous l'effet de la douleur, mais aucun cri n'en sortit. Elle se mit à haleter, regarda le silex qui l'avait frappée en plein cœur et tomba brutalement sur le dos, comme foudroyée.

Horrifié, Ourel mit plusieurs secondes avant de pouvoir réagir.

« Noooooooooooon ! hurla-t-il, au comble du désespoir. Nooon... »

Il se pencha vers elle, essaya de la relever, de la secouer, lui ordonna de se réveiller, rien n'y fit.

Fou de douleur, il se mit à pleurer et à osciller d'avant en arrière, gémissant longuement. Qu'avait-il fait ?

Tout à coup, voyant Némi bouger à côté de lui, il revint à la réalité.

Il se leva alors précipitamment, prit une des lampes restées au sol et s'enfuit en courant de cette grotte maudite dans laquelle il venait lui-même de tuer la seule femme qu'il avait jamais aimée.

Némi se releva à son tour, toussant toujours, et regarda, désespérée, le corps de sa mère qui gisait sur le sol.

Sa bouche s'ouvrit sur un cri muet et sa douleur s'exprima en silence. Ses yeux débordèrent d'un chagrin qui faisait comme un trou dans son cœur. La jeune fille se pencha vers Meyda, écarta doucement les cheveux qui lui tombaient sur le visage et vint se blottir contre elle, le nez dans son cou, en pleurant.

Elle s'était sacrifiée pour la sauver. Elle avait donné sa vie pour que sa fille puisse vivre la sienne.

Némi pensa alors au responsable de cette tragédie, au meurtrier qui venait de s'enfuir. Il fallait le rattraper à tout prix.

Ne t'inquiète pas, Mère, je ne le laisserai pas continuer, promit-elle silencieusement en se relevant. *Je vais le retrouver et je reviendrai te chercher ensuite. Tu seras toujours dans mon cœur...*

Elle sortit à son tour de la grotte, à la lumière d'une autre lampe. C'était l'aube. Elle jeta la lampe, courut jusqu'à sa tente récupérer une sagaie et son propulseur, puis chercha du regard son beau cheval. Elle l'aperçut, broutant un peu plus loin et se précipita vers lui. Elle essaya de ne pas l'affoler et, malgré son impatience, le caressa doucement. Alors qu'elle allait monter, un bras se posa sur son épaule. Toar !

« Némi, qu'est-ce que qui se passe ? » s'inquiéta-t-il devant son visage défait, ses vêtements sales et déchirés.

Avec des gestes lents, elle lui raconta ce qui s'était passé dans la grotte, luttant contre les larmes comme elle le pouvait.

Lorsque Toar voulut la prendre dans ses bras, elle le repoussa doucement, mais fermement.

Devant son regard farouche, il comprit qu'elle devait accomplir la seule chose qui empêcherait définitivement Ourel de nuire et qu'elle ne pouvait pas se laisser submerger par les émotions. Elle ne voulait pas risquer de remettre en cause sa réussite.

Il avait réagi de la même manière lorsqu'Ourel l'avait enlevée. Il n'avait eu qu'un but alors, la retrouver, coûte que coûte, et rien n'aurait pu l'en empêcher.

Némi devait tuer Ourel pour ce qu'il avait fait. C'est toute la tribu qui réclamerait justice pour le crime qu'il avait osé commettre.

« Va, mon amour ! » lui dit-il simplement, sans la toucher, sans l'embrasser, en lui donnant par son seul regard toute la force et le courage dont elle aurait besoin.

Elle enfourcha rapidement son cheval, le talonna et il partit au galop dans la direction qu'elle espérait être la bonne, suivie par le regard confiant et résigné de Toar.

Ourel avait compris qu'il ne devait pas traîner. On allait le tuer pour la mort de Meyda, on ne lui permettrait plus de seulement quitter la tribu. Il avait récupéré son cheval et n'avait même pas pris le temps d'emporter quoi que ce soit. Il se dépêchait de fuir le plus vite possible, espérant que la jeune furie n'avait pas déjà réveillé tout le clan. Mais il était loin d'être un bon cavalier et il ne pouvait pas pousser trop son cheval sous peine de tomber. Son inquiétude stressait également sa monture, qui galopait nerveusement. Au bout de quelques minutes, traversant une immense plaine, il la fit ralentir et se retourna pour vérifier que personne ne le suivait. Ce qu'il vit le plongea dans une indicible terreur. Arrivant au loin sur son étalon lancé à pleine vitesse, ses longs cheveux noirs flottant au vent derrière elle, le bras gauche levé brandissant une sagaie pointée dans sa direction, Némi le poursuivait. Elle s'était mise en chasse. Il était devenu la proie. Paniqué, il talonna vivement son cheval, qui repartit aussitôt à vive allure.

Némi ne s'était pas trompée. Ourel avait bien pris la direction inverse de ce matin. Elle ne savait pas s'il avait l'intention de retourner jusqu'à la grotte, ou de bifurquer avant, mais elle se doutait qu'il prendrait le chemin qu'il connaissait le mieux. Elle l'avait rapidement aperçu au loin. Contrairement à lui, elle était naturellement une bonne cavalière. De plus, elle était maintenant animée d'une rage qui la rendait pratiquement invincible. Tel un prédateur, ne faisant plus qu'un avec son cheval et l'incitant à galoper le plus vite possible, elle avait bloqué son regard sur son objectif. Inexorablement, elle le rattrapait. Elle avait placé la sagaie sur le crochet du propulseur et levait déjà le bras, commençant à viser le point qui se rapprochait à chaque foulée du cheval.

Alors que la distance entre eux diminuait, elle repensait à toutes les infamies d'Ourel et sa haine envers lui décuplait. Il les avait obligés à s'enfuir et les avait traqués, il l'avait enlevée pour essayer de la violer et lui avait fait croire que Toar et Towen étaient morts, il avait blessé Sylla, violé sa mère, tué Elac, essayé de la tuer et maintenant... assassiné Meyda ! Cet homme ne méritait pas de vivre.

Les dents serrées, la main crispée sur l'encolure de son cheval, elle prit la décision de tirer et de lui faire payer tous ses crimes. Elle était encore loin, mais elle savait que les esprits guideraient son bras. Elle n'avait pris qu'une seule sagaie. Elle n'aurait droit qu'à un seul essai. Mais elle ne doutait pas un instant de sa réussite.

Poussant sur ses cuisses, elle se leva doucement, le bras arqué, l'arme pointée vers le fuyard. Son attention, son regard, son bras et tous les muscles de son corps étaient dirigés vers le même objectif.

D'un mouvement sec du poignet, elle décocha la sagaie. L'arme fut projetée avec une force et une vitesse dont le propulseur n'était pas le seul responsable. L'âme vengeresse de toute une tribu s'était ralliée au bras de Némi.

La sagaie fendit l'air avec un sifflement strident, transperça le corps d'Ourel sans qu'il ait pu émettre un seul cri et le désarçonna. Elle se ficha dans le sol, clouant inéluctablement le meurtrier par terre.

Némi, avec le sentiment du devoir accompli, fit ralentir sa monture progressivement. Elle s'approcha de la forme inerte dans l'herbe, son cheval au pas, et s'arrêta juste au-dessus. Ourel, allongé sur le ventre, la tête tournée vers la gauche, n'était pas mort, mais respirait difficilement. Sa vie ne tenait certainement plus qu'à un fil.

Némi, le regard froid, tendit la main et saisit sa sagaie. Puis, sans aucune pitié, elle la retira d'un grand coup sec. Ourel hurla et se contorsionna de douleur. Du sang jaillit sous son ventre et se répandit tout autour de lui.

La jeune femme fit demi-tour lentement, siffla le cheval d'Ourel qui vint gentiment vers elle et partit, sans un regard pour le mourant.

Au bout de quelques mètres, elle se retourna et vit que des hyènes s'étaient approchées et tournaient autour de lui.

Elle fit reprendre une allure tranquille aux deux chevaux et ils s'éloignèrent sous les derniers cris d'agonie de cet esprit malade qui ne pourrait plus jamais faire le mal.

XXX

La cérémonie pour le passage dans le monde des esprits de Meyda se déroula quelques jours plus tard, une fois que Towen et Sylla furent revenus au campement. Le site avait été choisi d'un commun accord par ses enfants, Oran et Karwen. Il se trouvait à environ six kilomètres. On avait d'abord hésité à l'enterrer près d'Elac, dans sa grotte préférée, mais Towen et Oran avaient une idée bien précise de la façon dont il fallait lui rendre hommage. Il s'agissait d'un abri-sous-roche d'environ seize mètres de long. Tous les sculpteurs, les tailleurs de pierre et les peintres de la tribu se mirent ensemble à la tâche pour réaliser une incroyable frise de chevaux sculptés, peints d'ocre rouge, sur quasiment toute la longueur de l'abri. Ces animaux avaient toujours été les préférés de Meyda et l'abri, par sa taille, montrait bien l'immense respect que l'on accordait à la personne qui reposait ici. Oran et Toar avaient sculpté deux chevaux chacun, mettant tout leur amour dans cette réalisation, Towen avait peint l'ensemble. Le résultat était vraiment spectaculaire, Meyda aurait adoré.

Elle avait été allongée sur une civière, portée par plusieurs membres de la tribu qui se relayaient au fur et à mesure de l'avancée du long cortège. Elle fut enterrée juste en dessous de la frise des chevaux, placée sur le côté gauche, en position fœtale, une main recouvrant son visage. On ne mit pas d'offrande dans sa tombe, la plus belle que l'on pouvait lui faire était sculptée sur la paroi au-dessus d'elle.

Oran ne survécut pas très longtemps à sa compagne. Affaibli par son chagrin, il prit froid, attrapa une vilaine toux qui ne lui laissa aucun répit, en vint à cracher du sang et s'éteint une nuit dans son sommeil.

Karwen prit rapidement les décisions qui s'imposaient pour maintenir l'équilibre de la tribu. Il demanda à Toar de devenir le chamane du clan et à sa compagne, Némi, de prendre sa succession en tant que cheffe de la tribu. Les deux jeunes gens, honorés et fiers de la confiance qu'on leur accordait, acceptèrent. Le fait qu'ils soient un couple et s'entendent si bien, qu'ils soient autant complémentaires, était un atout majeur pour la survie et la quiétude de tout le clan.

Toar avait véritablement un don, comme l'avait pressenti sa grand-mère. Il se rappelait tout ce qu'elle lui avait enseigné sans en avoir l'air, au fil des années, que ce soit sur les plantes qui soignent, les gestes qui soulagent, ou les conseils de bon sens. Mais il avait de temps à autre aussi des visions, des images qui lui venaient, envoyées par les esprits. Il ne les contrôlait pas, elles arrivaient comme cela, quand il s'interrogeait sur un sujet difficile, ou cherchait une solution à un problème épineux. La tribu entière l'appréciait et lui faisait entièrement confiance.

Némi avait également fait l'unanimité. Tout le monde lui reconnaissait un courage et des talents de chasseuse indéniables. Elle était aussi celle qui avait débarrassé le clan du meurtrier responsable de tant de malheurs. Tout le monde lui vouait un grand respect. Le fait qu'elle ne parle pas ajoutait également une aura de mystère autour d'elle.

Elle avait commencé par apprendre aux chasseurs à monter à cheval, avec l'aide de Sylla et des trois chevaux déjà dressés qui venaient de la tribu du chef Zérec. Lorsqu'ils s'étaient sentis suffisamment à l'aise, ils étaient partis sur leurs montures pour en capturer de nouvelles. Sylla avait expliqué que le mieux était de capturer de jeunes chevaux, ou des poulains, pour pouvoir les dresser plus facilement. On avait fabriqué des enclos et la tribu possédait maintenant une dizaine d'animaux en cours de dressage. La jeune femme en était la responsable.

Némi organisait souvent des chasses à cheval et avait demandé aux sculpteurs de fabriquer des propulseurs pour chaque chasseur. Toar lui en avait fait un spécialement pour elle, en bois de renne, qu'il avait décoré avec une grande finesse. Il avait sculpté au bout de l'arme un petit faon, aux pattes délicates, la tête tournée vers son arrière-train. Il semblait ainsi regarder un oiseau posé dessus, dont le bec était le crochet du propulseur. Némi le trouva absolument magnifique et ne s'en sépara plus jamais.

Mais malgré toute cette sérénité retrouvée, une question taraudait la jeune femme, depuis que Sylla leur avait dévoilé le secret de la création des bébés. Était-elle la fille d'Elac, le premier compagnon de sa mère, ou celle d'Oran, le second ? Personne ne pouvait la renseigner. Seuls sa mère ou Oran auraient pu lui donner la réponse, mais ils n'étaient plus là ni l'un ni l'autre.

Toar avait bien remarqué que quelque chose la tenait parfois éveillée, la nuit. Il finit par lui poser la question et Némi lui expliqua ce qui la perturbait.

Un soir, voyant qu'elle devait y penser à nouveau, Toar s'approcha d'elle et décida de lui changer les idées en concentrant son esprit sur autre chose. Il commença par l'embrasser dans le cou, en descendant lentement vers son épaule, tout en faisant tomber son vêtement sur le sol. Quand ses lèvres se posèrent sur la poitrine de la jeune femme, Némi avait complètement oublié ses soucis. Il continua lentement l'exploration de son corps centimètre par centimètre. Le couple s'aima avec passion. Sans qu'ils s'en doutent, c'est à ce moment précis que la semence de Toar féconda l'ovule de Némi. Alors qu'ils accédaient ensemble à une félicité suprême, Toar eut soudain une vision. Il vit l'ovule et l'enfant qu'il allait devenir. Heureux, il sourit à sa compagne. Soudain, la vision sembla reculer pour lui montrer cette fois le passé. Il vit Némi et toute sa vie se dérouler à l'envers, la rajeunissant de plus en plus. Il revit la mort d'Ourel, la bagarre dans la grotte, la parure de coquillages sur ses cheveux le jour de leur union, la fuite jusqu'à la tribu de Zérec, ses débuts de chasseuse, l'attaque du lynx, ses pleurs d'enfant à la rivière, ses premiers pas, l'accouchement de Meyda. La vision ne s'arrêta pas, il vit ensuite Némi à l'intérieur du ventre de sa mère, depuis sa naissance jusqu'à sa conception. Lorsque vint le moment où l'ovule était à son tour fécondé, Toar comprit. Les esprits lui envoyaient la réponse au questionnement de la jeune cheffe du clan. Elle allait savoir qui était son père ! Il continua de voir l'histoire à reculons, regarda le flot de spermatozoïdes remonter à la source, le pénis se retirer de Meyda. La vision s'élargit, remonta sur le corps musclé d'un homme jusqu'à son visage. Toar n'en crut pas ses yeux. Il n'était pas sûr de vouloir le dire à Némi. Le visage qu'il voyait était celui... d'Ourel !

XXXI

Le jeudi 12 septembre 1940, dans la commune de Montignac en Dordogne, le jeune Marcel Ravidat, accompagné de trois autres adolescents, fit une découverte qui allait déclencher un engouement collectif et mondial pour la Préhistoire : la grotte ornée de peintures rupestres préhistoriques de Lascaux. Celle qui allait devenir, selon la célèbre formule de l'abbé Henri Breuil, *la chapelle Sixtine de la Préhistoire*, recelait en son ventre des représentations de chevaux, d'aurochs gigantesques, une frise de cerfs dont on ne voit que les têtes qui semblent émerger d'un cours d'eau, ainsi qu'une scène mystérieuse dans un endroit particulièrement difficile d'accès. Un homme à tête d'oiseau renversé par un bison blessé.

Le 12 septembre 1901, trente-neuf ans jour pour jour auparavant, le même Henri Breuil, alors élève de Louis Capitan, découvrait déjà avec celui-ci et Denis Peyrony les peintures de la grotte de Font-de-Gaume, à une vingtaine de kilomètres de Lascaux. Dans un boyau étroit se côtoyaient, entre autres, des représentations de bisons et une frise de plusieurs animaux semblant se suivre, rennes, chevaux, bisons et mammouths.

Le 9 août 1922, à Lespugue en Haute-Garonne, René de Saint-Périer, archéologue et sa femme Suzanne, trouvèrent dans la grotte des Rideaux une statuette en ronde-bosse de la taille d'une main, représentant une femme aux formes féminines exagérément accentuées, sans visage. Elle fut surnommée la Vénus de Lespugue.

Connue depuis des siècles, car facile d'accès, la grotte de Rouffignac en Dordogne a été surnommée *la grotte aux cent mammouths* » à cause des reproductions de ce pachyderme qu'on peut découvrir seulement après avoir parcouru quatre kilomètres de galerie. Elle est également célèbre pour ses innombrables traces de griffes et de bauges laissées, avant toute intervention humaine, par les ours de cavernes.

En 1905, découvertes par hasard comme la plupart des cavités souterraines, les grottes de Fontirou dans le Lot-et-Garonne dévoilèrent au regard de Monsieur Huc, agriculteur, une succession de concrétions naturelles magnifiques, aux teintes et aux formes variées. Stalactites, stalagmites, colonnes, draperies et autres excentriques semblaient n'attendre que les visiteurs tout au long de leurs galeries.

La grotte du Pech Merle à Cabrerets, dans le Lot, fut découverte en plusieurs fois. Mais c'est le 4 septembre 1922 que furent trouvées les salles préhistoriques, avec notamment le tableau des chevaux ponctués, représentant deux superbes chevaux dos à dos. C'est à la ténacité d'André David, de sa sœur Marthe et d'Henri Dutertre que l'on doit de pouvoir admirer ces salles aujourd'hui.

En 1908, Raymond Peyrille découvrit à Marquay en Dordogne un abri-sous-roche long de seize mètres, avec une frise sculptée principalement de chevaux presque aussi longue, l'abri de Cap Blanc. Trois ans plus tard, lors de la construction d'un mur pour protéger l'abri, on trouva sous la frise des chevaux le squelette d'une femme, dont l'âge fut évalué entre 25 et 35 ans, en position fœtale.

Le propulseur du Mas d'Azil, une arme préhistorique vouée à la chasse, fut trouvé lors des fouilles de la famille Pecquart, entre 1937 et 1944, dans la grotte du même nom en Ariège. Admirablement sculpté, il est orné d'un petit faon ou bouquetin, tournant la tête vers son arrière-train, sur lequel un ou deux oiseaux semblent posés, le bec faisant office de crochet. On a également émis l'hypothèse que cela pouvait être une femelle regardant sa mise bas. Fragile, il est possible qu'il n'ait eu qu'une utilisation cérémonielle. L'objet a été décliné plusieurs fois et retrouvé dans différents sites pyrénéens.

En 1894, à Brassempouy, petite commune du département des Landes, Édouard Piette, archéologue et préhistorien, découvrait, parmi plusieurs fragments de statuettes représentant le corps féminin, une minuscule figurine de trois centimètres et demi. Il s'agissait d'un visage très finement sculpté dans de l'ivoire de mammouth, recouvert d'un quadrillage régulier. L'accent était mis sur les arcades sourcilières et le nez, mais les yeux étaient à peine visibles et la bouche absente.

Le talent de l'artiste a fait que cette statuette, qu'on allait surnommer *la Dame de Brassempouy*, renvoie une image gracieuse et touchante à la fois. On est impressionné par la finesse de l'ensemble, par la précision quasi chirurgicale de sa chevelure tressée, de sa capuche ou de sa parure, selon les interprétations, par le calme et la sérénité qui se dégagent de ces trois petits centimètres, qui restent à ce jour le premier visage de l'humanité.

Notes

Qu'il est difficile d'écrire le mot *fin* et de dire au revoir à ces personnages qui m'ont accompagnée pendant plusieurs mois !

D'un côté j'ai été soulagée, presque surprise, d'avoir réussi à aller au bout, de terminer ce premier livre.

De l'autre, je me suis dit :

Mais que vais-je faire maintenant ? un peu comme Harry Potter une fois qu'il a réussi à vaincre Voldemort.

À la différence du petit sorcier, qui doit trouver sa vie bien fade depuis, j'ai la chance d'avoir une infinité de possibles qui m'attendent. Ma tête bouillonne déjà de nouvelles histoires, d'endroits remarquables où les situer et de personnages différents auxquels je vais certainement encore m'attacher.

Pour *Némi*, le choix de l'époque s'est imposé comme une évidence. J'adore la Préhistoire, je vis dans une région qui en possède d'innombrables vestiges et le fait que cette période passionnante reste entourée d'une aura de mystère m'a permis de laisser vagabonder mon esprit.

Je me suis permise avec ce roman d'imaginer la vie de ces Hommes d'autrefois, convaincue par les idées de Marylène Patou-Mathis, préhistorienne et directrice de recherche au centre national de la recherche scientifique.

Elle met en avant le fait que notre vision actuelle de la Préhistoire a été façonnée par les découvreurs de cette discipline au XIXème siècle. Nous avons pris l'habitude de regarder alors cette période fascinante à travers le prisme réducteur d'une vision patriarcale. Pourquoi ne pas envisager que les hommes préhistoriques considéraient probablement chaque personne de leur communauté comme étant tout aussi digne que n'importe quelle autre de pratiquer l'activité de son choix, sans même y penser ?

Mes héroïnes, Némi, Meyda, ne cherchent pas à se montrer plus fortes que les hommes, ni à les dominer. Mais elles veulent affirmer leur place, leur rôle, elles aussi, qu'on les respecte, qu'on les laisse faire ce qu'elles veulent. Némi, depuis sa naissance, doit composer avec un handicap, du moins ce que nous, à notre époque, définissons comme un handicap. Certes, elle est bien embêtée quand elle veut prévenir quelqu'un d'un danger et qu'elle ne peut pas crier. Mais cela ne l'empêche en rien de vivre sa vie. Elle trouve d'autres solutions. Et les autres s'en accommodent. Parce qu'elle n'est pas réduite à son seul mutisme, elle possède beaucoup d'autres qualités qui font d'elle ce personnage essentiel à sa tribu.

Je m'excuse auprès des puristes qui auront sans doute remarqué les (très) grandes libertés que j'ai prises envers les dates en particulier. Les peintures de Lascaux et la dame de Brassempouy sont espacées dans le temps de plusieurs milliers d'années et ne peuvent donc pas être attribuées à la mère pour les premières et représenter sa fille pour la deuxième.

Mais la magie du roman c'est de pouvoir s'accommoder avec la réalité ! On est comme un marionnettiste, on tire les ficelles des lieux, des dates et des personnages, à qui l'on fait faire tout ce que l'on veut. Je leur ai ici volontairement donné une façon de parler et de penser actuelle, moderne, parce que finalement, ce sont des Homo sapiens, comme nous...

Remerciements

Un énorme merci à Sylvie Marchal, auteure elle aussi, qui m'a mis le pied à l'étrier, en me montrant qu'il suffisait de se lancer, d'y croire et qui m'a donné une foule de conseils.

Merci à mon compagnon et à mes deux enfants qui ont dû se contenter de cohabiter avec mon ombre le temps que j'écrive ce roman.

Merci quand même aussi aux planètes qui ont bien voulu toutes s'aligner en même temps pour que cette histoire jaillisse de mon cerveau et s'élabore progressivement.

Merci à toutes mes bêta-lectrices, amies et collègues, qui ont bien voulu me lire, corriger les coquilles et me donner leur ressenti.

Merci surtout à la maison d'édition Plume libre qui m'a accordé sa confiance et accepté de me publier pour la première fois.

Sylvie et Marie, vous êtes mes bonnes fées !

Je rajoute un petit clin d'œil à tous les Landais qui, dans mon livre, ont été les premiers à domestiquer les chevaux et à savoir comment faire les bébés...

Merci enfin à tous ces artistes incroyables de la Préhistoire pour les œuvres fabuleuses qu'ils nous ont laissées et qui continueront à nous fasciner pour toujours.

500 route de Retgeyre - 40 260 LINXE
2022

Achevé d'imprimer en 2022
ISBN : 978-2-492126-60-4
Dépôt légal : novembre 2022
Prix : 20,00 euros

Pour contacter l'éditeur :

https://plumelibre.fr
ed.plumelibre@gmail.com
https://www.facebook.com/editionsplumelibre